검은 고양이

검은 고양이

에드거 앨런 포 지음 | 김기철 옮김

문예출판사

THE BLACK CAT AND OTHER STORIES

Edgar Allan Poe

차 례

아몬틸라도의 술통

포투나토가 내게 부린 수많은 행패에 대해서 나는 참을 만큼 참아왔다. 그러나 그가 물불을 가리지 않고 모욕했을 때 나는 복수할 것을 맹세했다. 그렇지만 나의 성질을 너무나 잘 아는 여러분은 내가 협박의 말을 쓸 것이라고는 생각하지 않을 것이다. 결국 나는 복수하고 말 것이다. 이 점만은 확고부동한 결심이다.

그러나 바로 그 요지부동한 결심 속에는 위험을 초래할 생각은 없었다. 응징은 하더라도 다치지는 않아야 한다. 보복을 한 사람이 다시 보복을 받게 된다면, 그 보복은 잘못한 것이 된다. 그와 마찬가지로 잘못을 저지른 자가 자신의 잘못을 깨닫지 못한다면, 그 보복 역시 제대로 된 것이 못 된다.

알아두어야 할 점은 나는 말로나 행동으로 포투나토에게 나의 호의를 의심하게끔 하는 낌새를 조금도 보이지 않았다. 나는 여느 때와 마찬가지로 그의 면전에서 웃음을 지었고, 나의 웃음이 그를 때려잡으려는 의도에서 나온다는 것을 그는 알지 못하고 있었다.

이 포투나토란 작자는 한편으로는 존경을 받고 사람들이 두려워하기까지 하는 존재였지만 — 한 가지 약점을 지니고 있었다. 그는 술을 감정하는 데는 자신만만했다. 이탈리아 사람으로 감정을 정말 잘하는 기질을 가진 사람은 별로 없었다. 대체로 그들은 때와 장소에 맞춰 영국이나 오스트리아의 백만장자들을 속여먹는 데 열을 올리고 있는 것이다. 그림이나 보석류에 있어서는 포투나토도 자기 나라의 다른 인간들처럼 사기꾼이었다. 그러나 오래 묵은 술을 감정하는 데 있어서만은 착실했다. 이런 점에 있어서는 나도 그와 다를 것이 별로 없었다. 나는 이탈리아산(産) 포도주에 정통했고 기회만 있으면 많이 사들였다.

축제가 최고 절정에 달한 어느 날 저녁 땅거미가 질 무렵 나는 그 친구를 만났다. 그 친구는 상당히 다정하게 나에게 인사를 했다. 거나하게 술에 취한 까닭이었다. 그는 얼룩덜룩한 옷을 입었는데 줄무늬가 진 것이 몸에 착 달라붙었다. 그리고 머리에는 방울이 달린 원추형의 모자가 얹혀 있었다. 나는 그를 만난 것이 너무나 기뻐 그의 손을 꽉 붙들고 좀처럼 놓아주지를 않았다.

나는 그에게 말했다.

"여보게, 포투나토, 참 잘 만났네. 자네 오늘은 정말 훌륭하게 보이네그려! 그런데 아몬틸라도라고 하는 술을 한 통 입수했는데 의심이 간단 말이야."

그가 말했다.

"뭐라고? 아몬틸라도라고? 한 통이나? 어림없는 소릴! 더구나 축제가 한창 벌어지고 있는 이때에!"

나는 대답했다.

"나도 믿을 수가 없단 말이야. 그런데 난 바보같이 자네한테 상의도 해보지 않고 아몬틸라도 값을 다 치르고 말았단 말일세. 자넬 만날 수가 있어야지. 그래도 그걸 사지 못할까 봐 겁이 났던 거야.”

“아몬틸라도라!”

“믿을 수가 없단 말야.”

“아몬틸라도라!”

“잘 좀 알아보긴 해야겠는데.”

“아몬틸라도라!”

“자네는 바쁠 테니까, 지금 루케시한테 가는 길일세. 감정을 해줄 사람은 그 사람밖에 없겠지. 그는 판단을 해줄 걸세.”

“루케시는 셰리주와 아몬틸라도를 구별 못해.”

“그렇지만 세상 바보들 중엔 그의 식별력도 자네 못지않다고 하는 사람도 있단 말일세.”

“자, 우리 가보자구.”

“어딜 말야?”

“자네 집 지하실로 말야.”

“여보게, 그러지 말게. 자네가 마음이 좋다고 강요하고 싶진 않네. 자넨 바쁜 걸 알고 있는데 루케시는…….”

“난 바쁘지 않아.”

“여보게 안 되네. 바쁜 자네에게 미안하기도 하고 날씨가 매우 추워 자네가 고역을 치를까 봐 그러지. 지하실은 말도 못할 정도로 습기가 차 있다네. 더구나 초석(硝石)이 덮여 있어.”

“상관없어, 가자구. 추운 건 아무것도 아냐. 아몬틸라도라고?

자네 사기당했어. 저 루케시 따위는 셰리주와 아몬틸라도를 구별 못해."

이렇게 지껄여대면서 포투나토는 내 팔을 잡았다. 나는 검정 비단 마스크를 하고 망토로 몸을 단단히 두른 뒤에 그와 함께 서둘러 집으로 갔다.

집에는 하인들이 한 명도 없었다. 축제에서 한껏 놀려고 도망쳐 버린 것이다. 나는 아침까지 돌아오지 못할 테니 집을 꼭 지키고 있으라고 단단히 명령을 내렸던 것이다. 이런 식으로 명령해도 내가 외출하자마자 당장 집을 비울 것이 뻔하다는 것을 나도 잘 알고 있었다.

나는 벽 촛대에서 두 자루의 관솔불을 집어 하나는 포투나토에게 주고, 방들을 지나쳐 지하실로 들어가는 복도로 안내했다. 나는 구불구불한 긴 층계를 내려가면서 조심해서 따라오라고 일렀다. 우리는 마침내 지하실 바닥까지 내려와 몽트레소르 가(家)의 습기 찬 지하묘지에 함께 서 있게 되었다.

그 친구의 걸음걸이는 비틀거렸고 모자에 달린 방울은 발을 옮길 때마다 딸랑거렸다.

"그 술통은?" 하고 그가 입을 뗐다.

"더 가야 해." 내가 대답했다.

"이 지하실 벽에 번쩍거리는 하얀 거미줄 좀 보게."

그는 내 쪽으로 몸을 돌리더니 술이 취해 눈물이 괸 눈으로 나의 눈을 들여다보았다.

"초석인가?" 마침내 그는 물었다.

"그렇다네." 나는 대답했다.

"그런데 언제부터 그렇게 기침을 하는가?"

"어헉! 어헉! 어헉! — 어헉! 어헉! 어헉! — 어헉! 어헉! 어헉! — 어헉! 어헉! 어헉!"

나의 형편없는 친구는 한참 동안 아무 말도 하지 못했다.

"별것 아냐" 하고 그는 겨우 대답을 했다.

나는 단호하게 말했다.

"자, 우리 돌아가세. 자네 건강이 더 중요해. 자넨 부자에다 존경받고 사랑받는 선망의 대상이야. 또 자넨 행복해. 그전의 나처럼 말일세. 자네는 없어서는 안 될 사람이야. 나에겐 상관없지만 말야. 우리 돌아가자구. 자네 병나겠네. 그렇다고 내가 책임질 수도 없고. 더더구나 루케시도 있으니 말야."

그는 말했다.

"상관없다니까! 기침쯤이야 아무것도 아냐. 기침 좀 한다고 죽을라고. 기침 때문에 죽지는 않네."

"옳아, 옳은 소릴세." 내가 대답했다.

"정말 쓸데없이 자네를 겁줄 생각은 전혀 없네. 그렇지만 자넨 조심은 좀 해야 하네. 이 메독 한 모금만 마시면 눅눅한 데 있어도 괜찮을 걸세."

나는 땅바닥에 죽 줄지어 서 있는 술병 중 하나를 집어 들고 마개를 뺐다.

"마셔 봐." 나는 그에게 술을 내밀면서 말했다.

그는 나를 곁눈질하면서 병을 입으로 가져갔다. 그는 잠깐 멈추더니 나를 보고 친밀한 태도로 고개를 끄덕였다. 그때 모자의 방울이 딸랑댔다.

"나는 ― " 그는 말했다.

"우리 주위에서 쉬고 있는 사자(死者)들을 위해 마시네."

"그리고 자네의 장수(長壽)를 위해서."

그는 다시 내 팔을 잡았고, 우리는 앞으로 나아갔다.

"이 지하실은 상당히 넓군" 하고 그는 말했다.

"몽트레소르 가는 굉장히 가족이 많았다네" 하고 내가 대답했다.

"자네 가문의 문장(紋章)은 어떤 것이었나?"

"담청색 바탕에 거대한 인간의 발이 금빛으로 그려져 있었지. 그 발이 성난 독사를 짓밟고 있는데 독사의 이빨은 발뒤꿈치를 물고 있는 그림이라네."

"그리고 가훈은?"

"나를 해치는 자는 보복받는다."

"좋지!"

그가 말했다.

그의 눈은 술기운으로 번득였고 방울이 딸랑댔다. 내 기분도 메독 때문에 후끈후끈했다. 우리는 술통과 동바리가 뒤죽박죽 뒹굴고 뼈다귀가 쌓여 벽같이 된 틈을 지나 지하묘지 맨 구석진 곳으로 들어갔다. 나는 다시 발을 멈추고 포투나토의 팔을 움켜쥐었다.

내가 말했다.

"초석이야! 보게, 자꾸 많아지지. 천장에 이끼처럼 매달렸어.

우리는 지금 강바닥보다도 더 낮은 곳에 있는 거야. 습기가 모여 물방울이 해골바가지 속에 뚝뚝 떨어지네그려. 여보게, 더 늦기 전에 돌아가지. 자네 기침이……."

그가 말했다.

"상관없어. 더 가보세. 그런데 우선 메독 한 모금 더 마시고 말야."

나는 드 그라브 술병을 따서 그에게 내밀었다. 그는 단숨에 병을 비우고 말았다. 그의 눈은 사나운 빛을 내며 번쩍거렸다. 그는 웃음을 터뜨리고 알 수 없는 몸짓을 하며 병을 휘둘렀다.

나는 놀라서 그를 바라보았다. 그는 그 동작을 되풀이했다 — 그 해괴망측한 동작을.

"자네 알지 못하겠나?" 그가 말했다.

"모르겠네."

"그럼 자네 조합원이 아니군."

"뭐라고?"

"자넨 공제 조합원이 아냐."

"조합원이야. 정말 조합원이라니까."

"자네가? 그럴 리 없어. 조합원이라고?"

"조합원이래두."

"그 표시는."

"여기 있네."

나는 망토 자락에서 흙손을 내보이며 대답했다.

"자네 농담하는군."

그는 몇 걸음 물러서며 소리쳤다.

"아무튼 아몬틸라도가 있는 데까지 가보세."

"그렇게 하지."

나는 망토 속에 내 흙손을 다시 집어넣고 그의 팔을 잡으면서 말했다.

그는 전적으로 내 팔에 매달렸다. 우리는 아몬틸라도를 찾아 계속 나아갔다. 천장이 낮은 통로를 지나 밑으로 내려가고 다시 걷다가 내려가서 깊은 토굴 같은 데 도달했다. 그곳의 공기가 축축해서 우리가 들고 있는 불이 껌벅거렸다.

토굴 맨 구석에 조금 널찍한 장소가 나타났다. 그 벽은 파리의 거대한 지하묘지 같은 모양으로 천장까지 인간의 유골이 줄지어 쌓여 있었다. 이 토굴 내부의 세 벽면도 같은 방식으로 쌓여 있었다. 한쪽 벽면의 해골은 무너져내려 땅바닥에 뒤죽박죽 널려 있었고, 한 군데는 자그마한 무덤처럼 쌓여 있었다. 그 벽면 안쪽으로도 뼈다귀가 흩어져 있는 깊이가 4피트, 너비가 3피트, 높이가 7, 8피트나 되는 움푹한 장소가 또 보였다. 그 내부는 특별한 용도로 만들어진 것 같지는 않았다. 지하묘지 지붕을 버티는 두 기둥 때문에 저절로 만들어진 공간이었으며, 그 뒤쪽은 단단한 화강암 돌멩이로 둘러싸여 있었다.

포투나토는 약해진 불을 쳐들어 그 깊숙한 속을 들여다보려고 애를 썼지만 소용없는 일이었다. 흐릿한 불로는 그 끝을 볼 수가 없었다.

내가 말했다.

"들어가보게. 저기 아몬틸라도가 있네. 루케시 말로는……."

"그 녀석은 무식쟁이야."

포투나토는 비틀거리며 들어가면서 내 말을 가로챘다.

나는 곧바로 그의 뒤를 따랐다. 그는 금세 맨 끝의 움푹 파인 구석에 이르렀고, 바윗돌이 가로막아 더는 나아가지 못한 채 어리둥절해하며 멍청히 서 있었다. 나는 순식간에 그를 바위에 잡아매버리고 말았다. 바위 표면에는 두 개의 무쇠 꺾쇠가 각각 2피트쯤 떨어져 달려 있었다. 그 꺾쇠 하나에는 짤막한 쇠사슬이, 다른 쪽에는 자물쇠가 있었다. 그의 허리에 쇠줄을 던져 잡아매는 데는 단 몇 초밖에 걸리지 않았다. 그는 너무나 놀라 반항할 겨를이 없었다. 나는 열쇠를 빼가지고 그곳에서 빠져나왔다.

나는 말했다.

"손을 벽에 대보게. 초석이 잡힐 거야. 그건 정말 축축하단 말야. 한번 더 돌아가자고 해볼까? 안 된다고? 그렇다면 자넬 놔두고 갈 수밖에 없군. 그렇지만 내 할 수 있는 한 자네한테 조심을 하라고 해야겠어."

"아몬틸라도!"

포투나토는 아직도 놀라움에 쌓인 채 소리 질렀다.

"사실이야. 아몬틸라도지."

그렇게 말하면서 나는 그곳에 있는 해골 더미 사이를 분주히 돌아다녔다. 나는 그 해골을 파헤치면서 상당량의 건축용 석재(石材)와 모르타르를 찾아냈다. 이런 재료와 흙손을 사용해서 원기왕성하게 토굴 입구를 쌓아올리기 시작했다.

내가 돌멩이로 첫 줄을 다 쌓은 순간 포투나토의 취기도 상당히 가신 것 같았다. 구석 깊숙한 곳에서 포투나토의 낮은 신음소리가 들려왔다. 그것은 술주정뱅이의 외침이 아니었다. 그러더니 한참 동안이나 끽소리도 없었다. 나는 돌로 둘째 줄, 셋째 줄, 넷째 줄을 쌓았다. 그때 쇠사슬이 야단스럽게 흔들리는 소리가 들렸다. 그 소리는 한참 동안 계속되었다. 그래서 나는 그 소리를 좀 더 잘 듣기 위해서 작업을 그만두고 뼈다귀 위에 앉았다. 마침내 쇠사슬 소리가 그치자 나는 다시 연장을 들고 잠시도 쉬지 않고, 다섯째, 여섯째, 일곱째 줄을 쌓았다. 돌담은 거의 내 가슴 높이만큼 쌓였다. 나는 다시 일손을 멈추고 돌벽 위에 관솔불을 대고 돌담 속에 갇혀 있는 포투나토를 희미한 빛으로 비춰보았다.

별안간 쇠사슬에 묶여 있는 그의 목구멍에서 크고 날카로운 비명이 계속 튀어나왔기 때문에 나는 우악스럽게 떠밀리는 기분이었다. 잠시 나는 소스라치면서 ― 부들부들 떨었다. 나는 칼집에서 칼을 뽑아 돌담 안쪽에 대고 휘둘러보았다. 그러고는 순간 안도의 숨을 내쉬었다. 나는 지하묘지의 단단한 구조물을 손으로 만져보고 만족스러워했다. 나는 다시 벽으로 다가섰다. 그리고 아우성치는 그 인간의 소리에 대답해주었다. 합세하듯이 나도 되받아 악을 쓰고 ― 더 크고 힘 있는 소리로 그의 외침을 압도해버렸다. 내가 소리치는 동안 그의 아우성은 잠잠해졌다.

한밤중이 되어서 나도 작업을 거의 끝마치게 되었다. 나는 여덟째 줄, 아홉째 줄, 열째 줄을 완성했다. 그런 다음 마지막 줄인 열한 번째 줄을 거의 끝내버렸다. 이제 남은 일이란 돌 하나만 더 올려놓고 모르타르 칠만 하면 되는 것이다. 나는 이 무거운 돌을 쩔쩔매면서 놓아야 할 자리에 겨우 올려놓았다. 그런데 그때 토굴에서 소름 끼치는 낮은 웃음소리가 새어 나왔다. 뒤이어 슬픈 목소리가 들렸는데 그것이 기품이 당당한 포투나토의 목소리라고 생각하긴 힘들었다. 그 목소리는…….

"하! 하! 하! — 히! 히! — 참 멋진 장난이야 — 기가 막힌 장난이지. 집에 가서 한바탕 실컷 웃어보자 — 히! 히! 히! — 술을 마시면서 — 히! 히! 히!"

내가 말했다.

"아몬틸라도!"

"히! 히! 히! — 히! 히! 히! — 그래, 아몬틸라도. 그런데 시간이 늦지 않았나? 집에서 아내와 아이들이 우리를 기다리고 있을 텐데! 돌아가자구."

내가 말했다.

"그러지. 우리 돌아가세."

"제발 그렇게 해, 몽트레소르!"

내가 말했다.

"그러자구. 제발 그렇게 해주지!"

그러나 이 말에는 아무런 대답을 들을 수 없었다. 나는 참을 수가 없었다. 나는 큰 소리로 외쳤다.

"포투나토!"

대답이 없다. 나는 다시 불렀다.

"포투나토!"

여전히 대답이 없었다. 나는 들고 있던 불을 틈새로 던져서 안에 떨어지게 했다. 오직 '딸랑' 하는 방울 소리만이 튀어나왔다. 나는 가슴이 답답했다. 지하묘지의 습기 때문이었다. 나는 작업을 마저 끝내려고 서둘렀다. 마지막 돌멩이를 제자리에 밀어넣었다. 그러고는 모르타르 칠을 해버렸다. 새로 쌓은 돌벽에 다시 뼈다귀를 쌓아올렸다. 반세기 동안은 누구 하나 이것을 건드리지 않았다. 고이 잠들길!

검은 고양이

내가 이제부터 쓰려고 하는 가장 끔찍스럽지만 역시 가장 솔직한 이야기에 대해서 믿어주기를 기대하거나 간청하지 않는다. 나 자신도 믿지 못하는 사건을 믿어주기를 기대한다면 그거야말로 내가 미친 것이 될 것이다. 그렇지만 나는 미친 것도 아니고—분명히 꿈을 꾸고 있는 것도 아니다. 그러나 내일이면 나는 죽는다. 그래서 오늘 내 영혼의 무거운 짐을 벗어버리고 싶은 것이다. 나의 단도직입적인 목적은 평이하고 간결하게, 그리고 설명을 붙이지 않고 세상 사람들 앞에 일련의 단순한 가정 사건을 내놓으려는 것이다. 결과적으로 이들 사건이라는 것들은 나를 무서워 떨게 했고—괴롭혀댔으며—파멸시키고 말았다.

그러나 나는 그 따위 사건들에 설명을 붙이지는 않겠다. 나에게 그 사건들은 공포밖에는 준 것이 없고—다른 사람들에게는 무섭다기보다는 별스럽게 비친 것 같다. 이후에 아마도 어떤 지성인이 나타나서 나의 환상을 보잘것없는 평범한 일쯤으로 대단찮게 여길는지도 모를 일이다. 나보다 더 침착하고 논리적이며 좀처럼 흥분하지 않는 지성인이 있다면 내가 두려운 마음으로 상술하고 있는 상황에 대해서 흔해빠진 일련의 아주 자연스러운 인과관계라는 것밖에 알아내지 못할 것이다.

어릴 적부터 나는 온순하고 인정이 많은 성품을 가진 아이로 이름나 있었다. 나는 유별나게 다정다감해서 친구들한테 놀림감이 될 정도였다. 게다가 유독 짐승을 좋아해서 부모님은 갖가지 애완동물을 구해주셨다. 나는 대부분의 시간을 이 동물들과 함께 보냈고 이들에게 먹이를 주고 귀여워해주는 시간보다 더 행복한 때는 없었다.

성장하면서 이러한 나의 괴벽한 성질도 자라나서 어른이 되어서는 그것을 나의 가장 큰 쾌락의 원천으로 삼게 되었다. 충실하고 영리한 개에게 애정을 주는 사람에게는 이런 데서 나오는 만족감이 어떤 성질의 것이며 얼마나 강렬한가를 애써 설명할 필요가 없을 것으로 안다. 이런 짐승에 대한 욕심 없는 희생적인 사랑 가운데는 단순한 인간의 하찮은 우정과 거미줄 같은 신의를 시험해 볼 기회를 자주 가져본 사람의 마음과 직통으로 통하는 무엇인가가 있는 것이다.

나는 일찌감치 결혼했다. 그런데 내 아내의 성질 가운데도 내 성질과 같은 것이 있어서 다행으로 여겼다. 아내는 집에서 키우는 애완동물에 대한 나의 편애를 알고는 기회를 놓칠세라 마음에 드는 동물들을 사들였다. 그리하여 새, 금붕어, 예쁜 개, 토끼, 꼬마원숭이, 그리고 고양이를 갖게 되었다.

맨 나중에 갖게 된 이 고양이는 유달리 크고 예쁜 데다 몸이 온통 까맣고 놀라울 만큼 영리했다. 내가 그놈이 영리하다고 말할 때면, 마음이 적지 않이 미신으로 물들어 있는 아내는 옛날 사람들 말을 빌려 검은 고양이는 모두 마녀가 모습을 빌려 나온 거라고 번번이 은근하게 말했다. 아내가 이 점에 대해 심각하게 여기고 있는 것은 아니었다. 다만 내가 그 문제에 대해 이제 막 기억났다는 이유밖에는 없다.

플루토〔로마 신화에 나오는 명부(冥府)의 신(神)〕— 이것이 고양이 이름인데 — 는 내가 제일 좋아하는 짐승이며 놀이 친구였다. 그놈을 나 혼자만 키웠고, 그래서 놈은 내가 집 안에서 어딜 가나 따라다녔다. 놈이 길거리까지 내 꽁무니를 따라다니는 것을 못하게 하기가 여간 힘들지 않았다.

우리의 우정은 이런 식으로 수년 동안 지속되었다. 이 기간 동안에 나의 기질과 성격은 — 무절제라는 악마 덕분에 — (고백하기 얼굴 뜨거운 노릇이지만) 못된 쪽으로 마구 변해버렸다. 날이 갈수록 나는 더욱 변덕스러워지고 게다가 참을성이 없게 되어 다른 사람의 기분 따위는 더욱 아랑곳하지 않게 되었다. 나는 아내에게 마구 욕지거리를 해댔다. 종국에는 손찌검까지 하게 되었다.

물론 내 애완동물들도 내 성질이 변한 것을 느끼게 되었다. 나는 그놈들을 돌봐주기는커녕 괴롭혔다. 그래도 나는 플루토에 대해서만은 토끼나 원숭이나 개가 무심코 내게 온다든지 귀여워해 달라고 치댈 때 마구 해댄 것처럼 그러지 않고, 학대를 삼갈 아량을 여전히 지니고 있었다. 그러나 나의 병은 점점 깊어졌다. 알코올 중독 같은 병이 어디 있겠는가! — 결국 플루토까지도, 늙어가고 따라서 앙탈을 좀 부리는 — 플루토란 놈까지도 내 못된 성질의 영향을 받기 시작했다.

어느 날 밤, 거리에 있는 내 단골집에서 고주망태가 되도록 퍼마시고 집에 돌아오니 고양이가 내가 오는 것을 알고 피해버린 것 같은 생각이 들었다. 나는 그놈을 움켜잡았다. 그러자 내가 부리는 횡포에 겁을 먹고 이빨로 내 손등에 가벼운 상처를 입혔다.

나는 순간적으로 악마와 같은 분노에 사로잡혔다. 나는 제정신이 아니었다. 당장 나의 본디 영혼은 몸 밖으로 튀어나간 것 같았다. 술기운으로 터져 나오는, 악마보다도 더 못된 악의가 전신을 떨리게 만들었다. 나는 조끼 호주머니에서 주머니칼을 꺼내 그 가련한 짐승의 목덜미를 움켜잡고 얼굴에서 눈깔 하나를 유유하게 도려냈다. 이 저주받을 잔인무도한 짓을 써나가는 지금도 나는 얼굴이 달아오르고 가슴이 타며 몸서리가 쳐진다.

다음날 아침 제정신이 들자 — 지난밤의 취기에서 깨어났을 때 — 나는 내가 저지른 죄악에 대해서 두려움 반, 후회 반의 기분을 어쩔 수 없었다. 그러나 기껏해야 미약하며 애매모호한 감정일 뿐 내 정신은 여전히 그대로였다. 나는 또다시 진을 곤죽이 되게 퍼마시고 내가 저지른 모든 행동에 대한 기억을 술속에 파묻어버리고 말았다.

그동안 고양이는 서서히 상처가 아물었다. 그 도려낸 눈구멍이 흉측한 꼴로 변한 것은 사실이었다. 그러나 이제 더는 고통에 시달리는 것 같지는 않았다. 그놈은 그전처럼 집 안을 두루 돌아다녔지만 예상했던 대로 내가 가까이 가면 공포에 질려 도망가고 말았다. 나는 그대로 옛날 마음이 죽지 않아서 한때 그토록 나를 좋아하던 짐승이 대놓고 싫어하는 사실에 대해 처음엔 서글픈 생각이 들었다. 그러나 이런 마음은 금세 분노로 바뀌고 말았다. 그런 다음 돌이킬 수 없는 마지막 파멸에 이른 것처럼 마음이 마구 비꼬이고 말았다.

이따위 성미에 대해서 이치로 설명을 붙일 수는 없다. 그러나 나는 내 영혼이 살아 있다는 것을 확신하는 것만큼 변태심리란 인간의 마음에 본래부터 있는 한 가지 충동이라는 것, 즉 인간의 성격에 방향을 제시해주는 불가분의 원시적 기능이든지 감정이라는 것을 확신하고 있다.

단순히 해서는 안 된다는 이유 때문에 악한 짓이나 멍청한 행동을 몇백 번이고 저지르지 않은 사람이 어디 있는가? 우리는 가장 올바른 판단력을 지니고 있음에도 단지 그것이 계율이라는 사실 하나만으로 끊임없이 그것을 범하려는 성질을 지니고 있는 건 아닐까?

이런 비틀린 마음이 나의 최후의 파멸을 낳고 말았다. 나로 하여금 그 죄 없는 짐승에게 계속 상해를 입히게 만들고 결국에는 극한 상황에 이르게 한 것은 다른 게 아니라 학대에 대한 영혼의 끝없는 동경이었다. 즉 저 자신의 성질에다 폭력을 가하고 — 오직 악을 위해서 악을 자행하는 그런 것이었다.

어느 날 아침 나는 냉혈동물처럼 고양이 목에다 올가미를 씌워 나뭇가지에 매달아놓았다. 매다는데 나의 눈에선 눈물이 마구 흘러내렸고 가슴은 칼로 도려내는 듯 쓰라렸다. 나는 그놈이 나를 무척 좋아했다는 사실을 알기 때문에, 그리고 나를 화나게 할 아무런 구실도 주지 않았다고 느꼈기 때문에 매달았다. 또 그런 짓을 함으로써 내가 죄를, 그것도 내 불멸의 영혼을 망쳐버릴 끔찍한 죄를 짓는다는 사실을 알기 때문에 매달았다. 설령 자비하심이 한량없으면서도 무섭기 이를 데 없는—하나님의 무한한 사랑으로도 어쩔 수 없는—그런 죄가 있을 수 있다면 바로 그런 죄를 지은 것이다.

이 잔인무도한 행위를 저지른 바로 그날 밤 나는 불이야, 하는 소리에 잠에서 깼다. 침대 커튼이 불길에 싸여 있었고, 집 전체가 활활 타고 있었다. 아내와 하인과 나는 간신히 불더미 속에서 피해 나왔다. 집은 폭삭 타버리고 말았다. 내가 가진 전 재산이 날아가버리자 나는 절망에 빠져버리고 말았다.

나는 그 재난과 잔학 행위 사이에 인과관계를 찾아내어 내세울 만큼 약한 인간은 아니다. 그러나 사건들을 연결하고 있는 사슬을 설명하고 있을 뿐이지—있음직한 고리를 불완전하게 놓아두고 싶은 생각은 없다. 불이 난 다음날 나는 불탄 자리로 가보았다. 벽은 한쪽만 빼놓고 모두 주저앉아 있었다. 예외가 된 이 벽은 집 한가운데쯤 서 있는 그다지 두껍지 않은 칸막이 벽으로 나의 침대 머리맡에 있던 벽이었다. 이 벽이 상당한 정도로 불길을 견뎌낼 수 있었던 것은 횟가루를 칠한 덕이었다.

그것도 바른 지가 얼마 안 되었기 때문이다. 이 벽 근처에 사람들이 잔뜩 모여 있었는데 적지 않은 사람들이 비상한 관심을 가지고 이 특이한 부분을 자세히 살펴보는 것 같았다. "이상한데!" "희한하군!" 하는 소리와 그 비슷한 말들이 내 호기심을 자극했다. 나는 마치 하얀 벽 표면에 얕게 새긴 것 같은 거대한 고양이 모양이 나 있는 것을 가까이 가서 보았다. 그 모양은 정확해서 정말 신기하기 짝이 없었다. 그 짐승의 목둘레에는 끈이 매여 있었다.

처음 내가 이 불가사의한 현상을 보았을 때 — 왜냐하면 그것을 망령이라고 생각했기 때문에 — 나의 놀라움과 공포심은 극도에 달했다. 그러나 마침내 반성을 하고 마음을 달랬다. 내 기억으로는 고양이를 집과 맞붙어 있는 정원에 매달아놓았던 것이다. 불이야, 하는 소리에 정원에는 당장 사람들이 몰려들었다. 그들 중 누군가가 그 짐승을 나무에서 떼어내어 열려 있는 창문을 통해 방 안에다 내던졌음이 틀림없다. 아마도 이런 짓으로 나를 잠에서 깨우려 한 것이리라. 다른 벽이 무너지면서 새로 회칠한 벽에 내가 가한 잔인성의 제물을 짓눌러버렸던 것이다. 불길로 탄 회와 시체에서 나온 암모니아가 뒤섞여 내가 본 것과 같은 형상을 만들어냈던 것이다.

내가 방금 이야기한 놀라운 사실에 대해서 양심에까지 걸릴 것은 없으나 이성적으로 이런 식으로 설명이 되어 나의 공상에 깊은 인상을 적지 않이 준 것만은 사실이었다. 몇 달 동안을 나는 고양이의 환영을 물리칠 수가 없었다. 그리고 이 기간 동안에 내 마음 가운데는 회한 비슷한, 그러나 실은 그것도 아닌 묘한 감정이 일어났다. 이 짐승을 잃어버린 것을 후회한 나머지 요즈음 버릇이 되다시피 자주 가는 그 지긋지긋한 장소에서 그놈과 같은 종류이거나 그와 비슷한, 그놈 대신 방망이로 들이세울 동물을 찾기 위해 내 주위를 살펴보았다.

어느 날 밤 치욕스럽기 이를 데 없는 소굴 속에 얼큰하게 취해서 앉아 있으려니까 이 집의 주요 가구로서 널려 있는, 진과 럼주를 담는 거대한 통들 중 하나 위에 시커먼 물체가 엎드려 있는 것이 별안간 내 마음을 끌었다. 나는 이미 이 통 꼭대기를 한참 동안 계속 바라보고 있었는데 이상한 사실은 내가 진작 그 물체를 알아보지 못했다는 점이었다. 나는 가까이 가서 그것을 손으로 건드려 보았다. 그것은 검은 고양이였다. 아주 큰 놈이었는데 — 플루토만큼이나 덩치가 큰 데다 한 가지만 빼면 모든 것이 그놈과 꼭 닮았다. 플루토는 몸 전체 어디를 막론하고 흰 털이라곤 없었는데 이 고양이는 거의 가슴패기 전체가 뚜렷하지는 않지만 큼직한 흰 점으로 덮여 있었다.

놈을 건드리자 그 고양이는 당장 일어나더니 가르릉 소리를 크게 내며 내 손에 몸뚱이를 비비댔다. 아는 척을 해주어서 좋아하는 것 같았다. 그런데 이것이 바로 내가 찾던 동물이었다. 나는 그 자리에서 그놈을 사겠다고 주인한테 제의했다. 그러나 이 사람은 그 고양이를 알지도 못하고 — 전에 본 일도 없다면서 — 그놈에 대한 아무런 권리도 없다고 했다.

나는 계속 쓰다듬어주었다. 집으로 돌아가려고 하니까 그놈은 나를 따라나설 눈치를 보였다. 나는 따라오게 놓아두었다. 나는 가면서도 때때로 몸을 굽혀 토닥토닥 해주었다. 집에 이르자 그놈은 금방 길이 들고 아내에게는 바로 굉장한 애완동물이 되었다.

얼마 안 있어 내 마음속에서 그놈을 싫어하는 현상이 일어났다. 이것은 내가 예기했던 것과 정반대 현상이었다. 그러나 그놈이 나를 대놓고 좋아하는 것이 도리어 불쾌하고 귀찮은 이유를 알 방법이 없었다. 차츰 이러한 불쾌감과 귀찮은 감정은 심한 혐오감으로 바뀌고 말았다. 나는 그놈을 피했다. 뭔가 창피한 생각이 들고 그 전의 잔인한 행동이 떠올라 손을 써서 그놈을 때리는 일은 하지 않았다. 몇 주일 동안 그놈을 때린다든가 그 밖의 난폭한 짓은 하지 않았다. 그러나 서서히 — 아주 서서히 — 이루 표현할 수 없는 지겨운 마음으로 그놈을 바라보게 되었고, 염병에 걸린 인간에게서 피해버리듯 그 보기 싫은 존재만 보면 말없이 도망치고 말았다.

이 짐승에 대한 나의 혐오감을 부채질한 것은 의심할 바 없이 그놈을 집으로 데리고 온 다음날 아침 플루토처럼 그놈도 눈알 하나가 빠져나갔다는 사실을 발견하고부터였다. 그렇지만 이미 말한 바와 같이 나의 아내는 한때 나의 뛰어난 특징이었으며 내게 수많은 단순하고 순박한 기쁨을 안겨주던, 인정미를 지닌 사람이었다. 때문에 이러한 상황이 그녀에게는 오직 사랑스러울 뿐이었다.

그러나 이 고양이에 대한 나의 혐오감과는 아랑곳없이 그놈의 나에 대한 편애는 더욱 커져만 가는 듯했다. 그놈은 독자들이 이해하기 곤란할 만큼 끈덕지게 내 발뒤꿈치를 따라다녔다. 내가 앉아 있을 때는 의자 밑에 쭈그리고 앉아 있든지 내 무릎 위에 뛰어올라와 진저리나는 애무로 나를 핥아댔다. 일어나서 걸을라치면 내 발 사이에 끼어들어 사람을 넘어뜨릴 뻔하거나 길고 날카로운 발톱으로 옷을 붙들고 가슴패기까지 기어 올랐다. 이럴 때면 나는 한 대 쳐서 그놈을 죽이고 싶지만 한편으로는 전에 저지른 죄가 생각나서 주저하게 되었다. 그렇지만 정작 그 이유는 — 당장 고백하자면 — 그 짐승이 끔찍하게도 무섭기 때문이었다.

이 두려움은 정확히 말해서 체형(體刑)을 가하는 죄악이 무서워서가 아니었다. 그렇지만 나는 달리 그것을 정의할 방법을 모르겠다. 창피를 무릅쓰고 고백해야겠는데 — 그렇다. 이 흉악범의 감방에서마저 고백하기가 얼굴 뜨거운 노릇인데 — 이 짐승이 나에게 끼친 공포와 전율은 그저 있을 수 있는 단순한 망상으로 인해서 더 커졌다.

전에도 말한 적이 있지만 이 새로 태어난 짐승과 전에 죽여버린 놈 사이에 눈에 띄는 유일한 차이점은 하얀 털이 있다는 사실인데 아내는 여러 차례 이에 대해 주의를 환기시켰다. 독자 여러분은 이 점이 크긴 하지만 본래부터 흐릿했다는 것을 기억하고 있을 것이다. 그러나 차츰차츰 — 거의 눈에 띄지 않게, 더구나 오랫동안 내 이성으로는 환상이라고 애써 부정하려 들었지만 — 그것은 드디어 뚜렷한 윤곽을 드러내게 되었다. 그것이 이제는 이름만 들어도 소름이 끼치는 어떤 물체의 형상을 나타내고 있었다. 더구나 이것 때문에 나는 그놈을 혐오하고 두려워해서 — 용기만 있었다면 그 괴물을 없애버렸을 것이다. 그것은 정말 소름 끼치는 — 그리고 무시무시한 — 교수대의 형상이었다! — 아, 슬프고 무서운 공포와 죄악 — 그리고 고뇌와 죽음의 형틀이여!

그래서 나는 참으로 보통 인간이 겪을 수 없는 지독한 비참함에 빠지고 말았다. 그런데 잔인한 짐승이 — 저의 친구를 깔보고 때려 죽였다고 해서 — 잔인한 짐승이 나를 위해서 — 높으신 하나님의 형상을 본따 만들어놓은 인간인 나를 위해서 — 이토록 참을 수 없는 고뇌를 만들어놓다니! 슬프다! 밤이고 낮이고 안식의 축복을 이제는 더 알지 못하겠구나! 낮에는 그 짐승이 한시도 나를 혼자 놔두지 않았고 밤이면 시간시간 형언할 수 없는 악몽에서 깜짝 놀라 깨어나면 그놈의 화끈거리는 입김이 내 얼굴을 뒤덮고 있고, 그 지독한 무게는—도저히 떨쳐버릴 수 없는 그 악몽의 화신(化身)은—끝없이 나의 가슴을 짓누르고 있었다!

이와 같은 고통의 압력에 짓눌려 내 몸속에 겨우 남아 있던 가냘픈 선의(善意)는 질식되고 말았다. 악독한 생각만이 나의 유일한 친구가 되었다. 한없이 캄캄하고 악독한 생각만이. 평소의 내 변덕스런 기질은 세상만물과 온갖 인간에 대한 혐오를 더할 뿐이었다. 불쌍하게도 툭하면 갑작스레 걷잡을 수 없이 폭발해 나오는 분노로 갈 데까지 가버린 나라는 인생의 횡포에 대해서 가장 고통을 받고 참아야 하는 사람은 아내였다.

어느 날, 집안일로 가난에 쪼들려 어쩔 수 없이 살게 된 옛날 집의 지하실로 아내와 함께 내려가게 되었다. 고양이가 내 뒤를 따라 가파른 층계를 내려오다 하마터면 그놈 때문에 나는 거꾸로 떨어질 뻔했다. 그래서 나는 미칠 지경으로 화가 치밀었다. 도끼를 번쩍 쳐들고 화가 치밀어 여태까지 내 손을 붙들어왔던 어린애다운 두려움을 잊어버리고 그 짐승에게 일격을 가하려고 노리고 있었다. 물론 생각대로 내려치기만 했다면 그놈은 즉사하고 말았을 것이다. 그러나 아내의 손이 그 일격을 막아냈다. 그 방해에 자극을 받은 나는 악마보다도 더 간악한 분노가 불타올라 그녀의 손을 뿌리치고 도끼를 아내의 골통에다 내리치고 말았다. 아내는 끽소리 한마디 못 지르고 그 자리에 쓰러져 죽고 말았다.

이 흉측한 살인을 저지르자 나는 당장 주도면밀하게 시체를 감추는 작업에 착수했다. 낮이건 밤이건 간에 이웃사람에게 들키지 않고 집 밖으로 시체를 내간다는 것이 불가능하다는 사실을 나는 알고 있었다. 여러 가지 계획이 마음에 떠올랐다. 시체를 토막토막 잘게 썰어 불에 태워버릴까도 생각했다. 그렇지 않으면 지하실 바닥에 무덤을 파서 묻어버릴 결심을 하기도 했다. 또는 마당에 있는 우물에다 던져버릴까—혹은 흔히 하듯이 상자 속에 상품처럼 포장해서 짐꾼을 시켜 집에서 내갈까도 궁리했다. 결국에는 이 모든 방법보다 훨씬 더 편리하다고 여겨지는 방법이 번득 떠올랐다. 중세 승려들이 자기네가 죽인 희생물을 벽에 넣고 발라버렸다는 기록에서처럼 나도 지하실 벽 속에 넣고 발라버리기로 결정을 했다.

이와 같은 목적을 수행하는 데 지하실은 안성맞춤이었다. 그 벽은 엉성하게 쌓였으며 회벽칠을 대충 한 것이 얼마 안 된 데다 공기가 눅눅해 아직 굳지 않았다. 더구나 한쪽 벽은 가짜 굴뚝이나 벽난로 때문에 불쑥 나와 있었는데 메워져서 다른 벽들과 비슷하게 되어 있었다. 나는 이 부분의 벽돌을 들어내고 시체를 처넣은 다음 전과 같이 싹 발라치우면 누구 한 사람 수상한 점을 찾아내지 못하리라 확신하게 되었다.

이 계산은 어긋나지 않았다. 나는 쇠지렛대를 써서 벽돌을 쉽게 헐어내고 벽 속에 시체를 조심스럽게 세워놓은 다음, 그다지 애먹지 않고 전과 똑같이 벽 전체를 쌓아올렸다. 나는 모르타르와 모래와 털을 구해 와 매우 세심하게 주의를 기울여서 옛 것과 구별할 수 없는 회반죽을 만들어 아주 조심스럽게 새로 쌓은 벽돌 벽에 발랐다. 일을 끝내고 나니 모든 게 다 잘되었다는 만족감이 들었다. 그 벽이 새로 발라졌다는 흔적이 조금도 보이지 않았다. 바닥에 널린 쓰레기는 깨끗하게 치웠다. 나는 의기양양해서 사방을 둘러보고 혼자 중얼거렸다.

"적어도 이쯤 되면 공연한 애를 쓴 건 아냐."

다음 단계는 그 엄청난 불행을 초래한 그놈의 짐승을 찾는 일이었다. 나는 끝까지 그놈을 잡아 죽여버리겠다고 굳은 결심을 했기 때문이었다. 바로 그때 그놈을 만날 수 있었다면 그놈의 운명은 의심할 여지가 없게 되었을 것이다. 그러나 그 교활한 짐승은 내가 화가 나서 발광을 부리자 기겁을 해 나의 이런 감정 앞에는 나타나기를 꺼리는 것 같았다. 그 기분 나쁜 짐승이 보이지 않자 내 가슴속에 일어났던 그 깊고 축복받은 안도감을 어떻게 묘사하고 상상해야 할지 모르겠다. 그놈은 밤 동안에도 꼴을 나타내지 않았다. 그래서 하룻밤을, 적어도 하룻밤을 그놈이 우리 집에 온 이래 깊이 평안하게 잘 수 있었다. 언제까지고 나의 영혼에 무거운 살인의 부담을 걸머지고도 잘 수 있었던 것이다.

하루가 지나고 이틀이 지났건만 나를 괴롭히는 놈은 나타나지 않았다. 다시 한 번 자유로운 인간처럼 숨을 쉬었다. 그 괴물은 공포에 떨며 영원히 우리 집에서 떠나고 말았다! 그놈을 이제 다시는 못 보겠구나! 나의 행복은 최상이었다. 내가 저지른 악행에 대한 죄책감도 별로 고통스럽지 않았다. 몇 번 심문을 받았지만 그

쯤은 척척 대답해냈다. 수색까지도 당했지만—물론 아무것도 탄로나지 않았다. 내 앞날의 행복은 안전무사하게 보였다.

살인한 지 나흘째 되는 날 뜻밖에 한 떼의 경찰이 집에 몰려들어 가택수색을 하며 재차 샅샅이 뒤지기 시작했다. 그러나 은닉장소가 수수께끼만큼이나 안전하기 때문에 어떠한 일에도 당황하지 않았다. 경찰들은 수색하는 동안 자기네를 따라다니라고 했다. 그들은 구석이라는 구석은 빼놓지 않고 뒤지고 지나쳤다. 드디어 그들은 세 번째인가 네 번째로 지하실로 내려갔다. 나는 눈 하나 깜짝하지 않았다. 나의 가슴은 티없이 세상 모르고 자고 있는 사람의 심장처럼 고요히 뛰었다. 나는 지하실을 샅샅이 다 걸어다녔다. 팔짱을 낀 나는 태연하게 왔다 갔다 했다. 경찰들은 안심하고 떠나려 했다. 나는 가슴속 기쁨이 너무나 벅차서 억누를 수가 없었다. 나는 의기양양한 기분으로 단 한마디라도 해서 내가 죄가 없다는 것을 재인식시키고 싶어 몸이 달았다.

"수사관님들" 하고 마침내 나는 경찰들이 층계를 오를 때 입을 열었다.

"저는 수사관님들의 의심을 풀어드릴 수 있어 기쁩니다. 여러분 모두 건강하시길 바라며 좀 더 예의를 지켜주셨으면 합니다. 그런데, 수사관님들, 이 집은—이 집은 말입니다, 아주 잘 지어진 집입니다. (뭔가 태연자약하게 말하고 싶은 미치광이 같은 욕망 때문에 내가 무엇을 지껄이고 있는지 전혀 알지를 못했다.) 정말 굉장히 잘 지은 집이라고 말할 수 있습니다. 이 벽은 말입니다. 수사관님들께선 돌아가시겠습니까? 이 벽은 정말 견고하게 쌓아올렸습니다."

그런데 이 대목에 이르자 나는 공연히 미친 허세가 발동해서 손에 들고 있던 단장으로 나의 사랑하는 아내의 시체가 숨겨진 바로 그 벽돌 부분을 탁탁 두들겨댔다.

그러나 하나님이시여, 저를 보호하사 마왕의 독수(毒手)에서 구원해주시옵소서! 내 단장이 두드리는 소리가 사라지기가 무섭게 무덤 속에서 대꾸하는 목소리가 나왔다. 처음에는 어린애가 흐느껴 우는 것 같은 막혔다 터졌다 하는 울음소리가 나더니 뒤이어 크고 긴 계속적인 절규가 아주 불규칙하게 사람 소리 같지 않게 들려왔다. 짖어대는 소리! 지옥에 떨어진 자들만이 낼 수 있는 반은 공포로 또 반은 의기양양하게 터져 나오는 울부짖는 아우성이, 고통 속에 저주받은 자들과 저주 속에 기뻐 날뛰는 마귀들의 목소리와 뒤범벅이 되어 나왔다.

내가 품고 있던 생각에 대해 말한다는 것은 덜떨어진 짓이다. 나는 기절해서 비틀거리며 맞은편 벽에 쓰러지고 말았다. 한순간 경찰들은 말 못할 공포와 두려움에 질려 꼼짝 못하고 층계에 서 있었다. 다음 순간 열두 명의 건장한 팔이 벽을 두드려 부수고 있었다. 벽이 통째로 넘어갔다. 이미 굉장히 썩고 응혈로 굳어버린 시체가 경찰들 눈앞에 꼿꼿이 서 있었다. 그 끔찍스런 짐승은 시체 머리 위에 새빨간 입을 딱 벌리고 분노에 찬 외짝 눈을 부릅뜨고 앉아 있었다. 결국 그놈의 술책에 빠져 살인을 범하게 되었고, 그 일러바치는 목소리가 나를 교수형을 받게 했던 것이다. 나는 그 괴물을 벽 속에 넣고 그대로 발라버렸던 것이다.

어셔 가의 몰락

그의 가슴은 매달린 비파(琵琶)와 같고, 손을 대면 금방 울려 나온다.

–드 베랑제

구름이 무겁게 내리누르듯 나직이 걸려 있는 어느 쓸쓸하고 어두운, 조용하기 이를 데 없는 가을날, 나는 홀로 말을 타고 이상스럽게 황량한 시골길을 쫓아 황혼이 내릴 무렵 그 서글픈 어셔 가(家)가 보이는 곳에 다다르게 되었다. 왜 그런지 알 수 없지만—처음 그 집을 보았을 때 참을 수 없는 울적한 심정이 온몸을 가득 메우게 되었다. 참을 수 없는 심정이라 말했지만 사람이 아무리 황량하고 무섭고 가혹하기 짝이 없는 자연의 영상을 본다 하더라도 보통 시적인 감정이 우러나 반쯤은 기쁨을 느끼게 마련인데 여기선 그런 감정이 전혀 없었다.

나는 내 앞에 나타난 정경을 바라보았다. 단지 집만을, 그리고 그 터전에 펼쳐진 단순한 경치를—황폐한 담을—눈처럼 펑 뚫린 창문들을—몇 낱 안 되는 나무 덤불을—그리고 몇 그루 죽은 나무의 하얀 등걸을 영혼에서 우러나오는 말 못할 침울감으로 바라보았다. 그 감정은 현실생활에서는 느낄 수도 없는 것이며 아편 중독자가 꿈에서 헤어나—쓰라린 날마다의 생활로 빠져들 때—너울을 벗고 무섭게 떨어지는 느낌이었다. 마음은 싸늘하게 착 가라앉았으며 아팠다. 그 어쩔 수 없는 마음의 침울은 어떤 상상력으로 거든다 하더라도 숭고하게 되기는 불가능했다. 무엇 때문에 그랬던가? — 나는 발길을 멈추고 생각했다. 어셔 가를 생각할 때 무엇 때문에 내 마음이 그토록 불안했을까? 그것은 도무지 풀어낼 수 없는 불가사의한 일이었다.

나는 깊이 생각해보았지만 그 어둡고 괴상한 생각을 파악할 수 없었다. 틀림없이 이렇게 우리를 괴롭힐 만한 힘을 지닌 아주 단순하고 자연적인 물체가 결합되어 있을 것이다. 그렇다 할지라도 나는 만족스럽진 못하지만 우리의 생각으로는 도저히 이런 힘을 파헤칠 수 없다는 결론에 이를 수밖에 없었다. 설령 그 장면에서 특징적인 점이나 풍경의 세세한 부분을 좀 다르게만 늘어놓아도 그토록 슬픈 인상을 주는 힘을 어느 정도 줄여놓든지 아주 없애버릴 수 있으리라 생각했다. 나는 이런 생각을 하면서 집 옆으로 잔잔히 빛나고 있는 검은 빛깔의 호수가 깎아지른 벼랑에 맞대어 있는 곳까지 말을 몰았다. 그리고 먼저보다 더 간담이 서늘해지는 것을 느끼면서 — 잿빛 잡초와 귀신 같은 나뭇등걸, 펑 뚫린 눈망울 같은 창문들이 물 위에 비쳐 거꾸로 보이는 모양들을 바라보았다.

그렇지만 나는 이 음울한 집에서 몇 주일을 묵으리라 마음먹었다. 이 집 주인 로데릭 어셔는 소년 시절 아주 친한 친구였지만 서로 못 본 지 여러 해가 되었다. 그런데 그가 멀리 시골에 틀어박혀 있는 나에게 편지를 보냈다. 그 편지에서 그는 너무나 끈질기게 직접 찾아주기를 졸라댔다. 분명 그 필체는 흥분되어 어찌할 바를 모르는 면을 보여주었다. 그는 심상치 않은 병에 걸려 있고 — 정신적으로 자신이 혼란에 빠져 고통당하고 있다는 것과 — 자기의 가장 친한, 하나밖에 없는 친구인 나를 지극히 만나보고 싶은데, 만나서 즐겁게 이야기를 나눈다면 그 몹쓸 병이 어느 정도는 좋아질 거라고 이야기하고 있었다. 편지는 이런 식으로 다른 여러 가지도 말하고 있었는데 — 그의 요구가 너무나 마음에서 우러나오는 것이어서 — 나는 조금도 주저하지 않고 아직도 내가 아주 이상하게 생각하고 있는 그 호출에 끽소리 없이 나섰던 것이다.

어렸을 때 우리는 퍽 친한 사이였지만 사실 나는 나의 친구에 대해 아는 게 그리 없었다. 그는 언제나 말이 없었고 그것이 버릇이 되어 있었다. 그러나 그의 집안은 아주 옛날부터 아주 독특한 기질을 가진 감수성으로 유명했다. 그 감수성은 대대로 수많은 훌륭한 예술작품으로 나타났고, 요즈음에 와서는 관대하고도 자비스런 자선을 베푸는 형식으로 거듭거듭 나타났으며, 그에 못지않게 쉽게 알 수 있는 전통 음악의 아름다움보다 오히려 복잡미묘한 음악에 정열적으로 봉사하는 것으로 나타났다. 나는 또한 어셔 가의 혈통이 아주 오래됐으면서도 어느 시대에도 한 번도 분가(分家)를 하지 않았다는 뚜렷한 사실을 알고 있었다.

바꿔 말하면 온 집안이 한줄기로 쭉 내려와서, 물론 아주 사소한 일시적인 변화가 있긴 했지만 항상 일관되어왔다. 그것이 결함이었다. 나는 그 집터의 특성과 그 가문 사람들의 신망 있는 특성이 완전하게 조화를 이루고 있다고 생각하면서, 또 긴 시간이 지나는 동안 가옥의 구조가 이 집 사람들에게 영향을 끼쳤으리라 생각하면서 — 이것이 결함이었다. 아마도 분가 문제 때문에, 그래서 아비에게서 자식에게로 가명(家名)과 더불어 세습재산을 직접 물려주기 때문에, 결국에 가서는 이 두 가지가 본래 지명(地名)과 뒤범벅이 되어 '어셔 가'라는 이상하고도 애매한 명칭이 생겨났다고 생각했다. 그래서 이 명칭을 사용하는 그 지방 농민들의 마음속에선 이 말이 그 가문 사람들과 저택 모두를 뜻하고 있는 것 같았다.

나의 뭔가 어린애다운 실험—즉 호수 속을 내려다본 데 따른 단 한 가지 효과가 그 최초의 이상야릇한 인상을 깊게 해놓았다고 말한 바 있다. 의심할 여지 없이 나의 미신에 찬 생각이 급속히 불어났다는 의식(意識)이—그렇게 말하지 않을 수 없지만—그 미신 자체가 불어나게 한 원동력이 되었다. 나는 오래전부터 공포를 기초로 한 모든 감정은 더욱더 그러한 모순된 법칙에 따라 움직인다는 것을 알고 있다. 그래서 내가 호수에 비친 집 그림자에서 눈을 들어 실제의 집을 다시 바라보았을 때 나의 마음 가운데 이상한 공상이 떠오른 것은 오직 이런 까닭일지도 모른다.

그 공상이라는 것이 정말 얼마나 우스꽝스러웠던지 그때 나를 짓누르고 있던 그 생생한 감정의 위력을 나타내 보이고 싶을 뿐이다. 나는 내 상상력을 한껏 발휘한 결과 그 저택과 그 근처에 감돌고 있는 대기(大氣)가 그 집이나 그 근처와 독특하게 어울리고 있다고 믿게 되었다. 그 대기라는 것은 하늘의 공기와는 딴판으로 썩어 문드러진 나무와 잿빛 담과 고요한 호수에서 서려 나오는 것이었고—독기가 있고 불가사의한 수증기로서 탁하고 흐늘거리고 희미하며 납빛을 띠는 것이었다.

내 정신이 틀림없이 한 편의 꿈이었다는 사실을 떨쳐버리고 나는 그 집의 진짜 모습을 한층 세밀하게 살펴보았다. 그 집의 특징이라는 것은 지나치게 고색창연하다는 데 있었다. 세월이 감에 따라 퇴색도 대단했다. 자질구레한 바위버섯 같은 것이 집 외벽을 온통 뒤덮고 있었고, 처마 끝에는 가느다란 거미줄이 얼기설기 얽혀 있었다. 그러나 건물이 다 못 쓰게 망가진 것은 아니었다. 석조 건축은 어느 한 부분도 떨어져 나가진 않았다. 그렇지만 집이 고스란히 버티고 있다는 점과 돌이 하나씩 부서져 있다는 사실은 볼썽사나울 정도로 어울리지 않았다.

그래서 나는 오래 묵은 허울 좋은 목재 건물이 오랜 세월이 흐르는 동안 사람이 가지 않는 지하에서 외기(外氣)의 접촉을 받지 않고 썩어 문드러진 듯한 느낌을 받았다. 그렇지만 이렇게 외면적으로 황폐해진 사실을 제외하면 건물 자체가 위험스러워 보이지는 않았다. 아마도 아주 세밀하게 관찰하면 겨우 눈에 띌 만한 미세한 금이 집 전면 지붕 밑에서부터 구불구불 벽을 타고 내려가 결국은 어둠침침한 호수 물이 괴어 있는 곳 속으로 빠져버린 사실을 발견하게 될 것이다.

이런 것들을 바라보면서 나는 길지 않은 둑길을 지나 집에 다다랐다. 기다리고 있던 하인이 말을 잡아주어 나는 고딕 양식의 아치를 지나 집으로 들어섰다. 도둑걸음을 걷듯 하인놈은 어둡고 복잡한 통로를 수없이 지나서 조용히 주인의 서재로 나를 인도했다. 걸어가는 동안 내가 본 수많은 것들은 무슨 까닭인지는 모르겠지만 이미 말한 몽롱한 감정을 짙게 해주었다. 내 둘레에 있는 물건들—천장의 조각이나 벽에 걸린 양탄자, 흑단(黑檀)으로 된 검은 마룻바닥이나 발걸음을 떼어놓을 적마다 덜커덩거리는 유령 같은 전리품들은 어린 시절부터 늘 보아온 물건들이지만—그래서 이 모든 것들을 익숙하게 알고 있다고 자신하건만—그래도 나는 이런 대수로운 물건들이 일으켜놓은 마음속의 환상이 얼마나 엉뚱한 것인가를 깨닫고 어찌할 바를 몰랐다.

층계를 오르다 이 집에 드나드는 의사를 만나게 되었다. 나는 그 의사의 얼굴에 밝지 못한 교활한 표정과 당황하는 빛이 한데 뒤엉켜 있다고 생각했다. 그는 질린 얼굴로 내게 아는 체를 하고 지나쳐버렸다. 하인놈은 문을 열어젖히더니 나를 저희 주인 앞으로 끌고 들어갔다.

내가 들어선 방은 아주 널찍하고 높았다. 창문들은 길고 좁고 뾰족했으며 검은 떡갈나무 마루청은 너무 높아 전혀 손이 미칠 수 없었다. 격자로 된 유리창으로 약한 분홍빛 광선이 스며들어와 방 안의 물건들을 한층 또렷하게 볼 수 있었다. 그렇지만 방 안 깊숙한 구석이나 비에 썩은 둥근 천장의 우묵한 곳은 아무리 보려 해도 소용없는 일이었다. 어둠침침한 빛깔의 휘장이 벽에 드리워 있었다. 그저 평범하기만 한 가구가 여기저기 널려 있었는데 안정감이 없는 데다 구식이었고 일그러져 있었다. 많은 서적과 악기들이 여기저기 널려 있었지만 어떤 것도 활력을 주지는 못했다. 나는 비애의 공기를 들이마시고 있는 기분이었다. 무겁고 깊고 돌이킬 수 없는 침울한 공기가 떠돌아 방 안을 가득 메우고 있었다.

내가 들어서자 어셔는 길게 누워 있던 소파에서 일어나 반색을 하며 따뜻이 맞이했다. 얼핏 생각하기엔 그 반색은 세상만사에 싫증이 난 사람이 억지로 애를 써서 보여주는—지나친 친절 같았다. 그러나 그의 얼굴을 바라보니 그 친절은 정말로 진실된 것이었다. 우리는 함께 앉았다. 잠시 동안 그가 아무 소리도 못하자 나는 동정 반 두려움 반의 기분으로 그를 지그시 바라다보았다. 정말 인간이 이토록 짧은 기간 동안에 로데릭 어셔만큼 무섭게 변해버린 예가 있을까! 나는 내 앞에 앉아 있는 저 창백한 존재가 나의 어릴 적 친구라고 생각할 수가 없었다.

그래도 그의 얼굴 특징은 예전이나 지금이나 뚜렷했다. 죽은 시체와 같은 얼굴빛, 비할 데 없이 크고 물기 어린 빛나는 눈, 얇고 매우 파랗지만 놀라우리만큼 아름답고 선이 분명한 입술, 섬세한 히브리 사람의 코이지만 유난히 넓은 콧구멍, 잘생긴 턱, 툭 튀어나오지 않아 정력이 없어 보이는 턱, 거미줄보다 더 부드럽고 가는 머리칼—이런 특징들이 유난히 넓은 관자놀이와 더불어 쉽게 잊을 수 없는 얼굴을 꾸미고 있었다.

그런데 이제 와보니 이러한 이목구비가 저마다 심하게 특징을 드러내고 있고 그런 특징이 보여주는 표정의 변화가 너무나 심해 심지어 나는 누구와 이야기하고 있는지 의아한 마음까지 들었다. 이제 그 유령과 같이 창백한 피부색과 기적처럼 번쩍이는 눈빛은 그 무엇보다도 나를 놀라게 하고 두려움마저 느끼게 했다. 비단결 같은 머리털은 자라는 대로 그냥 놓아두어서 천연의 면사포처럼 얼굴에서 휘날렸다. 그래서 아무리 애를 써도 그 망측한 표정은 단순한 사람의 것처럼 생각되지 않았다.

나는 친구의 태도에서 당장 모순된 점, 즉 일관성이 없다는 것을 알게 되었다. 그리고 곧 이런 현상은 습관적인 불안감, 즉 지나친 신경과민을 극복하려는 일련의 허약하고 속절없는 투쟁에서 나오는 것이라는 것을 알게 되었다. 이러한 상태에 대해서 나는 이미 마음의 준비가 되어 있었다. 그의 편지를 보았기 때문만이 아니라 그의 어릴 적 특성과 특이한 신체적 구조와 성질로 보아 알 만했다. 그의 행동에선 쾌활함과 침울함이 번갈아가며 나타났다. 그는 떨리는 우유부단한 소리(동물적 기력이 완전히 정지되었을 때처럼 나오는 소리)를 냈는데 그 소리는 별안간 힘차고 단호한 소리로 바뀌었다. 즉 무뚝뚝하고 무게가 있고 침착하면서도 속이 빈 소리, 다시 말해 신세 망친 술주정뱅이나 재기할 수 없는 아편쟁이가 극도의 흥분 상태에서 발하는 납처럼 무겁고 저절로 균형이 잡힌, 완전무결하게 조절이 된 목소리로 바뀌었던 것이다.

이런 식으로 그는 나의 방문을 청한 목적이며, 나를 진정 보고 싶었다는 이야기며, 나에게서 얻고자 기대했던 위안 등을 말했다. 조금 지나 그는 자기 질병의 성질로 여겨지는 것들에 대해 입을 열었다. 그는 자기 병이 타고난 유전병이어서 치료방법이 없다고 했다. 그리고 덧붙여 말하길 단순한 신경병이기 때문에 틀림없이 곧 나을 거라고 했다. 그것은 수많은 부자연스러운 감각기관을 통해 나타났다고도 했다. 이러한 것 중 몇 가지는 그가 자세히 설명함에 따라 재미있기도 하고 의아하기도 했다. 그렇지만 아마도 그 비중은 그의 말투나 말하는 태도에 좌우되었을 것이다.

그는 감각이 병적으로 예민한 까닭에 많은 고통을 겪었다. 음식은 제일 싱거운 것만 겨우 먹을 수 있었다. 옷도 오로지 특정한 감으로 만든 것밖에 입지 못했다. 꽃향기라는 것은 모두가 숨막히는 것이었고 눈은 아주 약한 광선에도 고통을 받았다. 그에게 공포를 느끼게 하지 않는 소리는 오직 특이한 음향, 현악기에서 나오는 소리밖에 없었다.

나는 그가 파격적인 공포의 노예로 짓눌려 있는 것을 알았다. 그는 말했다.

"나는 죽을 거야. 나는 이렇게 슬프고 어리석게 죽고 말 거야. 속절없이 이 꼴로 죽고 말겠지. 장차 일어날 사건이 무서워. 그 사건 자체보다도 그 결과가 말이야. 아주 사소한 보잘것없는 사건이라도 그것이 나의 영혼에 참을 수 없는 동요를 일으킬지도 모른다고 생각만 해도 소름이 끼치는 거야. 나는 정말이지 위험 그 자체는 싫어하지 않지만 그 절대적 결과를, 즉 공포를 싫어해. 이런 맥 빠지고 가련한 상태에서 나는 조만간 그 지겨운 환상인 공포와 싸우면서 생명과 이성을 한꺼번에 내던져야 할 시기가 올 거라고 생각돼."

더구나 나는 이따금 단편적인 모호한 암시를 통해서 그의 정신 상태의 또 다른 이상한 면을 알게 되었다. 그는 자기가 살고 있으면서 여러 해 동안 한 번도 떠나본 일이 없는 집과 연관되어 있는 어떤 미신적인 인상에 사로잡혀 있었다. 즉 그 가상적인 힘이 너무나 희미한 소리로 표현되었기 때문에 되풀이해서 말할 수 없는 영향에 관해 뭔가 미신적인 인상에 사로잡혀 있었다. 그의 말에 따르면 그 영향이란 자기네 가문이 살아온 그 저택의 형태와 내용에 딸린 특이한 점들이 오랜 세월을 두고 그대로 방치되어왔기 때문에 자기 정신에 영향을 끼쳤다는 것이다. 즉 침침한 바람벽과 작은 탑들과 이것들이 내리비친 어두운 호수 속 형상들이 결국에 가서 자신의 생존 의욕에 미친 결과라고 했다.

그러나 그는 머뭇거리긴 했지만 이렇게 자기를 괴롭혀온 그 특유한 우울증의 대부분이 한층 자연스럽고 명백한 원인에서 초래되었다는 것을 수긍했다. 즉 오랜 세월을 두고 그의 오직 한 사람의 친구였으며 세상에 둘도 없는 마지막 남은 혈연인 지극히 사랑하는 누이가 중병으로 오래 앓다가 사멸(死滅)할 찰나에 있는 까닭이었다.

"누님의 죽음은" 하고 그는 내가 잊지 못할 비통한 소리로 말했다. "나를 (이 나약하고 절망적인 인간을) 옛부터 내려오는 어셔 가의 최후의 인간으로 만들고 말 테지."

그가 이 말을 할 때에 마델린 양은 (그 누이의 이름이었다) 방 저쪽으로 내가 와 있는 것도 모르고 지나가버렸다. 나는 무섭고도 끔찍스러운 놀라움으로 그녀를 바라다보았다. 그러나 그런 감정이 생긴 까닭을 알 수가 없었다. 그녀의 사라져가는 발걸음을 뒤쫓아보니 얼떨떨한 정신으로 꼼짝을 할 수가 없었다. 마침내 그녀가 문을 닫고 사라지자 나의 시선은 본능적으로 그 동생의 얼굴을 바라보려고 애를 썼다. 그러나 그는 두 손으로 얼굴을 감쌌고 그의 유난히 핏기 없는 뼈만 남은 손가락 사이로는 뜨거운 눈물만이 마구 흘러내리고 있었다.

마델린 양의 병은 용한 의사마저도 오랫동안 고치질 못했다. 그

병은 몸이 점점 쇠진해버리는 만성 지각불감증(知覺不感症)으로 툭하면 잠깐씩 전신경직증(全身硬直症)을 일으키는 흔치 않은 병이었다. 지금까지 그녀는 병의 위세에 지지 않고 잘 견뎌 끝까지 병석에 눕지는 않았다. 그러나 내가 찾아온 날 해질 무렵에 그녀는 병마의 휘몰아치는 위력에 굴복하고야 말았다. (그녀의 동생은 그날 밤 말할 수 없이 흥분해서 이야기했다.) 그런데 나는 그녀를 이렇게 흘끗 보았던 것이 아마 최후의 일이 될 거라는 것을 알았다. 적어도 그 여자가 살아 있는 동안이라도 더는 보지 못했을 것이다.

그 후 며칠 동안 어셔도 나도 그녀의 이름을 입 밖에 내지 않았다. 이 기간 동안 나는 내 친구의 우울증을 달래보려고 무진 애를 썼다. 우리는 함께 그림도 그리고 책도 읽었다. 그렇지 않으면 그의 사납게 뜯는 기타의 즉흥곡에 꿈속에서처럼 귀를 기울였다. 이렇게 해서 나는 더욱더 그와 친밀해져 거리낌 없이 그의 마음속 깊숙한 데까지 들어갈 수 있었다. 그러나 들어가면 들어갈수록 그의 마음을 가볍게 해주자는 나의 온갖 노력이 허사임을 깨닫고 한층 더 마음이 괴로웠다. 그 어두운 마음은 마치 어쩔 수 없는 타고난 성질처럼 한 줄기 끝없는 음울한 방사선이 되어 정신적, 물질적 삼라만상에 빼놓지 않고 쏟아 붓는 것이었다.

내가 이렇게 어셔 가의 주인과 단둘이 지낸 엄숙한 많은 시간을 언제까지고 잊지 못할 것이다. 그러나 그가 나를 끌어넣고 혹은 이끌고 나간 공부나 일들에 대한 성격이 정확히 어떤 생각에서였는지를 옮긴다는 것은 아무리 애를 써도 힘들 것 같다. 흥분한, 그러면서도 아주 병적인 상상력이 모든 것에 유황불 같은 빛을 던졌다. 그가 부른 즉흥적인 긴 슬픔의 노래는 영원히 내 귓전을 떠나지 않을 것이다.

그 어떤 것보다도 본 웨버의 최후의 왈츠의 사나운 곡조를 괴이하게 뒤엎고 과장한 것은 가슴 아프게 마음속에 담겨 있다. 그가 섬세한 환상으로 품고 있다가 낳아놓은 그림들은 붓이 갈 적마다 모호하게 발전되어 그것을 바라보면 몸서리가 쳐졌다. 어째서 몸서리를 쳤는지는 알 수 없지만—이런 그림들을 보면 (그 이미지는 지금도 눈앞에 또렷이 떠오르건만) 아무리 노력해보아야 다만 문자로 나타낼 수 있는 범위에 놓여 있는 아주 작은 부분밖에 끌어낼 수 없었다. 극도의 단순성과 적나라한 도안으로 그는 주의를 끌고 공포심을 주었다. 만약 누군가가 관념을 그렸다면 그것은 다름 아닌 로데릭 어셔였다. 적어도 나에게는, 그 당시 나를 에워싸고 있던 환경으로 말하면, 그 우울증 환자가 그의 화판에 그리려고 연구한 순수한 추상(抽象)을 보면 참을 수 없는 강렬한 무서움이 일어났다. 푸제리의 그 지독한 환상에 찬 그림이 역력히 광휘를 발하는 것을 보았을 때도 나는 이런 무서움을 느껴보지 못했다.

내 친구의 주마등처럼 변하는 생각 가운데 하나는 엄밀히 따져 추상적인 정신이 아니므로 어렴풋하게나마 말로 나타낼 수 있다. 한 작은 그림은, 벽이 낮고 매끄럽고 희게 되어 있고 아무런 칸막이나 장치가 되어 있지 않은 굉장히 길면서도 장방형의 둥근 천장인지 굴의 내부인지를 그린 그림이었다. 그 구도가 지닌 부수적인 면들은 이 파인 구멍이 지표(地表)에서 상당히 깊은 곳에 내려와 있다는 생각이 들게 해주었다. 그 넓은 면에는 어느 곳에도 출구가 마련되어 있지 않았고 횃불이라든가 그 밖에도 사람이 만든 등불 같은 것이 눈에 띄지 않았다. 그러나 강력한 빛의 물결이 사방에 넘쳐 흘렀고 뭔가 귀신 같은, 어울리지 않는 광채로 가득 채워져 있었다.

그의 청각신경이 고장나 있다는 사실은 이미 이야기한 바 있지만 그에겐 현악기에서 나오는 음을 제외하고는 모든 음악이 견딜 수 없는 것이었다. 그의 연주에서 환상적인 특성을 낳게 해준 것은 다름이 아니라 아마도 기타라는 좁은 범위에 자신을 가둬놓았기 때문일 것이다. 그러나 그가 즉흥곡을 열정적으로 쉽게 꾸며낼 수 있다는 사실은 그렇게 설명될 수가 없었다. 그 즉흥곡들은 휘몰아치는 환상곡의 가사나 곡조에 있어서 (그는 자주 운이 있는 즉흥시를 연주했으므로) 앞서 언급한 대로 그가 최고의 인공적인 흥분 상태에서 어느 특별한 순간에만 찾아볼 수 있는 위력적인 정신적 안정과 집중의 결과로 나온 것이 틀림없었으며, 사실 그랬다. 나는 이런 광상곡 중에서 가사 하나를 쉽게 떠올릴 수 있다. 나는 아마 그가 그것을 읊을 때 무엇보다 강렬한 인상을 받았던 모양이다. 그 이유는 그 노래의 뜻이 깊고 신비하게 흐르는 가운데 내가 처음으로 어셔의 모든 의식이 드높은 이성(理性)의 왕좌에서 비틀거리고 있다고 생각했기 때문이다. 그 시에는 '유령이 나오는 궁전' 이란 제목이 붙었는데 정확하진 않을지 모르지만 대충 이렇다.

1

우리가 있는 푸르디푸른 골짜기에,
착한 천사들이 살던,
한때는 아름답고 웅장한 궁전이 —
빛나는 궁전이 — 높이 솟아 있었다.
사상(思想)이 살고 있는 왕국 속에 —
그것이 솟아 있었다!
그 반만큼도 아름답지 못한 건물 위에
천사는 날개를 펼친 일이 없었다.

2

노랗고 영광에 찬 금빛 깃발들이,
그 지붕 위로 펄럭이고 있었다.
(이것은 — 이 모든 일은 — 옛날 먼 옛날에 있던 것이었다.)
그리고 그 달콤하던 날에
살랑거리던 부드러운 공기는
깃으로 장식한 푸른 성벽을 따라,
날개 돋친 향기처럼 날아가버렸다.

3

그 행복하던 골짜기를 거닐던 방랑자들은
두 개의 빛나는 창문을 통해
비파의 아름다운 곡조에 맞추어

춤을 추는 정령들을 보았다.
왕좌 둘레에 앉아 있는
(황제 포오피로진!)
황제의 영광에 어울리는 위엄으로,
그 왕국의 지배자는 눈에 띄었다.

4
그런데 아름다운 궁전의 문은
진주와 루비로 빛을 발하고,
노래하는 것만이 귀여운 임무인
한 떼의 숲의 요정들이,
물 흐르듯 자꾸자꾸 흘러들어오면서
그리고 끝없이 번쩍이면서,
뛰어난 아름다운 음성으로,
제왕의 재주와 지혜를 노래하였다.

5
그러나 슬픔의 옷을 걸친 악령들이
왕국의 높은 영역을 침략하였다.
(오, 애달프다. 다시는 아침 해가 외로운 — 그에게 비치지 않으리라!)
그런데 궁전의 둘레를 감돌던
붉게 빛나던 영광은,

파문혀버린 그 옛날의
희미하게 떠오르는 이야기가 될 뿐이었다.

6

이제 그 골짜기를 거니는 여행자는,
빨갛게 물든 창문을 통해
어수선한 곡조에 맞춰
환영(幻影)처럼 움직이는 크나큰 형태들을 보리라.
새파랗게 변한 문을 통해서,
유령인 양 급히 흐르는 강물처럼,
무서운 무리가 끝없이 밀려 나와선,
웃는다 — 그러나 미소는 아니었다.

나는 이 노래에서 얻은 암시로 우리를 일련의 생각으로 이끌어 간 사실을 기억하고 있다. 그 생각에는 어셔의 의견이 명백하게 드러났는데 그의 의견이 신기한 것이라기보다는 (그렇게 생각하는 사람들도 있지만) 그가 자기 의견을 너무 고집하기 때문에 말하는 것이다. 일반적으로 그의 의견은 모든 식물에 감각이 있다는 것이다. 그러나 그의 공상이 혼란스러워지면 그 견해는 더욱 대담한 성질을 띠고 경우에 따라서는 무기물의 영역까지 침범했다.

나는 그가 믿고 있는 신앙의 전부를, 혹은 그 방자한 열의를 설명할 말을 찾을 수가 없다. 그러나 이런 신념은 (앞에서도 말했지만) 그의 선조가 지은 집의 회색빛 돌멩이와 연관되어 있었다. 그가 상상하길 그 판단의 조건은 이 돌을 배열하는 방법, 즉 돌을 배열하는 순서와 더불어 그 위에 덮여 있는 바위버섯의 배열 및 그 둘레에 세워진 썩은 나무의 배열, 또 그보다 더한 것은 오랜 세월 그 배열을 흐트러뜨리지 않고 지속해왔다는 사실, 그리고 잔잔한 호수 수면에 비친 그 그림자들에 있다고 여겼다. 그 증거는—감각이 있다는 그 증거는—(나는 그가 이 대목을 말할 때 놀랐다) 호수 물과 바람벽 부근에 그 대기가 점진적이지만 틀림없이 눈에 띄게 뭉쳐 있는 것이라고 말했다. 그는 그 결과가 발견되었다고 덧붙였다. 끽소리 없지만 끈질기고 가공할 만한 영향 밑에서 여러 세기 동안 자기네 집안의 운명이 형성되어왔고 지금 내 눈으로 보는 것과 같은 그런 인간으로 그를 만들어왔다는 것이다—바로 그런 인간으로. 그런 그의 의견은 이야기할 필요가 없기 때문에 더 이상 말하지 않겠다.

우리의 서적들—여러 해 동안 이 환자의 정신생활에 적지 않게 영향을 끼친 서적들은—이런 환상적 특성과 빈틈없이 어울린다고 상상했던 대로 사실이었다. 우리는 함께 앉아 그레세의 《벨베르와 샤트류즈》 같은 작품을 탐독했다. 그 외에 마키아벨리의 《벨페골》, 스웨덴보그의 《천국과 지옥》, 홀베르그의 《니콜라스 클림의 지하여행》, 로버트 플류드와 장 단다지네와 드 라 샴브르의 《수상학(手相學)》, 티크의 《푸른 하늘로의 여행》, 캄파넬라의 《태양의 나라》 같은 것이었다.

그 중 가장 좋아하는 책은 에이메릭 드 지롱느라는 도미니크교단의 승려가 지은 《종교심문법(宗教審問法)》이라는 작은 팔절판

(八折版) 책이었다. 그리고 폼포니우스 멜라의 저작 속 몇 마디 인용구에는 옛 아프리카의 반인반수(半人半獸)의 사타 신(神)과 이지판(Egipan)에 관한 이야기가 있었는데 어셔는 몇 시간 동안이고 꿈을 꾸듯이 앉아 그것을 읽었다. 그러나 그의 가장 큰 즐거움은 사절판(四折版) 고딕체의 말할 수 없이 진기하고 묘한 책 — 잊힌 교회의 기도서 — 《마군티네 교회 합창단에 의해 죽은 사람들의 경야(經夜)》 — 를 숙독하는 것이었다.

나는 이 책에 나타난 야만적인 의식과 그것이 우울증 환자에게 미칠지도 모르는 영향에 대해 생각해보지 않을 수 없었다. 그러던 어느 날 저녁 느닷없이 그는 누이 마델린 양이 죽었다고 내게 알리고 그녀의 시체를 2주일 동안 (우선 제대로 매장할 때까지) 그 건물의 벽으로 싸여 있는 수많은 지하실 중 한 군데에 보관해두겠다고 말했다. 물론 이런 해괴한 처리에 대한 세속적인 이유는 나로서는 왈가왈부할 성질의 것이 못 되었다.

그녀의 동생인 어셔가 이런 결심을 하게 된 것은 (그가 말한 바에 따르면) 죽은 누이의 병이 흔한 병이 아니라는 점과 의사들의 성가시고 끈질긴 심문과 집안 묘지가 멀고 환히 알려진 지역에 있다는 이유 때문이었다. 내가 이 집에 처음 왔던 날 층계에서 마주친 그 기분 나쁜 인간의 낯짝을 생각할 때 내가 느낀 것을 부인하진 않겠다.

어셔의 요청에 따라 나는 개인적으로 임시적인 매장을 하기 위한 일들을 도와주었다. 시체를 관에 넣은 다음에 우리 둘은 그것을 놓아둘 장소에 옮겼다. 관을 갖다놓은 지하실은 (그런데 그 지하실은 너무나 오랫동안 사람이 들어간 일이 없기 때문에 우리가 든 횃불이 숨 막히는 공기에 반은 질식되어 뭐가 뭔지 알아보기가 힘들었다.) 협소하고 눅눅하며 전혀 빛이 들어갈 틈이 없었다.

그런데 그곳은 내가 자는 방의 바로 밑에 꽤 깊숙하게 묻혀 있는 곳이었다. 그 장소는 오랜 옛날 봉건시대에는 분명 지하창고로서 가장 못된 목적으로 쓰였으며, 훗날 화약이나 그 밖에 몹시 인화성이 강한 물질을 두는 곳으로 사용되었다. 그리고 마루의 일부와 우리가 지나온 길다란 복도의 내부 전체는 구리판으로 세밀하게 입혀놓았다. 묵직한 철문 역시 구리로 입혀놓았다. 그 문은 너무나 육중해서 돌쩌귀에서 움직일 때마다 굉장히 날카롭게 갈리는 소리를 냈다.

이 소름 끼치는 장소에 있는 대(臺) 위에다 우리의 슬픈 짐짝을 내려놓은 다음 아직 못을 치지 않은 관뚜껑을 조금 젖히고 그 속에 있는 사람의 얼굴을 들여다보았다. 놀랍게도 오누이가 똑같다는 것을 처음 알았다. 그런데 어셔는 내 마음을 환히 들여다보는 것처럼 몇 마디 중얼거리는 것이었다. 그 소리를 듣고 나는 죽은 누이와 그 동생이 쌍둥이였다는 점과 두 사람 사이에는 언제나 감지할 수 있는 교감(交感)이 있었다는 것을 알았다.

그러나 우리의 시선은 죽은 사람에게 오래 머물러 있을 수 없었다. 왜냐하면 그녀를 바라보니 소름이 끼치도록 무서웠기 때문이다. 꽃 같은 나이의 여자를 이렇게 매장토록 만들어버린 질병은 심한 전신강직증 환자의 병세가 다 그렇듯이 가슴패기와 얼굴에는 연한 붉은색이 조롱하듯 배어나게 하고, 입술에는 무서운 죽음의 미소가 의심하듯 어른거리게 했다.

우리는 뚜껑을 닫고 못을 친 다음 철문을 꼭 닫고 땀을 뻘뻘 흘리면서 역시 어두컴컴한 위층 방으로 올라왔다.

그 후 아픈 비탄의 며칠이 지나고 나서 내 친구의 그 두서없는 정신적 양상은 눈에 띄게 변화를 일으켰다. 그의 태도에서는 정상적인 면을 찾아보기 힘들었다. 그는 해야 할 일상의 일을 소홀히 하거나 완전히 잊어버렸다. 그는 조급하고 일정치 않은 목적 없는 걸음걸이로 이 방 저 방 어슬렁거리고 다녔다. 그의 창백한 얼굴은 유령과 같은 빛깔을 띠는 것 같았고—그렇지만 광채가 흐르던 그의 눈은 완전히 빛을 잃고 있었다. 전에 때때로 들을 수 있었던 목쉰 음성도 이젠 다 없어지고 말았다. 다만 극도의 공포에서 오는 것 같은 몹시 떨리는 음성만이 일상의 특징이 되어버렸다. 진정 그의 끊임없이 고통받는 마음이 때때로 어떤 압박을 주는 비밀과 대결하면서 자신에게 필요한 용기를 얻기 위해 몸부림치고 있다는 것을 폭로하는 거라고 생각했다.

때때로 나는 그의 모든 행동을 단지 미친 사람의 설명할 수 없는 기행으로밖에 결론 내리지 않을 수 없었다. 왜냐하면 마치 상상적인 음악에 귀를 기울이고 있는 것처럼 말 못할 깊은 주의력에 잠겨 그가 몇 시간이고 허공을 바라보고 있는 것을 본 일이 있기 때문이다. 이런 그의 상태가 나를 무섭게 만들고—더구나 나에게 전염되고 말았다는 것은 이상한 일이 아니었다. 나는 그의 환상적인, 그러나 가슴에 와닿는 미신이 사나운 위력으로 느리지만 틀림없이 나에게 기어오르고 있는 것을 느꼈다.

그러한 감정을 가슴을 치듯 분명히 체험한 것은 특히 마델린 양을 지하실에 갖다둔 지 7, 8일이 지난 후 밤 늦게 잠자리에 들었던 때였다. 잠은 오지 않는데 — 시간은 자꾸자꾸 흘렀다. 나는 내 위에 군림하고 있는 신경과민 현상을 이성으로 물리치려고 발버둥쳤다. 나는 다는 아니더라도 내가 그렇게 느낀 주원인이 방 안에 있는 우중충한 가구가 당황케 했기 때문이라고 애써 믿으려 했다. 그 어둡고 똥걸레 같은 휘장은 휘몰아치는 폭풍우 때문에 벽에 걸려 발작이나 일으키듯 이리저리 흔들리며 침대 머리에서 불안스레 설치고 있었다.

그러나 나의 노력은 모두 허사였다. 억누를 수 없는 공포가 차차 전신에 퍼지더니 결국에 가서는 내 가슴속에 전혀 이유를 알 수 없는 악몽과 같은 놀라움이 들어앉게 되었다. 나는 헐떡이며 몸부림치면서 이것을 떨쳐버리려고 베개에서 몸을 일으키고, 칠흑과 같은 캄캄한 방 속을 응시하면서 정신을 차려 귀를 기울였다. 나는 본능적으로 서둘러 그랬다는 사실밖에는 그 까닭을 모른다. 또 폭풍우가 한참 동안 멎고 있는 사이에 나지막한 정체불명의 소리가 들려왔는데 그것이 어디서부터 온 것인지도 알 수 없었다. 말로는 표현할 수도 없고 참을 수도 없는 지독한 공포감에 압도되어 나는 급히 옷을 꿰어 입었다(이렇게 된 바에야 밤에 잘 수 없다고 느꼈기 때문에). 나는 방 안을 빠른 걸음으로 왔다 갔다 함으로써 내가 빠지고 만 가련한 상태에서 벗어나려고 애를 썼다.

이렇게 몇 차례 돌고 있는데 옆 층계에서 들려오는 가벼운 발소리가 나를 긴장시켰다. 나는 당장 그 소리가 어셔의 발소리라는 것을 알아차렸다. 그는 가볍게 문을 똑똑 두드린 후 등불을 들고 방으로 들어섰다. 그의 안색은 언제나와 마찬가지로 시체처럼 창백했다. 더욱이 그의 눈에는 미친 사람이 지니는 즐거운 빛이 보였다. 확실히 그의 거동 하나하나는 히스테리를 억제하려는 것이었다. 그의 풍모는 나를 깜짝 놀라게 했다. 그러나 어떤 것이라도 내가 오랫동안 견뎌온 고독보다는 나았으므로 그가 나타난 것을 구세주처럼 반겨 맞게 되었다.

"그런데 자네 그것 보지 못했나?"

그는 얼마 동안 아무 소리 없이 자기 주위를 둘러보더니 불쑥 입을 열었다.

"그런데 그걸 못 봤단 말인가? 그럼 좀 기다려! 보여줄 테니."

그는 이렇게 말하면서 조심스럽게 등불을 가리더니 창문께로 달려가 폭풍우가 치는데도 창문을 활짝 열어젖혔다.

맹렬하게 성이 나서 들이치는 강풍이 우리를 날려버릴 것 같았다. 폭풍우는 휘몰아쳤어도 진정 엄숙하며 아름다운 밤이었고, 공포와 아름다움이 뒤섞인 가운데 이상스럽게 사나운 밤이었다. 회오리바람은 틀림없이 우리가 있는 집을 향해 위력을 떨치고 있었다. 바람의 방향은 빈번히 날쌔게 바뀌었고, 말할 수 없이 빽빽한 구름덩이들이(너무나 낮게 걸려 있어 집에 붙어 있는 탑을 짓눌렀는데) 멀리 떠나가지 않고 마치 생명력이 넘쳐나는 것처럼 서로 맞부딪치며 휘날리는 것도 볼 수 있었다. 구름이 빽빽한데도 우리는 이를 알 수 있었다. 그러나 우리는 달빛이나 별빛을 볼 수 없었을 뿐만 아니라 번개의 번쩍임도 볼 수 없었다. 바로 우리를 둘러싼 모든 지상의 물체와 더불어 거대한 덩어리의 격동하는 수증기의 표면 밑바닥에는 이 집 주위에 걸려서 휘감고 있는, 희미하게 빛나면서도 눈으로 똑똑히 보이는 가스 같은 증기에서 나오는 자연스럽지 못한 빛이 번쩍이고 있었다.

"자넨 안 돼—자넨 이걸 봐선 안 돼!"

나는 몸을 떨면서 말했다. 그러면서 부드러운 손길로 어셔를 힘껏 잡아서 창가에서 의자 있는 데로 데리고 왔다.

"자넬 어리둥절하게 해놓은 이따위 현상은 단순한 전기 현상이고 흔히 볼 수 있는 일이야. 아니면 그 무서운 현상의 원인이 호수에서 나오는 지독한 독기 때문일지도 몰라. 창문을 닫자. 공기가 차가우니 자네 건강에 나빠. 자, 자네가 좋아하는 소설책이 있네. 내 읽을 테니 들으라고. 이렇게 우리 이 무서운 밤을 함께 보내세."

내가 손에 잡은 옛날 책은 런스로트 캐닝 경의 《미친 회합(會合)》이었다. 그러나 어셔가 이 책을 가장 좋아한다고 한 말은 진지하게 했다기보다 슬픈 농담에서 나온 소리였다. 사실은 이 책의 조잡하고 상상력이 없는 장황한 이야기 가운데는 내 친구의 고고한 정신적 이상을 채워줄 만한 흥밋거리가 거의 없었다. 그러나 손이 닿을 수 있는 곳에 있는 책은 이것뿐이었다. 그래서 지금 우울증 환자를 괴롭히고 있는 흥분 상태가 어쩌면 내가 읽어주려고 하는 몹시 멍텅구리 같은 이야기를 들으면서도 치유될지 모른다는 막연한 희망을 품고 있었다. (정신착란자에 관한 이야기에는 이와 같은 괴팍한 일이 많기 때문이다.) 정말 내가 읽는 이야기

한마디 한마디에 정신을 차려 분명히 귀를 기울이는 그의 긴장되고 생기 넘치는 태도로 판단해본다면 나의 계획이 적중한 것에 대해 스스로 축하의 박수를 보내지 않을 수 없었다.

나는 그 책의 주인공인 에들레드가 은둔자의 거처를 찾아가 순순히 들어가려 하다가 거절당함으로써 폭력을 써서 들어가려고 하는 이야기 중에서 유명한 대목에 이르게 되었다. 여러분도 기억하시겠지만 그 대목은 이렇게 나간다.

"그런데 천성이 용감한 에들레드는 들이켠 술의 힘 때문에 더욱 거세져서, 옹고집쟁이 사악한 은둔자와 담판하는 걸 더 이상 기다리질 못하고, 빗방울이 어깨에 떨어지고 폭풍우가 일어날 게 걱정이 되어 당장 창을 빼어들고 둘러쳐서 순식간에 문짝에다 장갑 낀 손이 들어갈 만큼 구멍을 뚫어놓았다. 그런 다음 그 속으로 우악스레 잡아당기니 문짝이 깨어지고 찢어지고 산산조각이 났는데 나무가 부서지는 메마르고 펑 뚫리는 시끄러운 소리는 숲속을 깜짝 놀라게 긴장시키고 진동시켰다."

이 대목이 끝날 때 나는 놀라서 잠깐 동안 멈췄다. 그 까닭은 (나는 곧 나의 흥분된 공상이 나를 속인 것이라 판단했지만) 이 집에서 꽤 멀리 떨어진 곳에서 분명치는 않더라도 내 귀에는 런스로트 경이 아주 특이하게 묘사한 대로 똑같이 깨어지고 찢어지는 음향, 즉 그와 똑같은 성질의 소리가(확실히 질식되고 탁한 소리였지만) 들려오는 것같이 느꼈기 때문이다. 틀림없이 내 주의를 사로잡은 것은 그 음향이 일치했다는 점이었다. 왜냐하면 창틀이 덜컹덜컹하고 더욱 심해지는 폭풍우의 정신 못 차리는 아우성 속에서는 그 음향 하나만 가지고는 내 흥미를 끌거나 나를 당황케 할 힘이 없기 때문이었다. 나는 이야기를 계속 읽었다.

"그러나 그 훌륭한 에들레드는 집 안에 들어섰건만 그 못된 은둔자의 그림자도 찾아볼 수 없어 화가 치밀고 경악하지 않을 수 없었다. 그러나 그 대신 비늘이 덮인 어마어마한 크기의 용이 불길 같은 혀를 내밀고 은으로 마루를 깐 황금 궁전 앞에서 지키고 앉아 있었다. 그리고 벽에는 구리로 만든 번쩍이는 방패가 걸려 있고 이렇게 새겨져 있었다.

이 안에 들어온 자는 승리자이니라.
용을 죽이는 자에게 이 방패를 주리라.

그래서 에들레드는 그의 창을 높이 쳐들어 용의 머리를 후려쳤다. 용은 그의 앞에 나가떨어져 독기 찬 숨결을 몰아쉬며 너무나 무섭고 거친, 귀를 찢을 듯한 소리를 냈고 에들레드는 그 가공할 소리를 막으려고 양손으로 귀를 틀어막지 않을 수 없었다. 그 같은 소리는 전에 한 번도 들어본 일이 없었던 것이다."

나는 이 대목에서 다시 뚝 그치고 경악에 사로잡혔다. 왜냐하면 틀림없이 이번에도 나지막하면서도 필경 먼 데서 오는 것 같은,

그러나 거칠고 질질 끄는 아주 이상한 비명소리, 아니면 삐걱대는 소리를(그 소리가 어느 방향에서 나는지 알아낼 수는 없지만) 실제로 들었기 때문이다. 그 소리는 이 소설의 작자가 그린 용의 괴이한 비명이란 것이 내가 이미 상상했던 것과 조금도 다를 바 없음을 보여주는 그런 소리였다.

이런 두 번째의 놀라운 일치가 벌어졌을 때 나는 틀림없이 오만가지 착잡한 감정으로 극도의 두려움과 놀라움에 짓눌리고 있었다. 그러나 나는 친구의 날카로운 신경을 건드리지 않도록 주의를 기울임으로써 차분한 마음을 지닐 수 있었다. 나는 결코 어셔가 문제의 그 소리를 들었다고 확신할 수 없었다. 그렇지만 마지막 몇 분 동안 그가 하는 행동에 이상한 변화가 일어났던 것은 확실했다.

그는 나와 마주 보고 앉아 있던 위치에서 천천히 의자를 돌려 방문 쪽을 바라보고 앉았다. 그래서 나는 그의 얼굴을 한쪽밖에 볼 수 없었지만 그의 입술이 들리지 않을 정도로 낮게 중얼대며 떨리는 것을 보았다. 그의 머리는 가슴패기에 떨구어져 있었다. 그러나 그가 잠자고 있지 않다는 것은 그의 옆얼굴을 바라볼 때 굳어버린 듯이 크게 뜬 눈을 보고 알 수 있었다. 그의 몸동작 역시 그가 잠잔다는 생각과는 맞지 않았다. 그가 조용하면서도 한결같은 자세로 좌우로 흔들고 있었기 때문이다. 나는 재빨리 이런 사실을 눈치 챈 다음 런스로트 경의 이야기를 다시 계속했다.

"이렇게 해서 가공할 용의 분노를 모면한 용사는 구리 방패를 생각하며 그 방패에 씌어진 주문을 풀어볼 생각으로 앞에 뻗어 있는 용의 시체를 밀쳐놓은 후, 용기 있게 은으로 깔려 있는 성 안을 지나 방패가 걸려 있는 벽으로 다가섰다. 그렇지만 정말 그가 다가서기가 무섭게 소름 끼칠 만큼 천둥 치는 소리를 내며 그것은 발등 밑 은마룻바닥에 떨어지고 말았다."

이 대목이 입술에서 떨어지기가 무섭게—바로 그 순간 정말 구리 방패가 은마룻바닥에 육중하게 떨어지는 것처럼—나는 멀리서 울려오는 공허한 금속성의 철컹하는 소리, 그러나 분명히 둔탁한 소리를 들었다. 나는 몹시 기겁을 해서 벌떡 일어났다. 그러나 어셔가 몸을 흔드는 동작은 여전히 똑같았다. 나는 그가 앉아 있는 의자로 달려갔다. 그의 시선은 자기 앞에 고정되어 있었고 얼굴 전체는 돌처럼 딱딱하게 굳어 있었다. 그러나 어깨에 손을 올려놓자 온몸은 무섭게 떨려왔다. 그리고 그의 입술 언저리엔 병적인 미소가 떨리고 있었다. 그는 내가 있다는 것을 의식하지 못하는 것처럼 낮은 소리로 급히 뭔가를 중얼중얼거렸다. 나는 그에게 바짝 몸을 굽히고 마침내 그가 지껄이는 것의 무서운 의미를 음미하게 되었다.

"그게 안 들리나!—아냐, 들려. 들었어. 오래—오랫동안—몇 분 동안, 몇 시간 동안, 며칠 동안 듣고 있는 거야. 그렇지만 말할 수 없었어—아, 나를 도와줘. 이 비참한 놈을 말야!—나는 차마—차마 입을 열 수가 없었어! 우리는 누이를 산 채로 매장해버렸어! 내 신경이 날카로워졌다고 말하지 않던가? 나는 누이가 텅

빈 관 속에서 움찔하고 움직이는 소리를 들었단 말야. 그런 소리를 들었지. 여러 날 전에—그렇지만 차마—차마 입을 열 수가 없었어! 그런데 이제—오늘 밤—에들레드가—하하! 은둔자의 문을 부수는 소리를, 그리고 용이 죽으면서 지르는 소리를, 또 방패가 쨍그랑거리는 소리를,—아, 그보다도 누이의 관이 깨지는 소리를, 그리고 그녀가 갇힌 감옥의 무쇠 돌쩌귀가 갈리는 소리를, 그 밖에도 구리판을 깐 지하실 천장 밑에서 그녀가 몸부림치는 소리를 들었단 말야! 아! 나는 어디로 도망가야 하나? 그녀는 당장 이리로 올라오지 않을까? 내가 서둘러 해댄 것을 탓하기 위해서 급히 달려오는 게 아닐까? 층계로 그녀가 올라오는 소리를 듣지 않았던가? 그녀의 심장이 무섭고 소름 끼치게 두드려대는 소리를 듣지 못했단 말인가? 미친 놈!"

그는 이 말을 하면서 미친 듯이 벌떡 일어나더니 숨이 떨어질 때 기를 쓰듯 외마디 소리를 질렀다.

"미친 놈! 정말 누이는 지금 문 밖에 서 있는 거야!"

초인과 같은 힘으로 이 소리를 했는데 그 속에는 마법과 같은 힘이 서려 있었고, 어셔가 가리키는 벽에 붙은 고색창연한 거대한 널판때기는 금세 검고 묵직한 큰 입을 서서히 벌렸다. 그것은 휘몰아치는 강풍 때문이었다. 그러나 문 밖에는 훌쭉한 키에 수의를 감고 있는 마델린 양의 자태가 있었다. 그녀의 하얀 옷에는 피가 묻어 있었고 뼈만 남은 몸 구석구석에는 몹시 몸부림친 흔적이 엿보였다. 잠깐 동안 그녀는 몸을 떨면서 문지방 위를 들락날락 비틀거리고 있더니, 마침내 낮은 신음소리를 내며 방 안으로 들어와 동생의 몸 위에 푹 쓰러지고 말았다. 그러고는 사납게 마지막 숨결을 거두는 고통으로 동생을 마룻바닥으로 끌고 와 시체가 되고 말았다. 그래서 그는 전부터 마음 죄어왔던 공포의 희생물이 되고 만 것이다.

그 방으로부터, 그 집으로부터 나는 기겁을 해서 도망쳐 나왔다. 폭풍우는 내가 옛날 방죽길을 건널 때처럼 사납게 휘몰아쳤다. 길을 가는데 갑자기 사나운 광선이 비쳐 나왔다. 그 이상한 광선이 어디서 나오는지 알기 위해 몸을 돌려 바라보았다. 내 뒤에는 거대한 집과 그 그림자밖에 없었다. 그 광선은 보름달이 지고 있을 때의 핏빛과도 같이 붉었다. 그런데 그 달빛은 앞에서도 이야기한 바 있지만 그 건물의 지붕으로부터 구불구불 바닥까지 갈라져 내려온 틈새에서 새어 나오는 빛이었다. 내가 바라보고 있는 동안 별안간 그 틈새가 벌어지고, 한 줄기 사나운 회오리바람이 몰아쳤다. 그러자 금세 둥근달이 내 눈앞에 터져 나왔다. 그 육중한 벽이 와장창 박살이 나는 것을 보면서 나는 현기증을 일으켰다. 마치 수많은 파도가 몰아치듯 길게 소란스런 소리가 들려왔다. 그리고 내 발 아래 있는 깊고 질척거리는 호수는 어셔 가의 부서진 벽조각들을 음울하고 끽소리 없이 삼켜버리는 것이었다.

붉은 죽음의 가면극

'붉은 죽음'이라는 것이 오랫동안 나라를 못쓰게 해놓았다. 어떤 전염병도 이보다 더 치명적이고 끔찍스러울 수가 없었다. 피 — 그 붉고 무서운 피가 그 화신(化身)이며 증거가 되는 표적이었다. 칼로 에는 듯한 고통이 있고 그러다간 갑자기 어지러우며 그 다음엔 털구멍마다 피를 마구 쏟으며 죽어버렸다. 환자의 몸에, 특히 얼굴에 나타난 붉은 얼룩이 못된 전염병이라는 증거가 되어 동료들로부터 도움이나 동정을 받지 못했다. 그리고 그 병에 걸려서 앓다가 죽는 것은 단 반 시간 동안에 이루어지는 일이었다.

그러나 프로스페로 공작은 행복했고 용감했으며 명석했다. 자기 영토의 인구가 반이나 줄어들자 궁중에 있는 무사와 귀부인 가운데서 1천 명이나 되는 꿋꿋하고 쾌활한 사람을 자기 앞에 불러모아서 이들과 함께 성곽 같은 수도원 속으로 깊이 피신해버렸다. 이 수도원은 넓고 어마어마한 규모였으며 공작 자신의 괴팍하고 준엄한 취향에 맞춰 꾸며댔다. 튼튼하고 높은 담이 그 주위를 에워싸고 있었다.

이 담에는 철문이 몇 개 있었다. 신하들은 들어서자 용광로와 큰 망치를 가지고 와 빗장을 때워버렸다. 그들은 그 안에 들어 있는 사람들이 별안간 절망이나 광기(狂氣)로부터 오는 충격을 받을 때에도 들락날락하지 못하도록 결정했던 것이다. 수도원에는 식량이 넉넉히 마련되어 있었다. 그만큼 사전준비가 되어 있으므로 신하들은 전염병을 깔볼 수 있었다. 바깥 세상은 걱정할 바 아니었다. 이 판국에 그런 것을 슬퍼하거나 생각한다는 것은 바보 같은 짓이었다. 공작은 모든 환락의 도구를 준비해놓고 있었다. 어릿광대도 있었고 즉흥시인도 있었으며, 무용가도 음악가도 있었고, 미인과 술도 있었다. 그 속에는 이러한 모든 것과 함께 무사태평함이 있었다. 없는 것은 오직 '붉은 죽음' 이란 것뿐이었다.

프로스페로 공작이 1천 명이나 되는 자기 떨거지들 누구에게도 예외 없이 굉장한 가면무도회를 열어 즐겁게 해준 것은 이 수도원으로 피해 온 지 5, 6개월 지날 무렵이었으며, 바깥 세상에서는 그 역병이 한창 기승을 부리고 있을 때였다.

그 가면무도회는 음탕하게 돌아갔다. 우선 무도회가 열린 방에 대해 이야기해보자. 방은 일곱 개였는데 — 하나하나 다 빽적지근한 것이었다. 수많은 궁전에서는 방 모양이 길쭉하고 쭉 뻗은 전망을 가졌고, 접었다 폈다 할 수 있는 문을 양쪽 벽에 바싹 붙일 수 있기 때문에 방 전체가 확 트여 있다. 그러나 이곳의 경우는 전혀 딴판이었다. 그것은 공작의 괴상한 취미로 미루어봐도 알 수 있었다. 방들은 아주 불규칙하게 배치되어 있기 때문에 한 번에 한 방 이상은 보이지 않았다. 2, 30야드마다 푹 꺾이게 되어 있어 돌 때마다 신기한 기분이 들었다. 벽 좌우와 한가운데 높고 좁은 고딕 양식의 창이 있는데, 방이 구부러져 빠져나간 막다른 복도 위에 열려 있었다. 이 창들에는 채색된 유리가 끼워져 있는데 그 빛깔이 창을 열면 방 안을 장식하는 보편적인 빛깔과 일치했다.

예를 들면 동쪽으로 맨 마지막 방은 푸른색 벽인데 — 창문 빛깔도 역력히 푸른색이었다. 그 다음 방은 장식품이나 양탄자가 자주색인데 창문 유리도 자주색이었다. 셋째 방은 온통 초록색인데 창들도 그런 빛이었다. 넷째 방은 가구도 등불도 다 주황색이었고, 다섯째 방은 흰색이었고, 여섯째는 보랏빛이었다. 일곱째 방은 천장부터 벽 전체에 검은 벨벳으로 만든 휘장이 드리워져 있는데, 같은 빛깔과 천으로 된 양탄자 위에 무겁게 주름이 늘어져 있었다. 그러나 이 방만이 창문 색깔과 장식품 빛깔이 일치하지 않았다. 여기에 있는 유리 색깔은 주홍색 — 짙은 핏빛이었다.

그런데 이 일곱 개 방 중에 어느 한 군데에도 추녀에서 내려와 일렁일렁 흔들리는 사치스런 황금빛 장식 속에 등불이나 촛대가 있지 않았다. 방은 어느 방을 막론하고 등불이나 촛불에서 비쳐 나오는 빛이 있지 않았다. 그러나 방을 따라 붙어 있는 복도에는 창문이 있는 반대쪽마다 불화로를 올려놓을 수 있는 듬직한 세발탁자 같은 것이 있어서 광선은 채색된 유리를 통해서 흘러들어 방 안을 번쩍번쩍 비쳐주었다. 이렇게 해서 수많은 천덕스러우면서도 환상적인 모양들이 번쩍번쩍 나타나 보이는 것이었다.

그러나 서쪽의 검은 방에는 핏빛 유리를 통해서 컴컴한 휘장 위에 흘러드는 불빛이 그보다 더 무서울 수가 없고, 방 안에 들어선 사람들의 얼굴을 너무나 짐승 같은 꼴로 만들어버리기 때문에 이

방에 감히 발을 들여놓는 친구가 없었다.

서쪽 벽에 거대한 흑단으로 만든 괘종시계가 걸려 있는 것도 역시 이 방이었다. 시계추는 무겁고 둔하게, 그러면서도 단조로운 소리를 내며 이리저리 흔들리고 있었다. 긴 바늘이 한 바퀴 뺑 돌아서 시간을 칠 때가 되면 시계의 놋쇠 심장부로부터 맑고도 우렁차고, 깊고도 아주 음악적인 소리가 울려 나왔다.

그러나 그 음조와 울리는 힘은 너무나 특이해서 한 시간이 지날 때마다 오케스트라의 연주자들도 그 소리에 귀를 기울이기 위해 잠깐씩 연주를 그만두지 않을 수 없었다. 이렇게 해서 왈츠를 추는 사람들도 더 이상 출 수 없었다. 그러고는 모든 사람이 유쾌한 나머지 잠시 어쩔 줄 몰라 하는 것이었다. 또 시계가 울리는 동안은 아무리 들떠 있는 사람도 얼굴이 창백해지고, 나이가 들고 침착한 사람은 어수선한 환상이나 명상에 잠긴 것처럼 이마에 손을 얹고 있는 것이 눈에 띄었다.

그러나 그 울리는 소리가 다 끝나고 보면 금방 모든 사람의 얼굴에 가벼운 웃음이 퍼져나갔다. 연주자들은 서로 바라보며 자기네가 흥분했고 어리석었다는 듯이 미소 짓고는 서로서로 귀에 대고 다음번에 시계가 울리더라도 그런 감정은 일으키지 말자고 속삭이듯 맹세하는 것이었다. 그런 다음 60분이라는 시간이 지나서 (시간이 흘러간 것으로 말하면 3,600초가 지난 다음) 다시 시계가 울리면 전과 다름없이 당황과 전율과 명상이 나타나는 것이었다.

그러나 이런 일이 있음에도 그것은 유쾌하고 굉장한 잔치였다. 공작의 취미는 유별났다. 그는 색채와 효과에 대해 훌륭한 안목을 가지고 있었다. 그래서 단지 유행만 좇는 장식 같은 것은 무시해 버렸다. 그의 계획은 대담하고 열정적이었고 그 착상은 야만적인 광채로 번득였다. 더러는 그를 미쳤다고 생각했다. 그의 추종자들은 그렇지 않다고 느꼈다. 그가 미치지 않았다는 것을 확인하기 위해 그가 하는 것을 들어보고 바라보고 만져볼 필요가 있었다.

이 굉장한 향연을 베푸는 때가 다가오자 그는 그의 일곱 개 방의 장식을 직접 감독했다. 그리고 가면을 쓴 사람들에게 어떤 역할을 준 것도 그의 취미에서 비롯되었다. 그들은 물론 괴상망측했다. 현란함, 화려함, 통쾌함, 그리고 환영(幻影) 같은 것이 많았다. 그 대부분은 위고의 《에르나니》 같은 작품에서나 볼 수 있는 것이었다. 거기엔 어울리지 않게 손발과 몸을 치장한 아랍인 같은 모습도 있었다.

또 미친 인간이나 꾸밀 수 있을 법한 그런 정신착란의 환상도 있었다. 아름답기도 하고 음탕하기도 하고 기괴스럽기도 한 것이 많았고, 소름 끼치고 구역질을 일으킬 만한 것도 적지 않았다. 사실은 일곱 개의 방 안을 꿈속의 무리들이 왔다 갔다 거닐고 있었다. 그리고 이들은—꿈속의 인간들은—서로 한데 어울려 방에서 빛깔을 받아 오케스트라의 우악스런 음악소리까지도 자기네가 걸어다니는 울림 정도로밖에 여기지 않았다. 그리고 이내 벨벳 휘장으로 두른 방의 흑단나무 시계가 울린다. 그러면 잠시 동안 사면은 조용해지고 시계소리만 들릴 뿐이다. 꿈결 속의 사람들은 선 채로 빳빳하게 얼어붙는다. 그러나 시계의 울림이 사라지고 나면—비록 한순간에 지나지 않지만—가벼우나 반쯤 억제된 웃음소리가 떠나는 그들의 입에서 퍼져 나온다. 그런 다음 다시 음악이 출렁이고 꿈속의 인간들이 되살아나며 오색영롱한 창문을 통해서 세발탁자 위에서 비치는 광선을 받으며 전보다도 더 유쾌하게 이리저리 몸을 비틀어댄다.

그러나 일곱 개의 방 중에서 맨 서쪽에 있는 방으로는 누구 하나 감히 들어갈 생각을 못한다. 그 까닭은 밤은 자꾸 이울어가고 핏빛으로 물든 유리창에선 더욱 붉은 광선이 흘러 들어오기 때문이다. 그리고 새카만 휘장이 내놓은 검은빛은 사람을 섬뜩하게 해놓는다. 또 검은 양탄자에 발을 디딘 사람에게는 멀리 떨어진 다른 방에서 환락에 빠져 있는 사람들에게 들리는 것보다 한층 엄숙하고 우렁찬 짓눌린 듯한 음향이 가까이 있는 흑단나무 괘종시계로부터 들렸다.

그러나 다른 방들에는 사람들이 빽빽하게 들어차서 생명의 심장이 뜨겁게 고통치고 있었다. 그리고 주연(酒宴)은 마침내 한밤중을 알리는 괘종소리가 울릴 때까지 소용돌이치듯 계속되었다. 그러고는 앞서 말한 대로 음악은 그치고 왈츠를 추는 자들도 잠잠해졌으며 모든 것이 전처럼 마지못해 정지되었다. 그러나 이제 열두 번의 시계 종소리가 들릴 차례였다. 이렇게 해서 마시고 흥청거리던 사람들 중에는 시계 소리가 많은 것만큼 깊이 명상에 잠기는 심각성도 심한 것 같았다. 역시 이런 식으로 열두 번의 마지막 울림이 고요 속으로 잠기기 전에, 앞서 단 한 사람의 시선도 끌지 못했던 가면을 쓴 모습을 무리 중에 많은 사람들이 본 것 같았다. 그런데 이런 새로운 풍문이 귀에서 귀로 퍼져서 결국에 가서는 전체 무리들로부터 비난과 경악으로 수군거리는 일이 벌어지고—그 다음 끝판에는 공포와 혐오와 불쾌의 감정이 일어났다.

방금 그려낸 그런 환상의 모임에서는 평범한 모양으로는 남의 시선을 끌지 못하게 되어 있다. 사실 그날 밤의 가면은 아무리 멋대로 꾸며도 거의 상관없었다. 그러나 문제의 위인은 방자하기 이를 데 없어서 아무리 공작의 마음이 너그럽다 하더라도 도에 지나쳤다. 아무리 무모한 인간이라도 감동을 일으키는 감정은 있는 것이다. 또 생과 사가 똑같이 희롱으로밖에 받아들여지지 않는 내팽개친 인간에게도 희롱할 수 없는 경우가 있다.

모든 사람은 정말 그 낯선 자의 복장과 태도에서 기지(機智)나 예의가 없다는 것을 깊이 깨닫고 있는 것 같았다. 그 위인은 키가 큰 데다 비쩍 말랐으며 머리끝부터 발끝까지 무덤의 복장을 하고 있었다. 얼굴을 가리고 있는 가면은 너무나 뻣뻣이 굳은 시체와 같은 얼굴을 하고 있었기 때문에 아무리 자세히 들여다보아도 진짜가 아니라는 것을 알아내기가 힘들었다. 그러나 이것이 전부라면 주위에서 미쳐 날뛰는 주정꾼들이 찬성을 하지 않더라도 참고 있었을는지 모른다. 그러나 이 모양이 붉은 죽음과 취하는 태도가 흡사하다는 쑥덕공론이 돌았다. 그의 얼굴은 피에 젖어 있었다. 그리고 널찍한 그의 이마에는 얼굴에 있는 이목구비와 더불어 주홍빛 공포가 뿌려져 있었다.

프로스페로 공작의 시선이 이 귀신 같은 모습에 닿았을 때(그는 가일층 제 구실을 잘해내려는 듯이 느리고 엄숙한 동작으로 왈츠를 추는 사람들 사이를 이리저리 거닐고 있었는데) 그는 공포에서인지 불쾌감에서인지 첫 순간엔 몹시 와들와들 떠는 것이 눈에 띄었다. 그러나 다음 순간 그의 이마는 분노로 시뻘개졌다.

"어느 놈이 감히."

공작은 목쉰 소리로 곁에 서 있는 신하들에게 명령을 내렸다.

"어느 놈이 감히 불경스런 위장을 해가지고 우리를 모욕한단 말이냐? 저놈을 잡아 탈을 벗겨봐라. 해뜰 무렵 성벽에서 목을 매어 죽인 놈이 어느 놈인가 알게!"

프로스페로 공작이 이 말을 할 때에 그는 동쪽에 있는 푸른 방에 서 있었다. 이 소리는 일곱 개의 방에 크고 똑똑하게 울려퍼졌다. 왜냐하면 공작은 대담하고 건장한 사람이었으며, 공작이 손을 내젓자 음악이 조용해졌기 때문이다.

창백해진 신하들을 옆에 거느리고 공작이 서 있던 방은 푸른 방이었다. 처음에 공작이 말하는 순간 가까이에서 위세 당당한 걸음걸이로 공작에게 달려들던 침입자에게 서둘러 덤빌 기미를 보이는 신하가 있었다. 그러나 모든 무리가 미친 듯이 쑥덕거리는 억측으로 말미암은 뭐라 표현할 수 없는 무서움 때문에 누구 하나 손을 내밀어 그놈을 잡으려 들지 않았다. 그래서 그놈은 조금도 거칠 것이 없이 공작 바로 앞에까지 다가섰다. 그리고 모든 무리가 어떤 충격에 사로잡힌 것처럼 방 한가운데에서 벽 쪽으로 움츠리고 서 있는 동안 그놈은 처음과 똑같은 엄숙하고 의젓한 걸음걸이로 막히는 것 없이 걸어다녔다. 그놈은 푸른 방에서 자주색 방으로—자주색 방에서 초록색 방으로—초록색 방에서 주황색 방으로—여기서 다시 백색 방으로—거기서 역시 보랏빛 방으로 싸다녔다. 그것은 그놈을 잡으려고 취해진 명확한 움직임이 있기 전까지였다.

그러나 그때 프로스페로 공작은 분노와 자신의 순간적 비겁함에 미칠 듯이 되어 여섯 개의 방을 정신없이 휘돌아 뛰어나왔지만 모든 사람은 죽음과 같은 공포에 사로잡혀 누구 하나 그를 뒤따르지 않았다. 공작은 잡아 뺀 단검을 높이 쳐들어서 성급하고 빠른 동작으로 퇴장하는 그놈의 한두 걸음 뒤까지 쫓아갔다. 이때 그놈은 벨벳 휘장이 둘러쳐진 방 끝까지 왔으므로 별안간 몸을 돌리더니 공작에게 대항했다. 날카로운 외마디 소리가 들리고—까만 양탄자 위에 번쩍이는 단도가 떨어지더니 뒤이어 프로스페로 공작이 죽어서 쓰러졌다. 그런 다음 실망을 접고 용기를 내어 한 패거리나 되는 주정꾼들이 당장 검은 빛깔의 방에 뛰어들어 흑단나무 시계 그림자에 꼼짝 않고 똑바로 서 있는 키 큰 형체의 광대를 잡아 어두운 수의(壽衣)와 해골 같은 가면을 우악스레 벗겨보았지만 아무런 형체도 손에 잡히지 않는 것을 발견하고 말 못할 공포에 질려 숨을 헐떡대는 것이었다.

이렇게 해서 붉은 죽음의 정체가 알려지게 되었다. 그놈은 밤중에 도둑처럼 침입한 것이었다. 그런데 놀이꾼들은 한 사람씩 차례로 피 묻은 그들의 환락의 방 안에 쓰러져 절망을 짓씹으며 죽어갔다. 그리고 흑단나무 시계의 생명도 환락의 최후와 발맞춰 꺼져버렸다.

게다가 세발탁자의 불길도 꺼지고 말았다. 그런데 암흑과 부패와 붉은 죽음만이 모든 것 위에 무한한 세력을 뻗치고 있었다.

모르그 가의 살인 사건

사이렌들이 무슨 노래를 불렀는지, 아킬레스가 여자들 틈에 몸을 숨기고 있었을 때에 어떤 이름으로 행세했는지 영문을 알 수 없는 문제이긴 하지만 전혀 짐작할 수 없는 바는 아니다.

—토머스 브라운 경

분석적이라고 이야기되는 정신구조는 그 자체가 좀처럼 분석을 허용하지 않는다. 우리는 다만 그 결과를 보고서 그것을 인식한다. 다른 것보다도 그런 정신구조를 많이 지니고 있을 때 그걸 가지고 있는 사람에게는 항상 생기발랄한 향락의 원천이 된다는 것도 알고 있다. 힘이 센 사람이 자기의 육체적 능력에 우쭐한 생각을 가지고 근육을 활동시키는 운동을 즐겨하는 것과 마찬가지로 분석가는 뒤엉켜 있는 것을 풀어내는 정신활동을 자랑으로 삼는다. 그는 자기의 재능을 발휘하는 일이라면 아무리 사소한 일에서도 기쁨을 찾아낸다. 그는 수수께끼라든가 난해한 문제라든가 상형문자 같은 것을 좋아하는데, 이런 것을 풀 때에 평범한 이해력을 가진 사람에게는 초자연적으로 보이는 대단한 예리함을 나타낸다. 그가 맺는 결론은 바로 생명력 있는 방법과 그 본질에서 이끌어지는 것이지만 사실은 전적으로 직관의 힘에 의존하는 기미가 있다.

해결의 능력은 수학적 연구로 매우 활기를 띠게 되고, 특히 수학의 최고 부문을 연구함으로써 가능해진다. 그 부문이 합당치 않게, 그리고 단지 역으로 계산해나갔기 때문에 특히 분석처럼 불려 내려온 것이다. 그러나 계산하는 일 자체가 분석하는 것은 아니다. 예를 들면 장기 두는 사람은 상대방을 분석하려는 노력이 없어도 계산을 하게 되는 것이다. 장기를 둔다는 것은 정신적 특성에 미치는 효과에 있어서는 크게 오해를 가져오게 된다. 나는 지금 논문을 쓰고 있는 것이 아니라 관찰한 사실을 내 멋대로 지껄여댐으로써 뭔가 괴상한 이야기의 서두를 삼고자 하는 것뿐이다.

그런 까닭에 나는 이 기회에 내성적인 지성인의 차원 높은 능력은 아주 정교하면서도 천박한 장기보다는 요란스럽지 않은 체커[서양 장기의 일종]를 두는 데 더욱 확실하고 유익하게 쓰인다는 사실을 주장하고자 한다. 장기에서는 말들이 서로 다르고, 변화무쌍한 가치를 지니고 이상야릇하게 움직인다고 해서 단지 복잡하다는 것이(늘 일어나는 잘못인데) 심오하다는 것으로 잘못 이해되고 있는 것이다. 여기서는 주의력이 강력하게 움직인다고 한다. 만약 그 주의력이 일순간이라도 약해지면 말을 잘못 보게 되어 손해를 보지 않으면 아주 패하고 만다. 말이 움직이는 수는 다채로울 뿐만 아니라 복잡해서 그렇게 잘못 보는 경우는 많은 것이다. 그리고 이기는 사람은 십중팔구 머리가 예민한 사람이라기보다 집중력이 강한 사람이다.

그와 반대로 체커의 경우에는 움직이는 수가 하나밖에 없고 거의 변화가 없기 때문에 부주의하게 될 가능성이 줄어들고, 단순한 주의력이 비교적 쓸모없게 되어 있기 때문에 어느 쪽이든 이기게 되는 것은 남달리 예리하면 되는 것이다. 좀 구체적으로 말하면 체커 시합에서 말을 네 개의 왕으로 줄이고 거기다 물론 실수라는 것이 없다고 생각해보자. 여기서 승리는 분명히(양편이 똑같다고 치고) 말을 기발하게 움직이는 것만으로도 결판이 날 수 있는데 그것은 지적인 능력을 집중적으로 발휘한 결과 때문인 것이다. 분석가는 보통 방법으로는 지기 때문에 상대방의 정신 속으로 뛰어들어가 그 속에서 일체가 된 다음 상대방이 잘못을 저지르게 유도하든지 계산을 잘못하게 해놓은 유일한 방법(때로는 정말 어처구니없을 정도로 단순한 방법)을 단번에 찾아내는 경우가 적지않게 있는 것이다.

휘스트 놀이〔네 사람이 하는 카드놀이〕는 소위 계산능력에 영향을 미치는 것으로 오래전부터 알려져왔다. 그리고 최고 수준의 지능을 가진 사람들도 장기가 천박하다고 멀리하면서도 여기서 분명 말할 수 없는 즐거움을 얻는다고 알려져 있다. 확실히 이와 비슷한 성질의 대단한 분석능력을 요구하는 놀이도 없다. 기독교 국가에서 최고로 장기를 잘 두는 사람이란 장기를 썩 잘 두는 선수란 뜻에 불과하다. 그러나 휘스트 놀이에 뛰어나다는 것은 정신끼리 대결하는 한층 중대한 사업에서도 성공할 수 있는 능력을 말하는 것이 된다. 능숙하다는 것을 말할 때, 나는 정당한 이득이 나올 수 있는 모든 원천을 내포하고 있는 놀이에서의 극치를 의미한다.

이러한 원천은 다양할 뿐만 아니라 형태도 많아서 흔히 보통의 이해력으로는 전혀 도달할 수 없는 깊은 사상의 밑바닥에 놓여 있다. 주의 깊게 관찰한다는 것은 분명하게 기억한다는 것을 말한다. 그렇다면 정신집중을 할 수 있는 장기꾼은 휘스트 놀이도 아주 잘할 것이다.

또한 호일〔《영국의 트럼프 놀이법》을 쓴 저자〕의 법칙(놀이의 단순한 기교를 토대로 한)도 일반에게 충분히 이해되고 있다. 좋은 기억력을 가지고 '법칙' 대로 해나가는 것이 일반적으로 훌륭한 놀이의 전부라는 것이 일반적으로 알려진 요점인 것이다. 그러나 분석가의 재주가 나타나는 것은 단순한 법칙의 한계를 벗어난 문제에 속한다. 그는 아무 소리 하지 않고 한없이 관찰과 추리를 하는 것이다. 아마 그의 상대방도 그렇게 할 것이다. 그래서 얻어지는 지식 정도의 차이는 추리의 정당성에 있다기보다 관찰의 성질에 놓여 있다. 필요한 지식이란 무엇을 관찰하느냐 하는 문제다.

이런 놀이꾼은 자신을 전혀 가둬두고 있지 않다. 또는 놀이가 목적이라고 해서 놀이와는 관계없는 외부의 사물로부터 비롯되는 추리를 거부하지 않는다. 그는 자기 편 사람의 얼굴을 살피고 상대방 한 사람 한 사람의 얼굴과 주의 깊게 비교해본다. 그는 한 사람 한 사람 손에 들고 있는 카드를 어떤 식으로 맞추는지 눈여겨본다. 흔히 카드를 쥐고 있는 사람이 슬쩍 흘겨보는 것을 가지고 트럼프 카드나 오너 카드를 일일이 세어본다. 놀이가 진행됨에 따라 그는 각 사람의 얼굴의 변화하는 모습을 일일이 주목하고, 자신만만한 때라든가 놀라는 때라든가 의기양양한 때라든가 혹은 분해하는 때의 표정의 변화에서 판단의 재료를 수집한다.

점수를 긁어모으려는 방법으로 그는 그것을 쥐고 있는 사람이 슈트〔suit : 짝패 한 벌〕에서도 또 다른 수법을 쓸 것인지 판단한다. 그는 카드를 테이블 위에 내던지는 솜씨를 보고 속임수를 쓰고 있다는 것을 알아차린다. 무심결에 불쑥 나온 말이라든가, 카드를 우연히 떨어뜨린다거나 뒤집으면서 그것을 숨기려는 생각에서 불안한 표정을 짓는다든가, 아무렇지도 않은 것같이 행동한다든가, 한 판 벌여놓은 카드를 순서대로 세어본다든가, 어쩔 줄 모른다든가, 머뭇머뭇한다든가, 열을 올린다든가, 불안한 표정을 짓는 것 등—이런 모든 것들은 사태가 돌아가는 실태를 그가 직관적으로 알도록 해준다. 처음 두서너 판 돌고 나면 그는 각자의 손아귀에 들어 있는 내용을 환히 알게 된다. 그런 다음부터는 마치 다른 사람들이 자기네 카드 표면을 보이게 들고 있는 것처럼 조금도 틀림없는 용의주도한 목적 밑에 카드를 내놓는다.

분석하는 능력이 단순한 발명의 재능과 혼돈되어서는 안 된다. 왜냐하면 분석가에게 필연적으로 발명의 재능이 있는 반면, 발명가는 명확하게 분석을 해내지 못하는 경우가 자주 있기 때문이다. 발명의 재능은 흔히 구성하는 능력이나 결합하는 능력으로 나타나며, 골상학자들(나는 이 견해가 틀렸다고 믿고 있지만)은 이 능력을 원시적 능력이라고 생각하고 하나의 독립된 기관으로 취급하고 있는데, 다른 면에서 보면 거의 백치에 가까운 지능을 가진 사람에게서도 이런 능력을 흔히 볼 수 있기 때문에 정신과학자들 간에는 일반적인 주목을 끌어오고 있는 것이다. 발명의 재능과 분석적 능력 사이엔 환상과 상상 사이의 차이보다 훨씬 큰 차이점이 있다. 그러나 그 특성에 있어서는 상당히 유사점이 많다. 사실 발명의 재능이 있는 사람들은 언제나 환상적인데, 정말 상상력이 풍부한 사람은 반드시 분석적이라는 사실이 드러나게 될 것이다.

다음에 나오는 이야기는 독자들에게 방금 말한 명제에 대한 가벼운 주석처럼 비칠 것이다.

18××년 봄과 여름 한때를 파리에서 살고 있던 나는 C. 오귀스트 뒤팽 씨와 알게 되었다. 이 젊은 신사는 훌륭한, 정말 이름난 가문 출신이었으나 여러 가지 불행한 사건이 벌어져 가난뱅이가 된 나머지 그의 정력적인 성격도 기를 못 펴게 되었다. 그리하여 그는 세상에 나와 활동한다든가 재산을 복구해보겠다는 걱정도 하지 않게 되었다. 채권자들의 호의로 아직도 그 앞에는 약간의 세습재산 찌꺼기가 남아 있었다. 그런데 여기서 나오는 수입에 의존해서 사치 따위는 꿈도 못 꾸고 지독하게 절약함으로써 겨우 목구멍에 풀칠을 할 수 있는 정도였다.

정말 책만이 그의 유일한 사치품이었는데, 파리에서는 어렵지 않게 구할 수 있었다. 우리가 처음 만난 곳은 몽마르트 가의 어느 이름 없는 도서관이었다. 거기서 두 사람 모두 아주 진귀한 같은 책을 찾고 있었다는 우연한 일이 우리를 더욱 가깝게 만들었다. 우리는 서로 만나고 또 만났다. 나는 그가 아주 솔직하게 털어놓은 자기 가족의 유래에 대해서 깊이 관심을 갖게 되었다. 프랑스 사람들은 화제가 단지 자기 자신에 관한 것일 때는 언제나 솔직했던 것이다. 나는 또한 그가 아주 광범위한 책을 읽었다는 것을 알고 놀랐다. 그리고 무엇보다도 그의 광적인 열정과 싱싱한 상상력으로 말미암아 내 속에서도 영혼이 불붙는 것을 느낄 수 있었다.

그 당시 나는 파리에서 그전부터 찾고자 했던 것을 찾고 있었으므로 그 같은 사람과의 교제는 무한히 보배로운 것으로 느껴졌다. 그래서 나는 이런 느낌을 그에게 솔직하게 고백했다. 드디어 우리는 내가 이 도시에 머물러 있는 동안 함께 지내게 되었다. 그리고 내 생활 형편이 그보다는 좀 덜 궁했기 때문에 생 제르망 근교의 한적하고 황폐한 구석에서, 미신 때문에 오래 비워두어서 다 쓰러져간다는 것을 한눈에 알 수 있는, 세월에 시달려 흉측맞은 집 한 채를 세냈다. 그리고 집 안에 우리의 공통된 기질에 어울리는 환상적인 침울감에 꼭 들어맞는 가구들을 들여놓았는데, 이 모든 비용을 나 혼자 치렀던 것이다.

이곳에서 지내는 우리의 일상생활이 세상에 알려진다면 우리는 미친 인간들로 취급당했을 것이다. 그렇지만 남에게 해는 안 끼치는 미친 인간들이었다. 우리는 완전히 세상을 등지고 살았다. 찾아오는 손님도 하나 없었다. 정말이지 우리가 파묻혀서 사는 장소는 전부터 알고 지내는 내 친구들에게도 완전히 비밀로 하였다. 그리고 뒤팽 역시 파리와 완전히 인연을 끊은 지 여러 해가 되었다. 우리는 오직 둘이서만 지내는 것이었다.

이 친구에게는 밤 그 자체 때문에 밤에 매혹되어버리는 변덕스런 공상(달리 뭐라고 불러야 할까?)이 있었다. 나는 이 괴팍한 성질 말고도 다른 여러 가지 버릇 때문에 은근히 그에게 빠지고 말았다. 그리고 자포자기하는 식으로 막된 변덕에 자신을 맡기고 말았다.

새카만 옷을 입은 여신이 밤낮 우리와 함께 있는 것은 아니었다. 그러나 우리는 여신의 존재를 모조할 수 있었다. 첫새벽이 다가오면 이 낡은 건물의 모든 육중한 덧문을 닫아버리고, 짙은 향내를 피우면서 귀신 같은 희미한 광선을 내뿜는 쌍촛대에 불을 당겼다. 그런 다음 우리는 이 촛불의 도움을 받아 꿈속에서 영혼을 바삐 헤매었다. 진정 암흑의 세계가 왔다는 것을 시계가 알려줄 때까지 책을 읽고 글을 쓰고 이야기를 나눴던 것이다.

그러고는 거리로 뛰쳐나와 서로 팔짱을 낀 채 그날의 화제를 계속 지껄여대고 늦게까지 갈 데 못 갈 데 떠돌아다니면서 왁자지껄한 대도시의 야성적인 불빛과 그림자 가운데서 조용한 관찰만이 베풀 수 있는 무한한 정신적 흥분을 찾았다.

그럴 때면 나는 뒤팽의 특수한 분석능력을(나는 그의 풍부한 이상주의적인 성질로 그런 것을 예상하고 있었지만) 주목하고 경탄하지 않을 수 없었다. 그는 역시 그런 능력을 행사하는 데 굉장한 기쁨을 갖는 것 같았고—꼭 그 능력의 과시라고는 할 수 없지만—이렇게 해서 얻어지는 기쁨을 주저함이 없이 고백했다. 그는 낮은 소리로 껄껄거리고 웃으면서 대부분의 사람들은 자신과 이야기할 때 그들의 가슴에 창문을 단다고 자랑했고 내 속을 샅샅이 다 알고 있다는 직접적이면서도 놀랄 만한 증거를 보이면서 그러한 주장을 내세우곤 했다. 이런 것을 주장할 때의 그의 태도는 완고하면서도 추상적이었다. 그 눈의 표정은 퀭했다. 반면 평소에는 성향이 풍부한 테너인 그의 목소리가 신중하고 명확한 발음이 아니라 성급하게 들리는 높은 목소리로 올라갔다. 이러한 기분에 잡혀 있는 그를 바라보면 나는 곧잘 이중적 영혼에 관한 옛 철학에 대해 곰곰이 생각하게 되고 이중의 뒤팽을—창조력과 분해물로서 즐겨 상상해보았다.

내가 방금 이야기한 걸 가지고 뭐 신비스런 이야기를 미주알고주알 파고 있다든가, 무슨 소설을 쓰고 있다고 생각해선 안 된다. 내가 이 프랑스 사람에 관해서 쓴 것은 단지 흥분됐거나 혹은 병들었을지도 모르는 지능의 결과에 대해서 말한 것이다. 그러나 때때로 그가 언급한 문제의 성질에 대해서는 하나의 실례가 그 생각을 아주 잘 말해줄 것이다.

어느 날 밤 우리는 팔레 루와이얄 근처 더러운 긴 거리를 터덜터덜 걸어 내려가고 있었다. 우리 두 사람은 분명 무슨 생각에 잠겨 있었으므로 누구 하나 적어도 15분 동안은 한마디도 하지 않았다. 그런데 느닷없이 뒤팽이 이런 말을 불쑥 꺼냈다.

"그는 사실 너무 작단 말야. 바리에테 극장 무대에나 맞겠어."

"정말 그렇고말고."

나는 무의식중에 이렇게 대답하고 처음에는(너무나 깊은 생각에 잠겨 있었기 때문에) 이 말을 한 사람이 나의 생각과 일치하고 있었다는 터무니없는 사실을 깨닫지 못하고 있었다. 다음 순간 제정신이 들자 나의 놀라움은 굉장한 것이었다.

"뒤팽" 하고 나는 정색을 하고 말했다.

"이건 알 수 없는 일이야. 솔직히 말해서 나는 정말 놀랐어. 내 정신을 믿을 수가 없단 말야. 자넨 내가 생각하고 있는 것을 어떻게 알 수 있었는가?"

나는 여기서 말을 멈추고 내가 생각하고 있던 사람을 그가 정말 알고 있는가를 분명히 알아보려고 했다.

"—샹틸리 말이지."

그가 대답했다.

"왜 말을 멈추나? 자네 마음속에선 그 똥자루만 한 인간이 비극에는 어울리지 않는다고 말하고 있으면서."

이것은 정확히 내가 생각했던 문제를 말하는 것이었다. 샹틸리는 상 드뉘 가(街)의 토박이 신기료 장수였다. 그런데 연극에 미쳐 소위 크레비용[18세기 프랑스의 비극시인]의 비극에 나오는 크셀크스 역을 맡아보았지만 그가 피땀 흘린 대가라는 것이 더럽게 욕만 뒤집어쓴 꼴이었다.

"제발 말 좀 해보게."

나는 큰 소리로 말했다.

"그 방법을 말야—방법이 있다면 말일세—내 마음속을 환히 들여다볼 수 있는 그 방법을 말일세."

사실 나는 뭐라고 형언할 수 없을 만큼 놀랐다.

"그건 과일장수였네."

이 친구가 대답했다.

"자네가 구두창이나 고치던 위인이 크셀크스 역이나 그 밖의 비극적인 역을 한다는 것은 합당치 못하다고 결정을 내린 것은 말일세."

"과일장수라니! —사람 놀래키는군. 난 과일장수라곤 개미새끼 하나 몰라."

"우리가 이 거리로 들어설 때 자네를 들이받던 자 말일세. 한

15분 되었을까."

실은 한 과일장수가 커다란 바구니에 사과를 잔뜩 담아 머리에 이고 오다가 우리가 C가를 지나 지금 서 있는 거리로 들어설 때 느닷없이 나를 들이받아 나가떨어질 뻔하던 일이 이제야 생각났다. 그러나 이것이 샹틸리와 무슨 관계가 있다는 것인지 도무지 알 수 없었다.

뒤팽에겐 협잡꾼 같은 구석이라곤 전혀 없었다.

"내 설명하지."

그가 말했다.

"자네가 아주 분명하게 이해하기 위해서 내가 자네한테 말하던 순간부터 문제의 과일장수를 자네가 마주쳤을 때까지, 우선 자네가 생각에 잠겼던 과정을 훑어보겠네. 대체의 줄거리는 이렇게 나가네. ―샹틸리, 오리온, 니콜스 박사, 에피쿠로스(고대 그리스 철학자로 쾌락을 인생 최대의 선이라 주장함), 돌 다듬는 기술, 길에 까는 포석, 그리고 과일장수."

사람이 살아가는 동안에 자기 마음속에 일어난 제각각의 결론의 경로를 훑어보는 데 흥미를 느끼지 않는 사람은 거의 없다. 그런 일이 때로는 굉장히 재미있는 것이다. 그런데 처음으로 그런 시도를 해보는 사람은 출발점과 도달점 사이의 끝없는 거리감과 모순점 때문에 적지 않게 놀라게 된다. 그렇다면 이 프랑스 사람이 자기가 이미 했던 소리를 다시 말하는 것을 내가 들었고, 또 그가 한 말이 사실이었다는 것을 인정하지 않을 수 없는 입장일 때 나의 놀라움이 어떠했겠는가.

그는 계속했다.

"내 기억이 틀림없다면 우리가 C가를 떠나기 직전에 말에 대한 이야기를 하고 있었네. 이것이 우리가 끝으로 주고받은 화제였지. 우리가 이 거리로 들어설 때 머리에 커다란 바구니를 인 과일장수가 바삐 우리를 스쳐 지나가면서, 인도를 뜯어 고치고 있는 지점에 잔뜩 쌓아놓은 돌더미에다 자네를 밀쳐버렸지. 그러자 자네는 널려 있는 돌멩이에 걸려 미끄러지면서 약간 발목을 삐게 되니까 화가 났는지 뿌루퉁해져 몇 마디 투덜거리더니 돌 더미를 뒤돌아본 다음 잠자코 걸어가더군그래. 내가 뭐 자네가 어쩌는지 특별히 주의를 기울인 건 아닐세. 그러나 요즘 들어 나에겐 관찰을 한다는 게 필요불가결한 것처럼 되어버렸어.

자네는 땅에서 눈을 떼지 않았어. 화난 표정으로 길바닥에 난 구멍이나 바퀴 자국을 흘끗거리고 보더군(그래서 나는 자네가 여전히 길에 까는 포석을 생각하고 있는 걸 알았지). 마침내 우리는 라마르틴느라는 좁다란 골목길에 이르렀는데, 그 골목은 시험 삼아 돌들을 겹쳐 깔고 못으로 고정시켜 포장한 길이었어. 이것을 보자 자네 얼굴은 환하게 밝아지고 자네 입술은 움직이고 있더군. 이런 것을 보고 나는 자네가 틀림없이 '돌 다듬는 기술'이란 말을 중얼거리고 있는 것을 눈치 챘지. 바로 이런 종류의 포장을 부자연스럽게 하는 데 쓰는 낱말 말일세. '스테레오토미'[돌 다듬는 기술]라는 말을 하면 반드시 아토믹[atomic : 원자]이란 단어를 생각하게 되고, 따라서 에피쿠로스의 이론을 생각하게 된다는 것을 알았네.

조금 전에 우리가 이 문제로 왈가왈부했을 때, 저 훌륭한 그리스 사람의 애매한 추측이 최근의 성운우주설(星雲宇宙說)과 정말 기묘하게 딱 들어맞는데도 거의 세상 사람들의 주의를 끌지 못했다는 것을 자네에게 이야기하면서, 나는 자네가 눈을 쳐들고 오리온 성좌의 대성운(大星雲)을 바라보지 않을 수 없을 거라고 느꼈던 거야. 나는 정말 자네가 그렇게 하리라 기대했지. 사실 자네는 처음 눈을 들어 바라보았네. 그래서 나는 자네가 생각하고 있는 과정을 정확히 알고 있다고 확신하게 되었네. 그러나 어제 《뮈제》 신문에 실린 샹틸리에 대한 저 맹렬한 비난문에서 그 독설가는 그 신기료 장수가 비극배우가 되면서 이름을 바꿨다는 치욕스런 사실을 들춰내고는 우리가 툭하면 주고받던 라틴 시의 한 줄을 인용했네. 이런 것일세.

옛날 말은 처음의 소리를 잃어버렸다.

옛날에는 우리온이라고 하던 것을 오리온이라고 한다고 자네에게 말했지. 그런데 이런 설명과 관련해서 뭔가 신랄한 점이 있는 것으로 보아 나는 자네가 그것을 잊지 못할 거라고 자신했네. 그런 이유로 자네가 오리온과 샹틸리라는 두 가지 생각을 반드시 합쳐놓을 거라는 것은 명백한 사실이야. 그 둘을 결합시켰다는 사실을 나는 자네가 입술에 미소를 띠고 있는 성질로 보아 알았지. 자네는 그 가련한 구두 수선장이의 망신을 생각하고 있었던 거야. 그걸 생각할 때까지는 자네 걸음걸이가 꾸부정했네. 그러나 이젠 자네 몸이 쭉 펴졌단 말일세. 그래서 나는 자네가 샹틸리의 똥자루만 한 꼴을 생각하고 있다고 확신했지. 바로 이때 나는 자네의 그 깊이 빠진 생각을 훼방 놓고 말았네. 사실 그자는 정말 작은 친구이고—샹틸리 말야—바리에테 극장 같은 데나 서면 적격일 거라고 지껄여대 가지고 말일세."

이런 뒤 곧 우리는《트리뷔노》지 석간을 들여다보았는데 거기에 실린 다음과 같은 기사가 우리의 관심을 끌었다.

놀라운 살인 사건 — 오늘 아침 3시경 생 로슈 구(區) 주민들은 계속 들려오는 무서운 비명으로 잠에서 깼다. 그 소리는 틀림없이 모르그 가(街)에 있는 어느 집 4층에서 들려왔는데 그 집에는 레스파네 부인과 그녀의 딸인 카미유 양만이 살고 있는 것으로 알려져 있었다. 그 집에 들어가는 것이 정상적으로는 불가능했기 때문에 쇠지렛대로 문을 부수고 경관 두 사람과 열 명쯤 되는 이웃사람들이 들어갔다. 이때는 벌써 비명소리가 멎어 있었다. 그러나 일행이 첫 번째 층계참에 밀고 올라갔을 때 독이 올라 사납게 해대는 두서너 마디 야단치는 소리가 들려왔다. 그런데 그 소리는 바로 위층에서 나오는 것 같았다. 두 번째 층계참에 다다랐을 때 그 소리도 역시 그쳤고 집안은 쥐죽은 듯이 조용했다. 일행은 사방으로 퍼져 방마다 뒤지고 다녔다. 4층에 있는 커다란 구석방에 들어갔을 때(방문이 안에서 잠겨 있기 때문에 강제로 열어젖혔다) 사람들은 그곳에서 벌어진 광경을 보고 무섭다 못해 놀라 자빠질 뻔했다.

방 안은 말할 수 없이 난장판이 되어 있었다. 가구들은 박살이 나서 여기저기 마구 널려 있었다. 침대는 하나밖에 없었는데, 거기 있던 이부자리가 내동댕이쳐져 방 한가운데 나가떨어져 있었다. 의자 위에는 피 묻은 면도칼이 하나 있었다. 벽난로 위에는 반백의 머리카락이 세 움큼 잔뜩 있었는데 거기에도 역시 피가 엉켜 있고 송두리째 뽑혀 나온 것 같았다. 방바닥에는 20프랑짜리 옛 프랑스 금화 네 개와 황옥 귀걸이가 하나, 큰 은 숟가락이 세 벌, 또 작은 양은 숟가락 세 벌과 거의 4천 프랑이나 되는 금화가 담겨 있는 가방 두 개가 있었다. 방 한쪽 구석에 있는 책상 서랍이 열려 있는데 분명히 뭔가 뒤져 가져간 모양이나, 대부분의 물건은 그냥 남아 있었다. 자그만 금고가 침구(침대 밑이 아니라) 아래서 발견되었다. 금고 문에 열쇠가 달린 채 열려 있었다. 그 속에는 옛날 편지 몇 통과 별로 중요하지도 않은 서류 나부랭이가 들어 있을 뿐이었다.

레스파네 부인에 대한 흔적이 이 방에선 보이지 않았다. 그러나 벽난로 속에 유난히 그을음이 많이 떨어져 있는 것을 보고 굴뚝 속을 뒤져보니까(끔찍스러워 입도 못 떼겠는데!) 딸의 시체가 거꾸로 박혀 있어서 거기서 끌어냈다. 시체는 좁은 구멍 속에 상당히 깊숙이 박혀 있었다. 아직 몸이 따뜻했다. 자세히 살펴보니 상당히 여러 군데 상처가 나 있는 게 눈에 띄었는데 그것은 시체를 들이밀고 잡아 뺄 때 거칠게 다뤄 생긴 것이 확실했다. 얼굴에는 심하게 여러 군데 생채기가 나 있고, 목은 시커멓게 멍이 들었으며, 마치 목을 졸라 죽인 것처럼 깊이 손톱자국이 나 있었다.

일행은 집 구석구석을 빼놓지 않고 샅샅이 조사해보았지만 더 이상 새로운 사실을 찾아내지 못하고 건물 뒤편에 있는 포장한 좁다란 뜰로 나갔다. 거기서 그들은 늙은 부인의 시체를 발견했는데 그녀의 목이 완전히 잘려 있어서 몸을 일으키려고 했더니 머리가 뚝 떨어져 나가고 말았다. 머리와 마찬가지로 몸뚱이도 소름 끼치게 토막이 나 있어서 좀처럼 사람 몸뚱이로 여겨지지가 않았다.

이 소름 끼치는 수수께끼 같은 사건은 아직도 털끝만 한 단서도 잡지 못한 것으로 보인다.

이튿날 신문은 다음과 같이 덧붙여 상세하게 보도했다.

모르그 가의 비극—이 끔찍하기 그지없는 무서운 사건과 관련해서(프랑스에서는 '사건'이라는 단어가 영어가 뜻하는 그런 가벼운 의미를 띠지 않는다) 많은 사람들이 조사를 받았다. 그러나 이 사건의 단서를 보일 만한 것은 하나도 얻지 못했다. 다음에 얻어낸 중요한 증언을 들어본다.

세탁부 폴린느 뒤부르는 지난 3년 동안 죽은 두 모녀의 옷을 세탁해주었으므로 그동안 알고 지냈다고 진술함. 늙은 부인과 딸은 사이가 좋아서 서로 극진히 사랑하며 살았던 것 같다. 돈은 아주 잘 치렀다. 그네들의 생활양식이라든가 그 수단에 대해서는 이야기할 수가 없다. L부인은 생활을 위해 점을 친 것으로 믿어진다. 소문으론 돈깨나 있는 걸로 알려졌다. 세탁할 옷을 가지러 간다든가 그것을 갖다 줄 때 집 안에서 만난 사람이라곤 하나도 없다. 하인을 두지 않은 게 확실했다. 4층 말고는 그 집 어느 곳에도 가구가 없었던 것 같다.

담뱃가게 주인 피에르 모로는 거의 4년 가까이 레스파네 부인에게 약간의 궐련과 코담배를 팔았다고 진술함. 그는 이 동네에서 태어나 계속 여기서 살고 있다. 죽은 부인과 딸은 6년 이상을 그들이 죽어 시체로 발견된 그 집에서 살았던 것이다. 그 집에 먼저 살던 사람은 보석상인데 위층 방들을 별의별 사람들에게 다 세를 놓았었다. 그 집은 L부인의 소유였다. 그녀는 빌려 사는 자가 자기 멋대로 집을 세놓는 데 기분이 언짢아 직접 들어와 살면서 어느 곳도 세를 놓지 않았다. 노부인은 어린애 같았다. 증인은 6년 동안에 그 집 딸을 대여섯 번 본 일이 있다. 두 모녀는 세상과 왕래를 끊고 살았는데—소문엔 돈이 많다고 했다. L부인이 점을 친다는 소리를 이웃에서 들은 일은 있지만—믿지 않았다. 노부인과 딸을 제외하고 짐꾼이 한두 번, 의사가 열 번 정도 그 집 문턱을 드나든 것 말고는 개미새끼 하나 들어가는 것을 본 일이 없다.

이외에도 이웃에 있는 많은 사람들이 이와 비슷한 증언을 했다. 누구 하나 그 집을 자주 드나들었다고 말하진 않았다. L부인과 그 딸에게 생존해 있는 친척이 있는지는 알 길이 없었다. 전면 창의 덧문들은 좀처럼 열려 있는 일이 없었다. 뒤편에 있는 창들은 4층 큰 구석방을 제외하곤 언제나 열려 있었다. 그 집은 좋았으며 — 지은 지도 그리 오래되지 않았다.

이시모르 뮈제 순경은 새벽 3시쯤 일어나 그 집에 달려가보니 3, 40명의 사람들이 집에 들어가려고 애쓰고 있었다고 진술함. 드디어 총대로—쇠지레가 아니라—문을 강제로 열었다. 문짝은 두 짝으로 접는 문인 데다 위도 아래도 빗장이 질려 있지 않아 여는 데는 그리 힘이 안 들었다. 비명은 문짝이 억지로 열리는 순간까지 계속되다가—별안간 뚝 그치고 말았다. 비명은 죽음의 고통에서 누군가(어쩌면 몇 사람일지 모른다) 지르는 소리 같았는데 짧고 빠른 소리가 아니라 크게 끄는 소리였다. 증인은 앞서서 층계를 올랐다. 첫째 층계참에 이르렀을 때 두 사람이 독이 올라 고래고래 소리치며 싸우는 소리가 들렸다. 그 중 하나는 몹시 거친 목소리였고, 또 하나는 째지는 듯한 날카로운—정말 들어보지 못한 소리였다. 거친 목소리에서는 몇 마디 알아들을 수 있는 낱말이 있었는데 그것은 프랑스인의 음성이었다. 여자의 목소리가 아니라는 것은 확실했다. 거기선 '악당 놈'이니 '악마 놈'이니 하는 소리를 들을 수 있었다. 째지는 목소리는 외국인의 것이었다. 남자 음성인지 여자 음성인지 분간할 수가 없었다. 무슨 소리를 해댔는지 모르지만 스페인 말 같았다. 이 증인이 진술한 방 안과 시체에 관한 이야기는 어제 보도한 것과 같다.

이웃에 사는 은세공인 앙리 뒤발은 자신이 그 집에 최초로 들어간 일행 가운데 하나라고 진술함. 대체로 뮈제의 증언을 뒷받침함. 일행은 억지로 들어서기가 무섭게 시간이 지체됨에도 불구하고 쏜살같이 모여든 사람들을 들어오지 못하게 하느라고 문을 다시 닫아버렸다. 이 증인은 그 째지는 목소리를 이탈리아 사람 것으로 생각한다고. 그 소리가 프랑스 말이 아니라는 것은 확실하게 되었다. 또 남자 음성이라고 확신할 수는 없다. 따라서 여자 목소리일 가능성이 있다. 이 증인은 이탈리아어를 몰랐다. 말은 알아듣지 못하지만 그 억양으로 미루어 이탈리아 사람이라는 것을 확신했다. L부인과 딸을 알고 있었다. 두 사람과 자주 이야기를 나눴다. 그 째지는 음성이 죽은 사람들의 목소리가 아닌 것은 확실하다고 했다.

요릿집 주인 오덴하이머, 이 증인은 증언을 자청했다. 프랑스어를 할 줄 모르기 때문에 통역을 통해 심문을 받았다. 출생지는 암스테르담이다. 비명소리가 나는 시각에 집 앞을 지나고 있었다. 비명은 몇 분, 10분쯤은 끌었다. 그 소리는 길고 크게 났으며 매우 소름이 끼치면서도 고통스러운 것이었다. 그는 그 집에 들어간 사람 중의 하나였다. 단 한 가지만 제외하고 모든 점에서 먼저 증인과 같았다. 째지는 목소리가 남자의―프랑스 사람의 소리임이 확실하다고. 그 소리가 무슨 말인지 모르겠다고 했다. 그 말은 크고 빨랐는데―일정하지가 않고―두려울 때와 마찬가지로 독이 올라서 나온 것이 틀림없다고. 목소리는 쉰소리였는데 째지는 소리라기보다는 거친 소리였다고 한다. 째지는 소리라고는 할 수 없다고. 몹시 거친 목소리로 '악당 놈'이니 '악마 놈' 하고 거듭 소리치더니 한번은 '하나님' 하고 외쳤다.

드로렌느 가(街) 미뇨 부자(父子) 은행의 은행업자 주르 미뇨. 아버지 미뇨의 말. 레스파네 부인은 어느 정도 재산이 있었다. 어느 해 봄부터 자기네 은행과 거래를 텄다. (8년 전부터) 적은 돈을 예금하는 일은 잦았다고. 그녀가 죽기 사흘 전까지는 한푼도 찾아가지 않다가 죽던 날 4천 프랑의 돈을 찾아갔다. 이 돈은 금화로 지불되어 은행원이 집까지 갖다 주었다. 미뇨 부자 은행의 행원 아돌프 르 봉은 사건 당일 정오쯤 4천 프랑의 돈을 가방 두 개에 넣어서 레스파네 부인을 따라 그 집까지 갔었다고 증언함. 문이 열리자 L양이 나타나 그의 손에서 가방 하나를 받아들었고, 나머지는 노부인이 받았다. 그래서 그는 인사를 꾸벅하고 나와버렸다. 그때 거리에서 만난 사람은 아무도 없었다. 거리는 뒷골목인데 무척 한적했다고.

윌리엄 버드라는 재봉사는 자기도 그 집에 들어간 일행 중의 하나라고 진술함. 그는 영국 사람. 파리에 산 지 2년이 되었다. 층계를 제일 먼저 올라간 사람 중의 하나. 싸우는 소리를 들었다고. 몹시 거친 목소리의 주인공은 프랑스 사람이라고. 몇 마디 들어 알 수 있었는데 이제는 전혀 기억을 할 수 없다. 분명히 '악당 놈'이라는 소리와 '하나님' 하는 소리를 들었다. 그 시각에 마치 여러 사람이 드잡이를 하고 있는 것 같은 — 밀치고 엉겨 붙어 야단치는 소리가 났다. 째지는 소리는 매우 컸다. 거친 목소리보다 컸다. 그것이 영국 사람 목소리가 아닌 것이 확실하다. 독일 사람 소리같이 들렸다. 여자 목소리일 가능성이 있었다. 자기는 독일어를 알아듣지 못한다고.

위에 열거한 네 사람의 증인들은 다시 소환되어 일행이 집에 도착했을 때 L양의 시체가 발견된 방의 문이 안으로 잠겨 있었다고 진술했다. 온 집 안은 쥐죽은 듯이 고요했다. 신음소리 하나, 바스락 소리 하나 들리지 않았다. 문을 강제로 열고 들어섰을 때도 아무도 안 보였다. 창문들은 앞뒤 방의 것이 둘 다 내려져 안으로 철통같이 잠겨 있었다. 두 방 사이의 문은 닫혀 있었지만 잠겨 있지 않았다. 앞 방에서 복도로 나가는 문은 안으로 열쇠가 꽂힌 채 잠겨 있었다. 4층 복도 머리에 전면으로 나 있는 자그만 방은 문이 빼꼼하게 열려 있었다. 이 방엔 낡은 침대라든가 상자통 같은 물건들이 하나 가득 있었다. 이런 물건들도 조심스럽게 옮겨가며 조사했다. 집 안은 이 잡듯이 샅샅이 조사하지 않은 구석이 없었다. 굴뚝 속도 굴뚝 쑤시개로 몇 번씩 훑어보았다. 그 집은 4층인 데다 다락방이 있었다(망사르드 지붕으로 되어 있다). 지붕 위 뚜껑문은 아주 단단히 못질이 되어 있었고, 몇 년 동안 한 번도 열어본 일이 없는 것 같았다. 싸우는 소리를 들었던 시각부터 방문을 때려 부수고 열 때까지 경과된 시간은 증인마다 진술이 다 달랐다. 어떤 이들은 3분이라고 짧게 잡고, 또 몇몇은 5분이라고 길게 잡았다. 문은 겨우 열렸던 것이다.

청부업자 알퐁조 가르치오는 자기는 모르그 가에 살고 있다고 진술함. 스페인 태생임. 그 집에 들어간 일행 중 한 사람이었다. 층계는 올라가지 않았다. 신경쇠약으로 흥분한 다음에 오는 결과를 두려워했기 때문이라고. 아귀다툼하는 소리는 들었다. 몹시 거친 목소리는 프랑스 사람의 소리였다고. 그런데 무슨 소리인지 알 수 없었다. 째지는 음성은 영국 사람이 낸 소리인데, 이것만은 틀림없다고. 영어도 모르지만 억양으로 미루어 판단한다고.

제과상 알베르토 몽타니는 층계에 맨 먼저 올라간 축에 낀다고 진술. 문제의 목소리들을 들었다. 몹시 거친 음성은 프랑스 사람이 낸 소리였다. 몇 마디는 알아들을 수 있었다. 그 말하는 사람은 충고하는 것 같았다고. 째지는 목소리의 말은 이해할 수 없었다. 빠르고 일정한 목소리가 아니었다. 러시아인의 음성이라 생각한다. 앞에 한 전반적인 증언을 뒷받침한다. 그는 이탈리아 사람이다. 러시아 사람과는 대화를 나눈 일이 없다.

소환된 여러 증인들은 4층에 있는 모든 방의 굴뚝들은 너무 좁아 사람이 빠져나가기가 불가능하다고 증언했다. '굴뚝 청소' 란 뜻은 굴뚝 청소부들이 사용하는 원통 모양의 훑어내리는 쑤시개를 말하는 것이었다. 이 쑤시개로 집 안에 있는 굴뚝이란 굴뚝은 모조리 쑤셔댔다. 일행이 층계를 오르고 있는 동안에 뒤쪽으로 사람이 내려갈 수 있는 통로가 있지 않다. 레스파네 양의 시체는 굴뚝 속에 어찌나 꽉 끼었든지 너덧 사람이 합쳐 잡아끌어야 겨우 나오는 것이었다.

의사 폴 뒤마는 새벽녘에 검시를 하기 위해 불려갔다고 진술함. 그때 시체는 둘 다 L양이 발견된 방 안에 있는 침대 홑이불 위에 눕혀져 있었다. 딸의 시체는 타박상과 생채기가 심하게 나 있었다. 시체가 굴뚝에 내던져졌다는 사실이 이러한 외적 현상을 충분히 설명해주었다. 목구멍 쪽은 심하게 살점이 떨어져나갔다. 턱 바로 밑에는 여러 군데 심하게 할퀸 흔적이 있었고, 그와 함께 몇 군데 분명히 손가락으로 짓눌러 생긴 뚜렷한 반점이 있었다. 얼굴빛은 무섭게 변색되어 있었고, 눈알은 툭 튀어나와 있었다. 혀는 한쪽이 뚝 잘려 있었다. 커다란 타박상이 명치 위에서 발견되었는데 그것은 분명히 무릎을 짓눌러서 생긴 것이었다. 뒤마 씨의 견해에 따르면 레스파네 양은 미지의 어느 한 놈 아니면 여러 놈들에 의해 목이 졸려 죽었다는 것이다. 어머니의 시체는 소름 끼치게 잘려 있었다. 오른쪽 팔다리의 뼈가 얼마만큼은 부서져 있었다. 왼편 늑골 모두와 왼쪽 정강이뼈가 산산조각이 나고 말았다. 온몸이 무섭게 타박상을 입고 색이 변해 있었다. 이런 상해(傷害)가 어떤 방법으로 입혀졌는지 알 수가 없었다. 묵직한 나무 몽둥이든지 굵은 쇠막대든지, 의자든지 어쨌든 크고 무겁고 무지한 무기를 기운 센 놈이 거머쥐고 휘두른다면 이런 결과가 나타날 것이다. 여자라면 어떤 무기를 가지고도 그런 상처를 입힐 수 없을 것이다. 사망자의 머리는 증인이 보았을 때 완전히 몸에서 떨어져나와 있었고, 역시 심하게 부서져 있었다. 숨통 있는 데는 뭔가 아주 날카로운 도구—어쩌면 면도칼일는지도 모른다—로 완연히 잘려 있었다.

외과의사 알렉산드르 에티엔느는 뒤마 씨와 함께 시체 검시에 불려왔다. 그는 뒤마 씨의 증언과 의견을 뒷받침했다.

그 밖에 여러 사람이 심문을 받았지만 더 이상 중요한 사실을 얻어내지 못했다. 이렇게 수수께끼 같고 그 세부 내용이 복잡하기 짝이 없는 살인 사건은—정말 살인 사건이 일어났다 하더라도—일찍이 파리에서는 절대로 일어난 일이 없었다. 경찰은 속수무책으로 어찌할 바를 모르고 있고—이런 종류의 사건으로는 생소한 일이다. 아무튼 단서라고는 그림자도 나타나 있지 않다.

석간신문은 아직도 생 로슈 구가 흥분의 도가니로 들끓고 있다는 것과—문제의 집을 샅샅이 재수색하고 증인 심문도 새로 해보았으나 모든 게 허사였다고 보도했다. 그러나 추가로 보도된 것을 보면 아돌프 르 봉이 체포되어 수감되었다는 것이다. 비록 앞에 상세히 나타낸 사실 외에 그를 유죄로 결정지을 만한 아무런 이유도 없었지만 말이다.

뒤팽은 이 사건이 되어 돌아가는 것에 유난히 흥미를 가지고 있는 것 같았다. 그에게서 아무 소리도 듣지 못했지만 적어도 나는 그가 하는 짓으로 보아 그렇게 판단했다. 그가 이 살인 사건에 관해 나의 의견을 물은 것은 르 봉이 수감되었다는 보도가 있은 바로 뒤의 일이었다.

나는 다만 그 사건이 풀리지 않는 수수께끼라고 생각하는 점에서 파리 사람들과 의견이 같았다. 살인범을 추적할 수 있는 방법이 전혀 눈에 띄지 않았다.

"이따위 수박 겉핥기식 조사에 따라 방법을 판단해선 안 돼."

뒤팽이 말했다.

"파리 경찰이 예민하다고 칭찬이 대단하지만 약은 재주를 부릴 뿐이지 더 이상 없어. 그네들 수사 과정을 보면 응급 수단밖에는 별 방법이 없네. 방책은 굉장히 벌여놓고 있지만 그 방책이라는 것들이 제기된 목적과 너무나 안 맞는 일이 잦단 말일세. 마치 몰리에르의 희곡에 나오는 주인공 주르댕 씨가 멋지게 음악감상을 하겠다고 잠옷을 가져오라고 청하는 것 같다는 생각이 들게 한단 말일세. 그네들이 얻은 결과란 곧잘 놀라운 것도 있긴 하지만 대체로 부지런히 활동함으로써 주어지는 거야. 이러한 자질을 이용하지 않으면 그네들 계획은 수포로 돌아가고 마는 걸세.

예를 든다면 비도크는 짐작도 잘하는 명수에다 참을성이 있는 사람이었어. 그러나 교양 있는 사고를 못하기 때문에 강력한 사건을 조사할 때에는 계속 실수를 저질렀던 걸세. 그는 사건을 너무 가까이에서 보기 때문에 자신의 시야를 해치는 꼴이 됐지. 아마도 한두 군데는 비상하게 똑바로 볼지 몰라도 그렇게 보다가는 필연적으로 전체는 제대로 못 보고 마는 거야. 이런 식으로 사건을 너무 깊이만 파고드는 거지. 진실이란 반드시 우물 속에만 있는 것이 아니지. 사실 더욱 중요한 지식에 관해서라면 진실이 반드시 표면에 있다고 나는 굳게 믿고 있네. 우리가 진실을 찾고 있는 계곡에는 깊이가 있지만 그것이 발견되는 산꼭대기에는 깊이가 없단 말일세.

이런 유의 오류를 범하는 양식과 근원은 천체를 관찰하는 데서도 잘 나타나지. 별을 흘끗 쳐다보는 것은, 즉 망막의 바깥 부분을 그쪽으로 돌림으로써 별을 곁눈질해보는 것이(망막의 안쪽보다 약한 광선의 영향을 더 예민하게 받아들이기 때문에) 별을 똑똑히 볼 수 있는 거야. 다시 말해 그 광채를 제일 잘 감상할 수 있다네. 또 그 광채는 우리가 똑바로 바라보면 볼수록 거기에 따라 희미한 빛을 보이는 걸세. 똑바로 보면 실제로 많은 광선이 눈에 들어오지만 곁눈질로 보면 더욱 정확한 이해능력이 나오는 거야. 지나치게 깊이 들어가면 혼란을 일으켜 사고능력을 약화시키는 걸세. 그래서 너무 끈질기게 시력을 집중해서 직통으로 응시하게 되면 금성(金星)이라도 하늘에서 사라지게 할 수 있는 것일세.

이번 살인 사건으로 말하더라도 우리가 무슨 의견을 말하기 전에 우리 나름대로 조사를 좀 시작해보세. 심문을 한다는 것은 재미있는 일이 될 걸세. (나는 이 재미라는 말을 이런 데 쓰는 것을 묘하게 생각했지만 아무 말도 하지 않았다.) 그리고 그밖에도 르봉이 언젠가 나에게 수고를 해준 일이 있는데 그에 대해 고맙게 여기고 있는 것이 사실일세. 우리 직접 그 집으로 가서 눈으로 확인하세. 경찰국장 G씨를 내가 알고 있으니까 필요한 승낙을 얻는 데는 어려운 일이 없을 거야."

우리는 승낙을 얻어 당장 모르그 가로 달려갔다. 이 길은 리셰류 가와 생 로슈 구 중간에 놓여 있는 구질구질한 통로 중 하나이다. 이 지역은 우리가 살고 있는 곳에서는 상당히 떨어진 거리에 있기 때문에 오후 늦게야 그 집에 도착할 수 있었다. 집은 쉽게 찾았다. 아직도 많은 사람들이 쓸데없는 호기심에 들떠 길 건너편에 모여 닫혀 있는 덧창 문을 바라보고 있었기 때문이다. 그 집은 평범한 파리식 주택으로 대문이 있고, 그 대문 한쪽 편에 유리창이 달린 초소가 있는데 '수위 숙소'라고 써 붙인 밀어서 여는 판유리가 끼워져 있었다. 우리는 들어가기 전에 거리를 따라 걸어 올라가 골목이 나오자 돌아가다가 한 번 더 돌아 건물 후면을 지나갔다. 그러는 동안 뒤팽은 그 집은 물론 인근 지역을 면밀한 주의력을 가지고 살폈는데, 나는 그가 의도하는 바를 알 수 없었다.

우리는 오던 길을 되돌아와 다시 집 정면으로 와서 벨을 눌렀다. 그랬더니 집을 지키고 있는 사람들이 우리가 내보이는 증명서를 보고 들어가게 했다. 우리는 층계를 올라 레스파네 양의 시체가 발견되었고, 아직도 두 사람의 시체가 누워 있는 방으로 들어갔다. 방 안이 난장판인 것은 전과 마찬가지였다. 나는《트리뷔노》지에 보도된 것 이상의 것을 찾아볼 수 없었다. 뒤팽은 모든 것을, 희생자의 시체까지도 샅샅이 조사했다. 그런 다음 그 밖의 방들에 들어갔다가 뜰로 나왔다. 순경은 우리에게 찰싹 붙어서 따라다녔다. 우리는 어두워질 때까지 조사를 하고 그 집에서 나왔다. 집으로 돌아오는 길에 내 친구는 잠깐 동안 어느 일간 신문사에 들렀다.

나는 내 친구의 변덕이 죽 끓듯 한다는 사실과 '내가 그를 다룰 수 있다'는 사실을 말한 적이 있다. 영어에는 앞의 작은따옴표 안의 말과 맞먹을 만한 말이 없다. 그는 다음날 정오까지 무슨 변덕에서인지 살인 사건에 대한 화제를 한마디도 꺼내지 않았다. 그러더니 느닷없이 그 흉악무도한 살인 현장에서 무슨 특별한 것을 보지 못했느냐고 물었다.

그 '특별한'이라는 말을 강조하는 태도를 보고 나는 까닭도 없이 몸이 떨려왔다. 내가 대답했다

"아니, 특별한 것 없었는데. 더 이상의 사실은 없었어. 적어도 우리 두 사람이 신문보도에서 본 것 이상의 것은 말야."

"그 신문이라는 게" 하며 뒤팽이 말을 받았다.

"불행히도 이 사건의 심상치 않은 잔혹성을 파헤치질 못하고 있단 말일세. 그렇지만 이따위 신문의 너절한 소리쯤 무시해도 괜찮아. 이 수수께끼는 해결이 쉽다고 여겨질 만하다는 바로 그 이유 때문에, 더구나 이 사건이 지니는 외적인 특징 때문에 내게는 풀릴 수 없는 사건으로 여겨지네. 경찰도 동기가 없는 것처럼 보여 당황하고 있는 거야. 살인 자체의 동기가 아니라, 살인을 극악무도하게 한 동기 말일세. 그네들은 역시 싸울 때 들린 목소리와 위층에서 아무도 발견되지 않았다는 사실, 레스파네 양의 피살, 더구나 올라가는 일행의 눈에 띄지 않고서는 빠져나갈 구멍이 없었다는 사실 등이 일치할 가능성이 없다는 것에서도 정신을 못 차

리고 있는 걸세.

방 안이 난장판으로 어지러져 있었던 점, 시체가 굴뚝 속에 거꾸로 처박혀 있었다는 사실, 늙은 부인의 몸이 소름 끼치도록 토막나 있었다는 점, 이런 사정에다 조금 전에 말한 여러 사실, 그 밖에도 말할 필요조차 없는 것들이 얽히고 설켜 총명함을 자랑하는 국립경찰들을 완전히 궁지에 몰아넣음으로써 힘을 마비시키고 만 것일세.

그네들은 비상한 일을 심원한 일과 혼동함으로써 중대한, 그러나 흔히 있는 오류를 저지른단 말일세. 그렇지만 설령 이성(理性)이 진리를 찾아 길을 더듬어나간다 해도 이는 보통 수준에서는 벗어나는 일이야. 우리가 지금 쫓고 있는 것과 같은 수사에서 자꾸 물어선 안 될 것은 '무슨 일이 일어났느냐?' 하는 것이지. '전에 일어난 일이 없는 어떤 일이 일어났느냐?' 하는 것은 아니란 말일세. 사실 내가 이 미궁에 빠진 사건을 해결하는 데 성공할 것인지, 아니 이미 성공했다고 여겨지는 수완은 경찰의 눈으론 분명히 해결 짓지 못하는 사실에 정비례하는 것일세."

나는 놀랐지만 아무 소리 못하고 이야기하는 사람의 얼굴을 빤히 보았다.

"지금 난 기다리고 있는 중이야."

그는 방문 있는 데를 바라보며 계속해 말했다.

"지금 난 말이지 사람을 기다리고 있는 중일세. 그자가 아마 이 살인극을 벌인 범인이 아닐는지 몰라도, 어느 정도 이 범행과 관계가 있는 것만은 틀림없어. 이 살인 사건에서 최고로 악랄한 부분에서는 그의 죄가 없을는지도 모르지. 내 추측이 들어맞기를 바라네. 왜냐하면 이것을 토대로 그 모든 수수께끼를 풀어내리라 기대하고 있으니 말일세. 그자가 이리로, 이 방으로 금방 오리라 기대하네. 그가 오지 않을지도 모른다는 것도 사실이야. 그렇지만 십중팔구는 올걸세. 그가 나타나면 잡아둘 필요가 있네. 여기 권총 있네. 우리 두 사람이 다 이걸 사용해야 할 경우가 되면 쓸 줄은 알겠지."

나는 내가 어떤 태도를 지어야 할지도 모르고, 또 그가 하는 말을 믿지도 않으면서 권총을 잡았다. 그러는 사이에도 뒤팽은 한껏 독백이라도 하는 것처럼 말을 계속했다. 이럴 때 볼 수 있는 그의 이해할 수 없는 태도에 대해서는 전에 말한 적이 있다. 그는 내게 이야기를 늘어놓았다. 그러나 그의 목소리는 절대로 크지는 않았지만 멀리 떨어져 있는 누군가에게 하는 것 같은 억양을 띠고 있었다. 그의 두 눈은 퀭한 표정으로 벽만 바라보고 있었다.

"다툴 때 들린 목소리가." 그가 말했다.

"일행이 층계에서 들었다는 그 목소리 말일세. 그것이 여자들 목소리가 아니었다는 사실은 증언으로 충분히 증명되었네. 이 점이 노부인이 딸을 먼저 죽인 다음 자기가 자살을 했을지도 모른다는 의문을 없애주는 걸세. 난 주로 살인 방법을 캐기 위해 이 점을 말하는 거네. 레스파네 부인의 힘으론 절대로 자기 딸의 시체를 발견됐던 굴뚝에 처밀어 넣는 것 같은 일을 감당하지 못하네. 그리고 그녀 몸에 입은 상처의 성질로 보아 자살했다는 생각은 어림도 없네. 그렇다면 살인은 누군가 제삼자가 한 거지. 그리고 다툴 때 들려온 그 목소리는 제삼자의 소리였네. 이번에는, 이 목소리에 관한 모든 증언에 대해서가 아니라 그 증언 가운데서 특이하다는 점에 대해 말해보겠네. 자네 그것에 대해 무슨 이상한 점 느끼지 못했나?"

나는 모든 증인이 그 거친 목소리가 프랑스 사람의 소리라고 생각하는 점에선 일치했지만 째지는 소리에 대해서는 각기 의견이 구구했다는 점과 어떤 증인은 그 소리를 거친 목소리라고 했다는 점을 말했다.

"그것은 증언에 지나지 않아. 단지 증언의 특이한 점이 되는 게 아닐세. 자넨 특이한 점을 전혀 발견하지 못했네. 그러나 거긴 주목할 만한 것이 있었어. 자네가 말한 대로 거친 목소리에 대해선 모든 증인들의 의견이 일치했지. 이 점에 대해선 이의가 전혀 없었다 이거야. 그렇지만 째지는 목소리에 대해서는 특이한 점이, 증인들이 의견의 일치를 못 봤다는 것이 아니라, 이탈리아 사람, 영국 사람, 스페인 사람, 네덜란드 사람, 프랑스 사람 들이 진술하는 상황에서 제각기 다른 나라 사람의 목소리라고 이야기한 사실이란 말일세. 각자는 하나같이 그 목소리가 제 나라 사람의 목소리는 아니라고 믿고 있단 말일세.

각 사람은 그 목소리를, 자기가 의사소통을 할 수 있는 나라 사람의 소리에 견주는 것이 아니라 그 반대로 본단 말일세. 프랑스 사람은 스페인 사람 목소리라고 생각하면서 자기가 스페인 말을 알고 있었더라면 몇 마디는 알아들을 수 있었을 거라고 생각하지. 네덜란드 사람은 그것이 프랑스 사람 목소리였다고 주장하네.

그러나 우리는 이런 보도를 발견하게 되네. '본 증인은 프랑스 말을 모르기 때문에 통역을 통해서 심문을 받았다'라는 것 말일세. 영국 사람은 그 소리를 독일 사람의 목소리라고 생각하면서 '독일 말은 모르고 있단' 말야. 스페인 사람은 그것이 영국인의 목소리라고 믿고 있지만 '영어에 관한 지식이 없기 때문에' 순전히 그 억양으로 판단하는 걸세. 이탈리아 사람은 그것을 러시아인의 목소리라고 믿지만 '러시아 태생과 이야기를 나눠본 적이 전혀 없단' 말야. 더구나 두 번째 나온 프랑스 사람은 처음 나온 프랑스 사람과 맞지 않고 그 소리가 이탈리아 사람의 목소리라고 확신하는 걸세.

그러나 이탈리아 말을 모르기 때문에 스페인 사람과 마찬가지로 억양으로 미루어 단정을 하는 거지. 그 목소리가 정말 이상과 같은 증언이 나오게끔 들렸다면 얼마나 이상야릇한 노릇인가! 유럽 5개국 국민이라는 사람들이 그 음조에서 귀에 익숙한 말 하나 분간하지 못하다니! 자넨 어쩌면 그 소리가 아시아 사람의, 아니, 아프리카 사람의 목소리일는지도 모르겠다고 할 테지. 아시아 사람이고 아프리카 사람이고 파리엔 많지 않아.

그렇지만 그런 추측을 부인하고자 하는 게 아니라 나는 단지 세 가지 점에서 자네의 관심을 불러일으키려고 하는 걸세. 한 증인은 말하길 그 목소리가 '째지는 소리라기보다 몹시 거친 소리'라고 했지. 그 밖에 두 증인에 의해 '빠르고 고르지가 못하다'는 것이 언급되었네. 어떤 증인에 의해서도 말 한마디, 말 비슷한 소리 하나라도 알아들을 수 있게 분명히 진술되지 않았네.

난 모르겠네. 자네의 이해력에 내가 어떤 영향을 미쳤는지 말야. 그렇지만 증언 가운데 이 부분에서, 즉 거친 목소리와 째지는 소리와 관련된 부분으로부터 정당하게 추론하는 것은, 그 자체만으로도 이 미궁에 빠진 사건을 수사할 때 가일층 진전시킬 수 있는 방향을 결정짓는 데 의구심을 불러일으키기 꼭 알맞다는 것을 당당히 말하고 싶네. 내가 '정당한 추론'이라 했지만 내가 말하고자 하는 뜻은 충분히 나타나지 않았네. 내가 뜻하고자 하는 추론이란 오직 하나의 알맞은 추론이며, 게다가 의구심은 거기서 어쩔 수 없이 하나의 결과로서 일어나는 것을 말하는 것일세. 그렇지만 그 의구심이 어떤 것인지 아직은 이야기 않으려네. 다만 자네가 명심해주길 바라는 것은 내게 있어선 그 의구심이 너무나 강하게 일어나서 방 안을 조사할 때 뭔가 명확한 형태, 즉 확실한 방향을 제시해줬다는 것일세.

지금 가상으로 우리가 이 방으로 옮겨왔다고 가정하세. 첫째 우리가 여기서 무엇을 찾겠나? 살인범들이 사용한 탈출 방법이야. 자네나 내가 초자연적인 사건을 믿지 않는다는 것은 말하나마나고. 레스파네 모녀가 유령한테 살해된 것은 아냐. 범행을 저지른 자들은 실제 있었고 실제로 도망친 거야. 그렇다면 무슨 방법으로? 이 점에 대해 다행스럽게도 추리 방법이 꼭 한 가지 있는데, 그 방법이 우리를 결정적 결론으로 끌고 갈 것이 틀림없네. 그럼 가능한 탈출 방법을 하나하나 따져나가세.

일행이 층계를 올라갈 때 살인범들은 레스파네 양이 발견된 방에 있었거나 아니면 그 옆방에 있었던 게 명백해. 그렇다면 우리가 탈출구를 찾아봐야 할 곳은 이 두 방밖에 없는 거야. 경찰은 온 집 안의 방바닥과 천장과 돌로 된 벽을 샅샅이 뒤졌던 거지. 그들이 눈을 밝히고 찾는다면 비밀 출구라는 게 들통 안날 수가 없어. 그러나 그들의 눈만 믿지 않고 난 내 눈을 가지고 찾았네. 그래도 비밀 출구는 나타나지 않았어. 두 방에서 복도로 나 있는 두 문은 안에 열쇠가 달린 채 단단히 잠겨 있었지.

우리 굴뚝으로 가보자구. 이 굴뚝들은 벽난로 위 거의 10피트까지는 보통 넓이였지만 더 올라가면 큰 고양이 몸뚱이도 빠져나오지 못하게 되어 있어. 앞에 말한 데서는 탈출한다는 것이 절대 불가능하니 창문으로 접근해보세. 정면 방 창문을 통해서는 거리에 있는 군중들의 눈에 띄기 때문에 도망칠 수가 없단 말일세. 그렇다면 살인범들은 후면 방 창문으로 빠져나간 게 틀림없어. 이제 이렇게 명확한 결론에 이르렀으니 우리처럼 추리를 하는 사람들이 표면상 불가능하다는 이유로 그것을 거절한다는 것은 우리가 취할 태도가 아닐세. 단지 우리에게 남아 있는 것은 이런 표면상의 불가능한 일이 실제에서는 그렇지 않다는 것을 증명하는 일뿐이야.

그 방에는 창문이 두 개야. 그 중의 하나는 가구에 가려지지 않아 전부 보이네. 다른 창은 그 아랫부분이 바짝 붙어 있는 움직이기 힘든 침대 머리 때문에 가려져 있네. 앞에 말한 창문은 안으로 육지같이 잠겨 있었지. 그 창문은 사람들이 죽을힘을 다해 밀어 올려도 꿈쩍도 안 했던 거야. 창틀 왼쪽 편에 커다란 도래송곳으로 뚫린 구멍이 있었고 거기에 아주 탄탄한 못이 거의 못대가리까지 깊이 박혀 있었네. 다음 창문을 조사해 보니 거기에도 똑같은 식으로 박혀 있었네. 이 밀쳐 올리는 창 역시 열려고 무진 애를 써 봤지만 허사였네. 그래서 경찰은 이쪽에는 출구가 있을 리 없다고 완전히 믿게 되었던 것일세. 그러므로 못을 빼고 창문을 열어본다는 것이 의외의 일이라고 생각했던 거지.

내가 한 조사는 조금은 달라. 그건 방금 말한 이유 때문에 그렇게 한 거야. 표면상 전혀 불가능한 것이 실제로는 그렇지 않다는 것을 증명해야 할 곳은 바로 여기라는 것을 알고 있기 때문이지.

나는 이렇게, 뒤쪽으로부터 생각해나갔네. 살인범들은 이 창문 어느 한 군데로 틀림없이 도망갔어. 이렇게 도망쳤다면 그들은 창문이 잠겨 있던 대로 안에서 다시 잠글 수 없었던 거야. 이런 생각은 확실한 것이므로 경찰이 이곳을 샅샅이 조사하는 것을 중단해 버렸던 거야. 그렇지만 창문은 잠겨 있었네. 그렇다면 이 창문들은 저절로 잠겨지게 되어 있음이 틀림없는 거야. 이런 결론으로는 도망칠 수가 없었네. 나는 가려지지 않은 창틀로 걸어가서 힘은 좀 들었지만 못을 뽑고 창문을 밀어 올리려 시도해봤지. 예상했던 대로 아무리 힘을 써도 꼼짝도 안 했어. 보이지 않게 분명히 스프링 장치가 되어 있을 거라고 생각되었네. 그 못을 둘러싼 주위 사정이 여전히 수수께끼로 남아 있지만 적어도 나의 전제가 옳았다는 확증이 내 생각 속에 자리하게 된 걸세. 주의해서 찾아보니 금방 스프링이 숨겨져 있는 것이 발견되었네. 난 그것을 눌렀지. 그러나 그걸 찾은 게 하도 대견스러워 창문을 밀어 올리는 일은 그만두었네.

이번에는 못을 제자리에 끼우고 그걸 유심히 살펴봤지. 이 창문을 통해 빠져나간 사람이 그걸 다시 닫았을지도 모르고 스프링이 걸려 있었을지 모르지만, 못은 제자리에 끼워 넣을 수 없었을 것일세. 결론은 뻔해. 나의 조사 범위는 더 좁혀졌네. 살인범들은 다른 창문을 통해 도망친 것이 분명해.

그런데 각 창문에 걸려 있는 스프링이 똑같은 것이라고 생각하면 그럴 가능성이 짙지만, 두 군데 못 사이의 차이점이 있어야만 하겠고 그렇지 않다면 적어도 못을 끼워 넣은 수법에서 차이가 있어야 할 걸세. 난 침대 머리 포대기 위에 올라서서 두 번째 창틀에 잇대어 있는 머리맡 판자때기를 세밀하게 살펴보았네. 판자 뒤로 손을 들이밀었더니 금방 스프링이 집혀 눌렀지. 그것도 생각했던 대로 옆 창문의 것과 같은 것이었어. 다음으로 못을 살폈네. 이것도 옆 창못처럼 단단한 것이었는데 같은 수법으로, 거의 못대가리까지 박혀 있는 게 틀림없었네.

자네 내가 어리둥절했을 거라 여기겠지. 그렇지만 자네가 그렇게 생각한다면 자넨 귀납법의 성질을 알지 못하고 있는 것일세. 사냥할 때 쓰는 속담을 빌린다면 나는 한 번도 '냄새를 잘못 맡은' 적이 없네. 짐승 냄새를 한순간도 뒤쫓지 못한 적이 없단 말일세. 사슬의 어느 고리에서고 어긋난 데가 없었어. 나는 비밀을 최종 결과까지 뒤쫓고 말았던 거야.

그런데 그 결과란 못이었네. 어떤 점에서 보든지 간에 그 못은 다른 창에 붙었던 못과 같은 것이었단 말일세. 그렇지만 이 사실은(결정적으로 보였을는지도 모르지만) 내가 찾아온 실마리가 바로 이 점에서 끝이 나버렸다는 생각과 비교해볼 때 여지없이 무가치한 것이었네. '틀림없이 이 못에 뭔가 변고가 붙었어' 라고 중얼거렸네. 내 그 못을 만져봤지. 그랬더니 못대가리가 못 끝에서부터 4분의 1가량까지 빠져나오더군. 나머지 못 끄트머리는 도래송곳 구멍 속에 있었는데 부러져 있었어. 그 못은 오래전에 부러졌는데(그 언저리가 녹이 슨 것으로 미루어) 망치로 두드려 박다가 그렇게 된 것이 분명해. 그런데 못대가리 부분이 창틀 밑부분에 어느 정도 박혀 있었네. 그래서 못대가리를 뽑아낸 바로 그 구멍에다 다시 주의해서 끼워 넣었는데 부러지지 않은 완전한 못과 비슷하게 보였고, 부러진 자리가 보이지 않았네. 스프링을 누르고 창문을 2, 3인치 가만히 올렸지. 못대가리가 그 박힌 틀 속에 붙은 채 따라 올라왔네. 다시 창문을 닫았지. 그랬더니 못 전부가 완전히 전처럼 맞아들어갔네.

이런 이상 이제 수수께끼는 풀렸네. 살인범은 침대가 빗대어 있는 창문을 통해 도망친 거라네. 살인자가 나가자 창문은 저절로 내려와서(어쩌면 일부러 닫히게 했는지도 모르지만) 스프링의 힘으로 잠긴 거지. 그래서 경찰은 스프링이 있는 것을 못이 있는 것으로 잘못 안 것이라네. 이렇게 돼서 더 이상의 수사가 필요없다고 여긴 거지.

다음 문제는 창문을 내려가는 방법이야. 이 점에 대해서는 자네와 함께 건물 둘레를 돌아다니면서 자신했네. 문제의 창틀로부터 5피트 반쯤 되는 거리에 피뢰침 줄이 지나고 있더군. 이 줄을 타고 누구라도 창문 안으로 들어간다는 건 말할 것도 없고 창문에 손도 대지 못했을 걸세. 그렇지만 4층의 창문들이 파리의 목수들이 '페라데'라고 부르는 특수한 양식의 것이라는 걸 알았네. 그런 양식이 요즘은 별로 쓰이지 않지만 리용이나 보르도 같은 데서는 옛날 저택에서 자주 볼 수 있는 것이었네. 그 창들은 보통 문 크기만 한데(접히는 문이 아니라 외짝문인데) 단지 아랫부분의 반만 격자로 되어 있어서 손을 뻗어 잡기엔 충분했네. 지금 이 집 창문들은 충분히 3피트 반의 넓이는 된다네. 우리가 집 뒤에서 볼 때 둘 다 반쯤 열려 있었네. 말하자면 벽면과는 직각을 이루고 있었단 말일세.

내가 한 것과 마찬가지로 경찰에서도 건물 후면을 조사했을 것이 분명해. 그렇지만 조사를 했다 하더라도 가로질러 있는 '페라데'를 보고서도(틀림없이 봤을 테지) 이 창문이 넓은 것을 알지 못했던 거야. 그렇지 않다면 모든 것이 펼쳐진 사건을 제대로 생각하지 못했을 걸세.

사실 이 창문이 있는 곳으로는 탈출을 할 수 없다고 일단 단정을 내리고 보니까 자연히 이곳에 대한 조사가 엉성하게 되었던 걸세. 그렇지만 침대 머리에 있는 창문에 달린 덧창문을 벽 쪽으로 활짝 열어젖히면 피뢰침 줄에서 2피트 이내까지 다다를 수 있다는 것이 내겐 명백하게 드러났네. 또한 아주 비상한 힘으로 용감하게 몸을 줄여서 창문 안으로 들어가는 것이 이런 식으로 이루어진 건 뻔한 사실이야. 2피트 반 거리에 들어오면(덧창문이 활짝 열려 있다는 가정 아래) 범인은 쇠창살을 꽉 붙들 수 있는 거지. 그런 다음 피뢰침 줄을 잡았던 손을 놓고 두 발로 벽을 안전하게 딛고선 힘껏 뛰어오르면 덧창문을 밀쳐 닫게 할 수 있을 걸세. 그런데 그때 창문이 열려 있었다면 범인은 방 안으로 뛰어들어갔을 테지.

난 자네가, 그 위험하기 짝이 없고 힘드는 재주를 부려서 성공으로 이끈 데에는 말 못할 비상한 활약이 반드시 뒤따랐다는 점을 특히 명심해주기 바라네. 나의 의도는 우선 자네에게 그 일이 실패 없이 이루어졌다는 사실을 보여주고자 하는 것일세. 그러나 두 번째로 중요한 것은 자네에게 '정말 비상한 점', 즉 그 일을 성취시킬 수 있었던, 초자연적 성질을 띤 민첩함을 이해시키고자 하는 걸세.

틀림없이 자네는 법률 용어를 쓰면서 이렇게 말할 테지. '나의 소송을 입증하기 위해서 이 사건에 요구된 활동을 충분히 평가하기를 주장하기보다는 차라리 과소평가해야 한다'고. 이것이 법률에서의 관례일지는 몰라도 이성(理性)이 하는 습관은 아닐세. 나의 궁극적인 목표는 오직 진실뿐일세. 내 직접적인 목적이란 내가 방금 말한 '정말 비상한' 활약과 '아주 특이한' 째지는 소리(또는 거친) 및 '고르지 못한' 목소리를 자네가 나란히 생각하도록 하는 걸세. 즉 두 사람이 한 나라의 말에 대해 의견이 맞지가 않았고, 더구나 그 말의 음절 하나 구분해내지 못했다는 점을 들고 싶네."

이때 내 머릿속으로 뒤팽이 뜻하는 희미하면서도 반쯤은 알 것 같은 개념이 스쳐갔다. 나는 이해할 능력은 없으면서도 겨우 이해가 될 것 같은 언저리에 놓여 있는 듯했다. 마치 끝내 생각해낼 수 없으면서도 금방 생각이 떠오를 것 같은 그런 상태였다. 내 친구는 이야기를 계속했다.

"자네도 알다시피, 나는 탈출 방법에서 침입 방법으로 문제를 돌렸네. 내 의도는 그 두 가지 일이 같은 장소에서 같은 방법으로 행해졌다는 것을 말하려는 거네. 자, 이번엔 방 내부로 옮겨보세. 여기서 벌어진 광경부터 살펴보세. 책상 서랍들은 그 속에 많은 옷가지들이 여전히 남아 있었지만 뒤죽박죽이 되어 있었다고 했지. 이런 결론은 불합리하네. 단지 추측에 불과해. 아주 머저리 같은 소리야. 그뿐이야. 어떻게 우리가 서랍 속에서 발견된 물건들이 처음부터 서랍 속에 있던 물건이 아니었다는 걸 알 수 있겠나? 레스파네 부인과 딸은 완전히 세상과 담을 쌓은 생활을 하고 있었지. 손님도 하나 오지 않고, 좀처럼 외출도 하지 않아서 옷을 뻔질나게 바꿔 입을 필요가 없었네. 발견된 옷가지들은 적어도 이 여자들이 가지고 있음직한 좋은 것들이었지. 만약 도둑이 가져갔다면 왜 제일 좋은 것을 가져가지 않았겠나? 왜 죄다 쓸어가질 않았느냔 말일세. 요컨대 무슨 이유로 한 꾸러미의 린네르 천으로 번민하려고 4천 프랑의 금화를 포기해버렸단 말인가? 금화는 그냥 놔두었네. 은행가 미뇨 씨가 말한 금액 거의 전부가 가방에 든 채 방바닥에서 발견됐던 걸세.

그러므로 집 문 앞에서 돈이 전달되었다고 말한 확증의 일부로 말미암아 경찰의 뇌리 속에 생긴 범행 동기에 대한 멍청한 생각을 자네 머릿속에서 던져버리기 바라네. 이보다(돈이 전해진 지 사흘도 안 돼서 그 돈을 받은 사람들이 살해된 일) 열 배 이상 더 뚜렷한 우연의 일치가 우리가 살아나가는 데 한순간의 주목도 끌지 못하고 시시각각 일어나는 것일세. 우연의 일치란 일반적으로 확률론에 대해서 아무것도 알지 못하는 지식층 사상가들에겐 크나큰 장애물이 되는 것일세. 말하자면 인간의 가장 훌륭한 탐구 대상은 가장 훌륭한 실례(實例)에 힘입은 바 크다는 이론 말일세.

이번 경우에 금화가 없어졌다면 사흘 전에 그것을 전달했다는 사실이 우연의 일치보다 뭔가 더 큰 결과를 만들어놓았을 걸세. 그것은 그 동기에 대한 생각에 대해서 확증이 될 테니까 말야. 그러나 이 사건의 실제적인 사정 밑에서 금화가 이 흉악 행위의 동기가 되었다고 가정한다면 우리는 역시 이 흉악한 행위를 저지른 자를 제가 가질 수 있는 금화와 제 동기를 한꺼번에 포기해버린 우유부단한 머저리로 생각하지 않을 수 없는 걸세.

내가 자네 주의를 끌게 한 몇 가지 점을 단단히 마음속에 간직하고, 즉 이 특이한 목소리, 그 보통 아닌 날쌘 행동, 그리고 이와 같은 흉악무도한 살인 사건에 놀랍게도 동기가 없었다는 점 등을 생각하고 그 살인 자체만을 살펴보세. 여기 한 여자가 완력으로 목이 졸려 살해되어 굴뚝 속에 거꾸로 틀어박혀 있네. 보통 살인범들은 이와 같은 살인 방법을 쓰지 않네. 무엇보다도 죽은 자를 이런 식으로 놔두진 않네.

시체를 굴뚝 속에 처박아버린 수법을 보면 거기엔 뭔가 극도로 지나친 점이 있다는 걸 인정하게 될 걸세. 즉 범행자들을 갈 데까지 다 가버린 사악한 인간으로 치더라도 그건 인간의 탈을 썼다면 우리의 상식으론 눈곱만큼도 봐줄 수 없는 짓이었네. 또한 여러 명의 남자들이 힘을 합쳐 젖먹은 힘까지 내야 겨우 끌어낼 수 있는 시체를 우악스럽게 좁디좁은 굴뚝 틈바구니에 처밀어 넣을 수 있었던 힘은 도대체 얼마나 대단했겠나를 생각해보게!

이번에도 놀라 자빠질 만큼 대단한 힘을 행사한 또 하나의 징후를 돌아다보세. 벽난로 위에는 반백의 머리카락이 한 움큼 있었지. 아주 잔뜩 말일세. 이 머리칼은 왕창 뽑혀 나온 거였어. 자넨 스무 올이나 서른 올의 머리카락을 한꺼번에 잡아 뽑는 데 얼마나 큰 힘이 드는지 알고 있을 거야. 나뿐만 아니라 자네도 그 문제의 머리 다발을 보았지. 머리카락 뿌리에는(보기도 끔찍스럽게!) 두개골의 살점이 점점이 붙어 있었지. 정말 한꺼번에 오십만 개나 되는 머리카락을 잡아 뽑아낼 수 있는 경이적인 힘을 가졌다는 증거일세. 늙은 부인의 목은 단순히 베어진 게 아니라 몸뚱이에서 완전히 머리가 떨어져나와 있었네. 연장이란 건 겨우 면도칼인데. 자네도 역시 이 야수와 같은 잔혹 행위를 바라보길 보라네.

레스파네 양의 시체에 나 있던 상처에 대해서는 입을 열지 않으려네. 뒤마 씨와 에티엔느 씨 같은 그의 유능한 조수가, 그들이 입은 상처는 무슨 무지막지한 연장이 만들었을 거라고 말했네. 이 점에 관해서만큼은 이 분들의 말이 꼭 맞네. 그 무지막지한 연장이란 틀림없이 뜰에 있는 포석이며, 피살자가 침대가 잇대어 있는 창문에서 그 위로 떨어졌던 것이야. 이런 생각이 지금 와서 아무리 단순하게 보이는 것 같다 해도 경찰은 덧창문 폭을 생각지 못했던 연유와 마찬가지로 이런 생각을 못했던 걸세. 왜냐하면 못을 조작함으로써 창문이 열릴 수 있다는 가능성을 전혀 모르고 있었던 까닭이지.

이런 모든 사정에 덧붙여 자네가 방 안이 해괴망측하게 난장판을 하고 있었다는 사실을 적당히 돌이켜본다면 우리는 상당히 진전할 수 있었을 걸세. 말하자면 놀라 자빠질 만큼의 날쌘 행동, 초인간적인 힘, 야수와 같은 잔혹성, 동기도 없는 학살, 인간의 탈을 쓰고서는 절대로 할 수 없는 끔찍스럽고 기괴한 행동, 그리고 여러 나라 사람의 귀에 생소해서 단 한마디의 음절도 구분해낼 수 없는 목소리 등을 한데 묶어 생각해보았을 걸세. 그런데 뒤이어 어떤 결과가 나왔던가? 내가 자네 상상력에 미친 인상은 어떤 것이었나?"

뒤팽이 나에게 이런 질문을 던질 때 살갗에 소름이 끼치는 것을 느꼈다.

"미친놈이 이따위 짓을 했어. 이 근처 정신병원에서 도망쳐 나온 어떤 지랄 발광하는 미치광이 놈의 짓이야."

그가 대답했다.

"몇 가지 점에서, 자네 생각이 터무니없는 것도 아니지. 그렇지만 미친놈의 음성이 아무리 세상 모르고 미쳐 날뛸 때라도 층계에서 들린 괴상한 목소리와는 절대로 부합한다고 볼 수가 없네. 미친놈이라도 어떤 나라 사람일 테고 자기네 말이 있는 법인데 아무리 앞뒤가 안 맞게 횡설수설한다 하더라도 반드시 낱말 마디마디의 일관성은 있는 것일세. 더구나 그 미친놈의 머리카락이 내가 지금 손에 쥐고 있는 머리카락은 아냐. 이 작은 머리털은 레스파네 부인이 잔뜩 움켜잡은 손가락 사이에서 풀어온 것일세. 그걸 뭐라고 할 수 있는지 말해보게."

"뒤팽! 이 머리털은 정말 특이한데. 사람 머리카락이 아냐."

나는 말할 수 없이 초조해서 소리쳤다.

"그렇다고 주장하진 않았네. 그러나 이 문제를 결정짓기 전에 내가 이 종이에다 그린 그림을 좀 봐주기 바라네. 이것은 다음과 같은 증언 일부분에서 진술되었던 것을 모사해 그린 것일세. 즉 레스파네 양의 목에 관한 '검푸른 타박상과 깊이 들어간 손톱자국' 이란 것과 또 다른 사람의 증언에서(즉 뒤마 씨와 에티엔느 씨에 의한) '손가락 자국임이 분명한 일련의 검푸른 반점들' 이라는 내용일세."

나의 친구는 우리 앞에 놓인 테이블에 그 종이를 펼쳐놓으면서 계속 말했다.

"자네도 알게 될 걸세. 이 그림을 보면 꼼짝도 않고 꽉 쥐고 있었다는 사실을 말야. 조금이라도 빠져나간 흔적은 없는 거야. 손가락 하나하나는 죄다—필경 피해자가 숨이 끊어질 때까지 필경—처음 움켜쥐었던 힘대로 무시무시하게 꽉 쥐고 있었던 걸세. 자, 자네가 보다시피 자네 손가락을 하나하나 동시에 힘을 줘보게."

그의 말대로 해보았지만 허사였다.

"아마도 우리는 이런 일을 제대로 실험하지 못할 걸세. 종이가 평면 위에 펼쳐져 있네. 그렇지만 사람의 목은 원기둥 같단 말일세. 여기 둥근 나무토막이 있네. 그 둘레가 사람의 목만 해. 종이로 그걸 싼 다음 다시 한 번 실험을 해보게."

나는 그렇게 했다. 그러나 먼젓번보다 더 어려운 것이 분명했다.

"이건" 하고 내가 말했다. "사람의 손자국이 아니군."

"자, 읽어보게. 퀴비에[19세기 초의 프랑스 박물학자, 고생물학자인 동시에 비교해부학의 창시자]에서 인용한 말을 말야."

그것은 동인도제도에서 잡은 거대한 황갈색의 성성이에 대한 면밀한 해부학적 설명과 일반적인 기술(記述)이었다. 이 포유동물의 어마어마한 몸집, 놀라운 힘과 활동, 그리고 그 미치광이 같은 잔혹성과 흉내 잘 내는 성질은 모든 사람이 다 잘 알고 있는 것이다. 나는 이 살인 사건의 공포의 전모를 이해할 수 있었다.

나는 그것을 다 읽고 나서 말했다.

"손가락에 관한 설명은 이 그림과 영락없이 들어맞네. 여기서 말한 동물들 중에 성성이 말고는 어느 짐승도 자네가 베껴온 것과 같은 손톱 자국을 낼 수 없었어. 이 황갈색의 머리털도 역시 퀴비에가 말한 짐승의 것과 성질이 똑같군그래. 그러나 나는 이 무시무시한 수수께끼의 특색을 도대체 이해할 수가 없네. 그 밖에도 싸울 때 두 사람의 목소리가 들렸는데 그 중 하나는 의심할 여지없이 프랑스 사람의 목소리였으니까."

"사실이야. 그런데 자네는 이 소리에 대해, 즉 '나의 하나님!' 하고 소리친 데 대해 증인들이 거의가 이의 없이 진술했다는 것을 잊지 않고 있겠지. 이 소리는 당시 사정으로 봐서 증인 중의 하나가 말했듯이(과자장수 몽타니) 타이르거나 훈계하는 소리라고 진술했는데 정말 특징 있는 표시였네. 그래서 이 두 개의 낱말에서 수수께끼를 말끔히 풀 희망을 찾게 되었네. 프랑스 사람 하나는 이 살인을 알고 있었네. 유혈극이 벌어졌을 때 그가 현장에 있었지만 성성이를 말리는 것은 무리였을 걸세. 정말 충분히 있을 만한 일이야. 성성이는 그 프랑스 사람에게서 도망쳤을지도 모르지. 그 사람이 성성이를 방까지 뒤쫓았는지도 모르고. 그러나 그 다음에 일어난 소름 끼치는 사태로 인해 그놈을 다시 붙잡지 못했던 거야. 그놈은 아직도 붙잡히지 않았네. 난 이따위 억측을 안 하려네. 그것을 억측 이상의 것이라고 주장할 권리가 없으니까. 왜냐하면 억측의 기반이 되는 사색의 그림자가 내 자신의 지력(知力)을 가지고도 알 만큼 깊이 있는 게 못 되니까. 더구나 억측을 남에게 이해시키는 척할 수는 없으니까 말일세.

그런데 그런 것을 억측이라 해두고 그런 식으로 말해보세. 만약 그 문제의 프랑스 사람이 진정 이 흉악 사건에 죄가 없다면, 어젯밤 우리가 집에 돌아오는 길에 내가 《르 몽드》 신문사에 갖다 준 이 광고를 보고(이 신문은 해운계를 주로 취급하기 때문에 선원들이 많이 사본다) 우리 집으로 찾아올 걸세."

그가 나에게 준 신문을 읽어보니 다음과 같았다.

잡힘 — 금월(今月) ××일, 새벽(살인 사건 있던 날 아침) 블로뉴 숲속에서 보르네오 종의 아주 거대한 황갈색 성성이 한 마리가 잡힘. 그 주인(모올타 섬의 선박에 소속되어 있는 선원임이 확실함)은 그 짐승이 자기 것임을 틀림없이 증명하고, 그 짐승을 잡아서 보관하고 있는 데 든 얼마간의 비용을 지불할 경우에는 다시 찾아갈 수 있음. 생 제르망 교외 ××가 ××번지로 — 3시에 찾아주기 바람.

"그자가 선원이며 모올타 섬의 선박에 소속되어 있다는 것을 자넨 도대체 어떻게 알았나?"

내가 계속 물었다.

"나도 모르네. 그걸 확신할 수는 없어. 그렇지만 여기 자그만 리본 조각이 있는데 그 모양이나 기름때 묻은 꼴로 봐서 뱃사람들이 굉장히 좋아하는 길다란 변발을 묶는 데 쓰인 댕기임이 분명하네. 더구나 이 매듭은 선원들 말고는 묶을 줄 아는 사람이 거의 없고, 특히 모올타 섬 사람들에게 고유한 것이거든. 나는 그 리본을 피뢰침 장대 바로 밑에서 주웠어. 그것이 피살자들 것일 리는 없네. 결국 이 리본을 통해 그 프랑스 사람이 모올타 섬 선박에 속해 있는 선원이라 가정한 내 추리가 틀렸다 하더라도 내가 광고에 낸 내용이 누구한테 해를 끼치게 되는 것은 아니니까. 만일 내가 잘못됐다 하더라도 그는 단지 내가 무슨 사정으로 인해 착오를 일으켰다고 생각하고 꼬치꼬치 캐물으려 들진 않을 걸세.

그렇지만 내가 제대로 맞은 것이라면 큰 성과가 이루어진 셈이지. 살인엔 하등의 죄가 없지만 그 사실은 알고 있기 때문에 그 프랑스 사람은 내가 낸 광고에 응하기를 주저할 걸세. 이를테면 자기 소유의 성성이를 돌려달라는 일 말일세. 또 그는 곰곰이 생각하겠지.

'나는 결백하다. 나는 가난하고. 우리 성성이는 굉장히 값비싼 놈이지. 나 같은 처지의 인간에게는 그게 재산이야. 쓸데없이 위험하다는 생각으로 무엇 때문에 그놈을 잃어버려? 그놈은 지금 내 수중에 들어와 있는 셈인데. 그놈은 볼로뉴 숲속에서 잡혔다고 했지. 살인현장과는 엄청나게 떨어진 곳에서. 도대체 무슨 근거로 한 마리의 야수가 그 따위 행패를 저질렀다고 의심한단 말인가? 경찰에서는 어쩔 줄 모르고 있어. 털끝만 한 단서도 잡지 못하고 있는 형편이니까. 설령 그네들이 그 짐승을 뒤쫓는다 하더라도 내가 그 살인을 알고 있다는 것을 입증하거나 혹은 알고 있다고 해서 나를 유죄로 얽어넣지는 못할 거야. 더구나 나라는 존재는 세상에 알려지고 말았어. 광고를 낸 사람은 나를 이 짐승의 소유자로 여기고 있는 거야. 그가 나에 대해서 얼마나 알고 있는지 자신은 못하겠군. 설령 내가 나의 소유로 알려진 그 막대한 가치가 나가는 재산을 청구하지 않는다면 최소한 그 짐승한테 혐의를 뒤집어씌우는 일이 될 거야. 내 자신이나 그 짐승에 대해 세상의 이목을 집중케 한다는 것은 현명한 일이 못 되지. 광고에 따라서 성성이를 찾아다 이 사건이 잠잠해질 때까지 숨겨놔야지' 라고 말야."

바로 이때 우리는 층계를 올라오는 소리를 들었다.

"준비해. 자네 권총을 말야. 그러나 내가 신호를 보낼 때까지는 쏘든지 보여선 안 되네."

뒤팽이 말했다.

집 앞문을 열어두었기 때문에 손님은 벨을 누르지 않고 들어와 층계를 몇 걸음 올라왔다. 그러나 이제 와서는 머뭇거리는 것 같았다. 금방 그가 다시 내려가는 소리가 들렸다. 뒤팽이 잽싸게 문으로 달려갔는데 그때 그가 다시 올라오는 소리가 들렸다. 그는 그 다음엔 돌아서지 않고 결심이나 한 듯이 걸어올라와 우리 방문을 두드렸다.

"들어오시지요."

시원스럽고 친절한 목소리로 뒤팽이 말했다.

한 사나이가 들어섰다. 그는 틀림없이 선원이었다. 키가 큰 데다 몸집이 건장하고 힘깨나 쓰는 사람 같았는데 얼굴 표정은 확실히 물불을 가리지 않는 것처럼 보이면서도 전혀 불쾌한 인상은 아니었다. 그의 얼굴은 햇볕에 까맣게 타 있었는데 구레나룻과 콧수염으로 반 이상이 덮여 있었다. 그는 무지하게 큰 참나무 몽둥이를 가지고 있을 뿐 그 밖에 다른 무기는 없는 것 같았다. 그는 어색하게 머리를 꾸벅하고 프랑스 말로 "안녕하십니까?" 하고 인사를 했다. 그 말투는 어딘가 뇌프샤텔[프랑스의 도시 이름] 억양이었지만 본래는 파리 태생이라는 것을 여실히 보여주고 있었다.

뒤팽이 말했다.

"앉으시죠, 손님. 성성이 문제로 오셨지요? 이거 참, 그런 것을 가지고 계시다니 부럽습니다. 정말 좋더군요. 값으로 쳐도 굉장할 것이 분명합니다. 그것이 몇 살이나 됐나요?"

그 선원은 뭔가 견딜 수 없는 짐을 벗어놓는 사람처럼 숨을 깊이 들이쉬더니 마음이 놓여 자신 있는 소리로 다음과 같이 대답하는 것이었다.

"어떻게 말씀드려야 좋을지 모르겠습니다만, 너덧 살은 넘지 못했을 겁니다. 여기 데리고 계십니까?"

"아, 아닙니다. 그놈을 여기 가둬둘 만한 설비가 없어서요. 바로 요 옆 부르 가에 있는 세마차(貰馬車) 집 우리에 있습니다. 내일 아침에 가져가실 수 있습니다. 물론 그것이 당신의 소유물이라는 것을 증명할 수 있겠죠?"

"그렇고말고요, 선생님."

뒤팽이 말했다.

"내놓으려니까 서운하군요."

"선생님이 이렇게 수고를 해주셨는데 그대로 가져가겠다는 말은 아닙니다. 찾는 걸 엄두도 못 냈습니다. 그 짐승을 찾아주신 데 대해 기쁜 마음으로 보답하겠습니다. 도리상 뭐라도 하겠습니다."

"좋습니다. 정말 좋은 말씀입니다. 가만 있자! 뭘 말씀드릴까? 옳지, 말씀드리지요. 제가 받고 싶은 것은 이것입니다. 모르그 가의 살인 사건에 대해 당신이 아는 모든 정보를 저에게 제공해주시는 겁니다."

뒤팽은 이 마지막 소리를 아주 낮은 목소리로 조용히 말했다. 그는 또한 말소리만큼이나 조용히 문으로 걸어가 문을 잠그고 호주머니 속에 열쇠를 넣었다. 그런 다음 품에서 권총을 꺼내어 눈곱만큼도 당황하는 기색 없이 테이블에 놓았다.

선원의 얼굴은 마치 막혀오는 숨을 이겨내려고 몸부림치는 것처럼 빨갛게 달아올랐다. 그는 벌떡 일어나더니 자기가 들고 온 몽둥이를 거머쥐었다. 그러나 다음 순간 털썩 제자리에 주저앉더니 와들와들 떨며 곧 죽어가는 얼굴을 했다. 그는 한마디도 못했다. 나는 정말 그에게 동정이 갔다.

"이봐요." 뒤팽이 친절한 음성으로 말했다.

"당신은 괜스레 놀라고 있군요. 정말 놀라는군. 우린 조금도 당신을 해롭게 하려는 게 아닌데. 나는 신사로서, 프랑스인의 명예를 걸고 맹세하거니와 당신에게 조금도 해를 끼치지 않겠소. 나는 당신이 모르그 가의 잔인무도한 사건에 죄가 없다는 것을 아주 잘 알고 있소. 그렇지만 당신이 거기에 어느 정도는 관련되어 있다는 것을 부인해선 안 될 거요. 내가 이미 이야기한 것만 봐도 당신은 내가 이 사건에 관한 정보 수단을 가지고 있다는 것을 알아야만 해요. 당신은 그런 정보 수단은 꿈도 못 꾸었을 거요. 이제 사태는 이렇게 되어 있소. 이미 저질러진 일은 당신으로선 피할 수 없는 것이었소. 정말 당신은 벌받을 만한 일을 한 게 하나도 없소. 도둑질을 한대도 벌을 면할 수 있는데 당신은 그런 짓으로 죄를 범하지 않았지요. 당신이 숨길 건 하나도 없소. 도대체 숨길 이유가 없는 것이오. 다른 각도에서 보더라도 당신은 명예를 걸고 당신이 알고 있는 전부를 자백할 의무가 있소. 죄 없는 사람이 지금 그 죄의 누명을 쓰고 갇혀 있소. 당신이 그 죄의 장본인을 지적할 수 있는데도 말이오."

뒤팽이 이런 이야기를 하는 사이 선원은 제정신을 많이 회복할 수 있었다. 그리고 처음의 뻔뻔한 태도는 말끔히 사라지고 말았다.

그는 잠시 가만히 있다가 말했다.

"맹세코! 이 사건에 관해 제가 알고 있는 것을 죄다 말씀드리겠습니다. 그렇지만 제가 말씀드리는 것의 반이나 믿어주실지 모르겠습니다. 그렇다면 전 정말 바보입니다. 그래도 저는 죄가 없습니다. 죽는 한이 있더라도 비밀을 깨끗이 털어놓겠습니다."

그가 이야기한 것은 대체로 이러했다. 그는 최근에 동인도군도를 항해했다. 그가 구성원으로 낀 한 패거리는 보르네오에 상륙해서 내륙 깊숙한 곳으로 여행을 갔다. 그와 동료 한 사람이 성성이를 잡았다. 그 후 동료는 죽었기 때문에 짐승은 자기 혼자 몫으로 굴러떨어졌다. 고국으로 돌아오는 항해 도중 이 놈이 다룰 수 없게 사납게 날뛰는 바람에 무진 고역을 치른 다음 마침내 파리에 있는 자기 집에 안전하게 가둬둘 수 있었다. 집에서는 이웃사람들이 달갑지 않은 호기심으로 자기에게 관심을 두는 게 싫어 주의해서 그놈을 격리해두었다. 그놈이 배 안에서 날카로운 물건에 찔려 발에 입은 상처가 아물 때까지 가둬뒀다가 최종적으로 팔아치울 작정이었다.

살인이 나던 날 밤, 아니, 그날 새벽에 선원 몇 사람과 떠들고 놀다가 집에 돌아와보니, 단단히 가둬놨던 걸로 생각되었던 그 짐승이 옆의 골방에서 뛰쳐나와 자기 침실을 차지하고 있는 것이 눈에 띄었다. 손에는 면도칼을 쥐고, 온통 비누거품을 발라 거울 앞에 앉아 면도하는 흉내를 내고 있는 판이었다. 전에 틀림없이 골방 열쇠 구멍을 통해 주인이 하는 것을 지켜본 모양이었다.

그렇게도 사나운 짐승이 수중에 그렇게 위험한 무기를 쥐고서 너무나 잘 다룰 줄 아는 꼴을 보고 그는 간담이 서늘해져 몇 분 동안이나 어찌할 바를 몰랐다. 그러나 그는 이 짐승이 성이 나서 마구 날뛸 때라도 채찍으로 때려서 진정시키곤 했으므로 이번에도 그런 식으로 하려 들었다. 성성이는 채찍을 보더니 당장 방문을 펄쩍 뛰어나가 층계를 내려간 다음 그때 마침 재수없이 열려 있던 창문을 통해서 거리로 나갔던 것이다.

이 프랑스 사람은 낙담천만해서 뒤따라갔다. 성성이는 여전히 손에 면도칼을 든 채 이따금 멈춰 서서 뒤를 돌아다보며 추적자를 바라보고 그가 거의 다가갈 때까지 손짓을 해 보였다. 그러다간 다시 도망쳐버렸다.

이런 식으로 추적은 오랜 시간 계속되었다. 새벽 3시가 거의 될 무렵이었으니까 거리는 죽은 듯이 고요했다. 모르그 가 뒤편의 골목을 지나갈 때 도망하는 짐승의 주의는 레스파네 부인의 집 4층 방에서 열려 있는 창문을 통해 비치는 어슴푸레한 불빛에 쏠리고 말았다. 놈은 그 집으로 치달더니 피뢰침 장대를 보고 눈 깜짝할 사이에 비호같이 기어올라가 벽에 활짝 열어젖혀놓은 덧창 문을 움켜잡고선 몸을 날려 직통으로 침대 머리맡 판자 위로 뛰어들었다. 이런 재주를 피우는 데 단 일 분도 걸리지 않았다. 덧창 문은 성성이가 방 안으로 뛰어들면서 걷어찼기 때문에 다시 열렸다.

이렇게 되는 걸 보고 선원은 기쁘기도 하고 난처하기도 했다. 그는 그 짐승을 이제야말로 붙잡을 수 있다는 희망을 단단히 갖게 되었다. 그 까닭은 그놈이 뛰어든 올가미에서는 피뢰침 장대가 아니면 도망쳐 내려올 수가 없거니와 또 그리로 내려오게 되면 그놈을 잡을 수 있기 때문이었다. 그러나 다른 한편으로는 그놈이 집 안에서 무슨 일을 저지를지 몰라 매우 애가 타올랐다.

이런 걱정을 하게 되니 그는 도망친 짐승을 다시 쫓아가야 했다. 피뢰침 장대를 오른다는 것은 어렵지 않은 일이려니와 특히 선원으로선 거저먹기였다. 그러나 창문 높이까지 오르고 보니 창문은 왼쪽으로 멀리 떨어져 열려 있었기 때문에 더 나갈 길이 막히고 말았다. 그가 기껏 할 수 있는 일이란 몸을 펴서 방 내부의 동정을 살피는 것이었다.

그가 흘끗 들여다보는 순간 너무나 공포에 질려 잡은 손을 놓고 떨어질 뻔했다. 소름 끼치는 비명소리가 밤하늘을 찢고 모르그 가의 동네 사람들이 깜짝 놀라 잠에서 깬 것은 바로 이때였다. 레스파네 모녀는 잠옷을 입고 이미 이야기한 바 있는 금고를 방 한가운데 끌어다놓고 그 속에 든 서류를 정리하느라 몰두하고 있었던 모양이다. 금고는 열려 있었고 그 속에 든 물건들은 그 옆 방바닥에 널려 있었다. 희생자들은 창문 쪽으로 등을 대고 앉아 있었음이 틀림없다. 짐승이 침입하고 비명이 있었던 사이의 시간 경과로 미루어 아마도 금방 알아차리지는 못했던 것 같다. 덧창 문이 펄쩍 열린 것은 바람 때문에 저절로 된 일이리라.

선원이 들여다보니 그 거대한 짐승은 레스파네 부인의 머리채를 휘어잡고(머리를 빗고 있는 중이었기 때문에 풀려 있었다) 이발사가 하는 짓을 흉내내느라 그녀 얼굴에 면도칼을 휘두르고 있었다. 딸은 엎어져서 꼼짝 못하고 있었다. 기절했던 것이다. 늙은 부인이 비명을 지르고 몸부림치는 바람에(이러는 사이 머리카락이 뽑히고 말았다) 아마도 애초에 성성이가 지녔던 평온하던 의도가 분노로 변하게 되었을 것이다. 그놈은 완력이 넘치는 팔목을 결심이나 한 듯이 확 움직여 그녀의 머리를 몸뚱이에서 끊어낼 만큼 잘라놓았다. 피를 보자 그놈의 분노는 광란으로 불붙고 말았다. 그놈은 이를 와드득 갈며 두 눈에 불이 붙어 처녀의 몸으로 달려들었다. 그리고 그 무서운 발톱을 목에다 찔러 박고 숨이 끊어질 때까지 잔뜩 움켜쥐고 있었다.

바로 이 순간 놈의 미친 듯이 두리번거리는 시선이 침대 머리맡에 닿았다. 침대 너머로 공포에 질려 뻣뻣이 굳은 주인의 얼굴이 바로 보였다. 두말 할 필요도 없이 아직도 무서운 채찍 맛을 잊지 못하고 있는 이 짐승의 광포는 당장 공포로 변하고 말았다. 그놈은 의당 벌을 받게 될 거라는 것을 알았음인지 제가 저지른 피비린내 나는 행위를 감추고 싶어서 그러는 것처럼 고통스러운 흥분을 감추지 못하고 방 안을 이리저리 날뛰고 있었다.

놈은 뛰어다니면서 가구를 내던지고 박살을 냈으며 침대에선 침구를 끌어내렸다. 그러고는 그놈은 우선 딸의 시체를 움켜잡더니 우리가 발견했던 대로 굴뚝 속에다 거꾸로 처박아버렸다. 그런 다음 곧 이어 늙은 부인의 시체를 창문을 통해 거꾸로 내던지고 말았다.

성성이가 머리가 끊어진 시체를 들고 창틀로 다가오자 선원은 기절하다시피 피뢰침 장대에 몸을 움츠리고는, 타고 내려갔다기보다는 차라리 미끄러 떨어져 지체할 사이 없이 집으로 달려왔다. 그 까닭은 살육의 결과가 무서웠고, 또 그로 인해서 성성이의 운명에 대한 걱정 따위는 말끔히 포기했기 때문이었다. 일행이 층계에서 들은 소리는 프랑스 사람이 소름 끼치는 전율 속에서 외친 소리와 이 짐승의 마귀처럼 캑캑거린 소리가 뒤섞여 나온 것이었다.

나는 더 이상 할 말이 없다. 성성이는 문을 부수기 직전 피뢰침 장대를 타고 방을 도망쳤을 게 틀림없다. 그놈은 창문으로 나오면서 창을 닫았음이 틀림없다.

그놈은 후에 주인에게 붙잡혔는데 그는 놈을 식물원에 팔아 큰 돈을 받았다. 르 봉은 우리가 경찰국장실에 출두하여 전후 사정을 이야기해서(뒤팽의 설명을 섞어가며) 당장 풀려났다. 이 국장은 나의 친구에 대해 상당히 호감을 표시하면서도 사건이 이런 식으로 되돌아간 데 대해서는 조금도 분한 마음을 감추지 못하고 모든 사람은 누구나 저 할 일이나 알아서 하는 게 도리라고 한두 마디 비꼬았다.

"마음대로 지껄여보라지."

뒤팽은 대꾸할 필요가 없다고 생각하고 입을 열었다.

"지껄이게 놔둬. 그래야 마음이 편할 거야. 국장을 제 독판의 아성에서 패배시킨 것만도 대만족이야. 그렇지만 그자가 이 수수께끼를 푸는 데 성공 못했다는 사실은 그가 생각하는 것처럼 결코 놀라운 문제가 아니야. 왜냐하면 사실 경찰국장은 너무 약아빠지기만 해서 깊은 데가 없기 때문이야. 그의 지혜에는 꽃 가운데의 수술 같은 것이 없네. 라베르나 여신의 그림처럼 몸뚱이는 없고 온통 머리뿐이야. 그렇지 않다면 기껏해야 대구처럼 머리와 어깨밖에 없어. 그러나 어쨌든 그는 쓸 만한 인간이야. 특히 그럴듯한 말을 한마디 탁 쏘아대는 점에서 좋거든. 그는 그 점 덕분에 재치가 있다는 평판을 얻은 셈이지. 그가 하는 방법이란 '있는 사실을 부정하고 없는 사실을 설명하는' [루소의 《신(新) 엘로이즈》에 나오는 말] 그런 것을 말하는 것이네."

고자쟁이 심장

정말이다! 신경과민. 정말, 정말 무서운 신경과민에 나는 시달렸고 지금도 마찬가지다. 그렇지만 어째서 여러분은 내가 돌았다고 지껄여댈 것인가? 이 병은 나의 감각을 날카롭게 해놓았다. 결코 그것을 망가뜨리거나 둔하게 하지는 않았다. 그 중 무엇보다도 청각이 제일 예민했다. 나는 하늘 위, 땅 밑에서 나는 소리를 죄다 들었다. 그렇다면 내가 어찌 미친 것인가? 귀를 기울여보라! 얼마나 건전하고, 얼마나 차근차근하게 모든 이야기의 내력을 여러분께 말할 수 있는가를 살펴보라.

애초에 이런 생각이 어떻게 나의 뇌리 속에 들어왔는지를 말하기는 불가능하다. 그러나 일단 들어오고 보니까 밤이고 낮이고 귀신처럼 달라붙어 있었다. 도대체 목적이라곤 없었다. 열정 또한 조금도 없었다. 나는 그 노인을 사랑했다. 그는 한 번도 나에게 해를 끼친 일이 없었다. 또 전혀 나를 모욕한 일이 없었다. 황금에 대해서도 전혀 욕심이 없었다. 그것이야말로 그의 눈이라고 생각이 된다! 그렇다. 바로 이것이었다! 그의 한쪽 눈은 독수리의 눈을 닮았다. 엷은 막으로 덮인 창백하면서도 파란 눈, 그 눈초리가 나에게 미칠 때마다 피가 싸늘해졌다. 그래서 서서히, 아주 서서히, 나는 그 노인의 생명을 앗아버려 영구히 그 눈초리를 모면할 결심을 하게 되었다.

그런데 이것이 바로 문제점이다. 여러분은 내가 돌았다고 생각한다. 미친 인간들은 아무것도 모른다. 그러나 여러분은 나를 보았어야 했다. 여러분은 내가 얼마나 지혜롭게, 얼마나 마음을 써가면서, 또 얼마나 앞날을 내다보며, 시치미를 뚝 떼고 그 일을 해나갔는가를 의당 보았어야 했다. 나는 그 노인을 죽이기 전 일주일 동안 더할 수 없이 그에게 친절하게 대해주었다. 그래서 밤마다 자정쯤 되면 그의 방문 걸쇠를 벗기고 문을 열었다. 아, 정말 살며시! 그런 다음 나의 머리가 들어갈 만큼 열리면 나는 싸고 또 싸서 빛 한줄기 새어 나오지 않는 캄캄한 등불을 들이민 다음 나의 머리를 밀고 들어갔다. 여러분이 나의 머리가 얼마나 약삭빠르게 밀고 들어가는지, 그 꼴을 보았다면 웃음이 터졌을 것이다!

나는 노인의 잠을 깨우지 않기 위하여 머리를 천천히, 정말, 정말 천천히 움직였다. 나의 머리통이 열린 문틈으로 들어가 침대에 누워 있는 노인을 볼 수 있기까지는 한 시간이나 걸렸다. 하! 미친 인간이 이처럼 사리 판단에 뛰어나던가? 그런 다음 나의 머리가 방 안에 완전히 들어갔다 싶으면 조심해서 등불을 벗겼다. 아, 정말 조심하고, 조심해서(바삭하는 소리도 나지 않도록), 나는 오직 외짝의 독수리 눈에만 단 한줄기 가는 광선이 떨어지도록 등불을 열었다. 그런데 이 짓을 당장 일곱 날 밤을, 하루도 빼놓지 않고 꼭 자정에 했던 것이다.

그러나 그 눈은 항상 감겨 있는 것만 보였다. 그렇기 때문에 일을 치를 수가 없었다. 왜냐하면 나를 괴롭히는 것은 노인이 아니라 그 악마 같은 눈이었기 때문이다. 그리고 다음날 아침 날이 밝으면 늘 뻔뻔스럽게 그의 방으로 들어가 뱃심 좋게 그에게 말을 걸고 다정한 음성으로 이름을 부르며 간밤에 어떻게 지냈느냐고 물었다. 그래서 매일 밤 꼭 12시에 잠들고 있는 자신을 내가 들여다본다는 사실을, 매우 속이 깊은 그 노인은 의심했을 것이다.

여드렛날 밤 나는 전보다 더 조심조심해서 문을 열었다. 시계의 분침이 나의 손보다 더 빨리 움직였다고 볼 수 있다. 그날 밤에야 비로소 내 자신의 능력이, 나의 총명이, 어느 정도 되는지를 깨달았다. 나는 승리감 같은 것을 좀처럼 억누를 수가 없었다. 내가 거기서 조금씩조금씩 문을 열고 있는데 그가 이 비밀스런 행위와 의도를 꿈에도 눈치 채지 못하고 있다고 생각하니 킬킬 웃음이 터져 나왔다. 그런데 어쩌면 그는 내 소리를 들었을는지도 모른다. 그가 마치 놀란 듯이 침대에서 갑자기 움직였기 때문이다.

이렇게 되면 내가 뒤로 물러섰다고 여러분은 생각할지 모르지만, 천만의 말씀이다. 그가 있는 방은 칠흑 같은 어둠으로 캄캄했다. (도둑이 무서워 덧창 문을 육지같이 닫아놓았기 때문에) 그래서 나는 그가 문이 열리는 것을 볼 수 있다는 걸 알고 끈질기게 계속 밀고 들어갔다.

내가 머리를 디밀고 등불을 열어젖히려고 하는 찰나 엄지손가락이 양철 손잡이에서 미끄러졌다. 그러자 노인이 침대에서 벌떡 일어나 — "거 누구야?" 하고 소리쳤다.

나는 가만히 서서 끽소리도 내지 않았다. 한 시간 동안이나 꼼짝도 않고 있었는데 그동안 그도 드러눕는 기척이 없었다. 그는 그때까지 침대에 앉아 귀를 곤두세우고 있었다. 마치 내가 감옥에서 밤마다 사형수 감시인에게 귀를 기울였던 식으로.

나는 금세 실낱 같은 신음소리를 들었다. 나는 그것이 죽음의 공포에서 오는 신음이라는 것을 알았다. 그것이 고통이나 비탄으로 인한 신음이 아니라, 아, 아니지! 영혼이 두려움으로 짓눌릴 때 영혼의 밑바닥에서 솟아오르는 숨막히는 낮은 소리였다. 나는 그 소리를 잘 알았다. 수많은 밤, 정각 자정이 되어 온 세상이 잠들었을 때 그 소리는 바로 내 가슴속에서 스며나와 그 무서운 메아리로 공포를 깊게 하여 내 마음을 어수선하게 만들었다. 나는 그 소리를 잘 알고 있다고 할 수 있었다.

가슴속에서는 킬킬 웃음이 터졌지만 노인이 느끼는 게 어떤 것이라는 것을 알고 있었기에 그에게 동정이 갔다. 처음에 바삭 소리가 난 다음부터 그는 줄곧 깨어 있었다는 것을 그의 몸이 침대에서 돌아누울 때 나는 알았다. 그의 두려움은 그때부터 계속 늘어났던 것이다.

그는 이런 공포를 까닭 없는 것이라 생각하려고 애를 쓰고 있었지만 소용없었다. 그는 혼자 지껄이고 있었다.

'아무것도 아니야. 그저 굴뚝에서 나는 바람소리지. 마룻바닥을 뛰어간 생쥐 소릴 거야. 어쩌면 단지 귀뚜라미란 놈이 한 번 찍찍거리는 걸 테지.'

그렇다. 그는 이런 추측을 해가면서 자신의 마음을 달래보려고 애를 쓰고 있었다. 그러나 다 소용없음을 알았다. 모두가 허사였다. 왜냐하면 '죽음'이 그에게 바짝 달라붙어 자기 앞에 있는 검은 그림자와 더불어 성큼성큼 걸어와서는 이 희생자를 덮어씌우기 때문이었다. 그래서 그는 듣지도 보지도 못했지만, 나의 머리가 방 안에 들어가 있는 것을 깨닫게 된 것은 보이지 않는 그림자의 구슬픈 영향 때문이었다.

나는 오랫동안 상당한 인내력을 가지고 기다렸지만 그가 드러눕는 소리를 듣지 못하고 등불을 조금, 아주 조금 열어 틈을 내기로 작정했다. 그래서 틈을 냈다. 얼마나 살금살금 도둑처럼 벌렸는지 여러분은 상상도 못할 것이다. 결국, 끝에 가선 마치 거미줄 같은 한줄기 희미한 광선이 그 틈새로 빠져나와 독수리 눈에 가득 비쳤다.

그 눈은 떠져 있었다. 활짝활짝 열려 있었다. 그런데 그것을 바라보니 울화통이 터졌다. 나는 아주 똑똑히 그것을 보았다. 뼛속 깊이 골수까지도 오싹하게 만드는 무서운 막이 덮인 텁텁한 푸른 눈. 그러나 노인의 얼굴과 몸에서는 아무것도 눈에 띄는 게 없었다. 그 까닭은 마치 본능적으로 된 것처럼 광선을 바로 그 저주받은 곳에다 정확히 비췄기 때문이다.

그러니 여러분이 내가 돌았다고 오해하는 것은 단지 감각이 지나치게 날카로운 데 지나지 않다고 말하지 않았던가? 저, 말하자면 내 귀에는 시계가 솜에 싸여서 소리나는 것과 같은 낮고 둔탁하면서도 빠른 소리가 들렸다. 나는 그 소리를 너무도 잘 알고 있었다. 그것은 노인의 심장이 고동치는 소리였다. 그것은 북치는 소리가 병사의 사기를 북돋워주는 것과 마찬가지로 나의 분노를 돋우어놓았다.

그런데도 나는 참고 가만히 있었다. 나는 숨도 죽이고 있었다. 등불을 장승처럼 꼼짝 않고 들고 있었다. 그 눈에다 빛을 얼마나 끈질기게 계속 비추고 있어야 할지 시험해보았다. 그러는 동안에도 소름 끼치는 심장의 고동소리는 커져만 갔다. 그 소리는 시시각각 점점 더 빨라지고 커져갔다. 노인의 공포가 최고조에 달했음이 틀림없었다! 정말이지 소리는 순간순간 더 야단스러워졌다! 여러분, 나의 말에 주의를 기울이는가?

나는 신경과민이라고 앞서 말했는데, 사실 그렇다. 그래서 이 죽음과 같은 밤 시간에 저 오래된 집의 무시무시한 정적 속에서 이와 같은 희한한 소리는 나를 자극하고 참아낼 수 없는 공포를 안겨주었다. 그런데도 몇 분은 더 참고 가만히 서 있었다. 그러나 고동은 점점 더 드높아져갔다. 심장이 터져버리지 않을 수 없다고 생각했다. 그런데 새로운 근심이 나를 사로잡았다. 이 소리가 이웃사람들에게도 들릴지 몰라! 노인의 임종 시간이 닥쳐왔다. 나는 크게 고함을 지르면서 등불을 열어젖히고 방 안으로 뛰어들어갔다. 그는 한 번 째지는 소리를 냈다. 단 한 번. 나는 당장 그를 마루로 끌어내려 육중한 침대를 그 위에 끌어다놓았다.

이만큼 일이 이루어진 것을 보고 그제야 기분 좋게 미소 지었다. 그러나 심장은 한참 동안 둔탁한 소리를 내며 계속 방망이질했다. 그렇지만 이 소리로 내가 괴롭진 않았다. 그 소리가 벽을 통해 들리진 않을 것이다. 마침내 소리는 멎었다. 노인은 죽은 것이다. 나는 침대를 치우고 시체를 자세히 살폈다. 정말 돌덩이 같은 죽음을 하고 있었다. 나는 노인의 심장에 손을 올려놓고 오랫동안 그대로 대고 있었다. 맥이 뛰지 않았다. 그는 돌덩이처럼 죽어 있었다. 이젠 더는 그의 한쪽 눈이 나를 괴롭히지 못할 것이다.

여러분이 아직도 나를 돌았다고 생각할지 모르지만 내가 시체를 은닉하면서 보인 주도면밀한 지혜를 알 것 같으면 더는 그렇게 생각하진 않을 것이다. 밤은 다 지나가고 있었다. 그래서 나는 조용하지만 서둘러 일을 해나갔다. 무엇보다 먼저 시체를 분할했다. 나는 머리와 팔과 다리를 잘라냈다.

그런 다음 마룻바닥에서 널조각을 석 장 뜯어내고 그 속에 자른 것을 모두 집어넣었다. 그러고는 누구의 눈으로도, 심지어 노인의 눈으로도 별다른 낌새를 찾아낼 수 없을 만큼 아주 솜씨 있고 교묘하게 널조각을 다시 박았다. 씻어낼 거라고는 아무것도, 무슨 얼룩 한 점, 핏자국 하나 없었던 것이다. 나는 그런 것에 너무나 세심한 주의를 기울였다. 모든 일은 간단히 끝나고 말았다. 하, 하, 하!

이런 일을 다 끝마치고 나니까 4시였는데 아직도 한밤중처럼 캄캄했다. 시계가 4시를 알리는 종을 칠 때 바깥에서 문 두드리는 소리가 들렸다. 나는 가벼운 마음으로 문을 열려고 아래로 내려갔다. 이제 무얼 겁낼 필요가 있는가? 세 사나이가 들어섰다. 그들은 아주 정중하게 인사를 하고 경찰관이라고 신분을 밝혔다. 밤중에 이웃에서 비명소리를 듣고 무슨 불미스런 사건이 발생했나 싶은 의심이 들어 경찰에 신고를 했던 것이다. 그래서 그들(경찰관들)은 이 집을 수색하기 위해 파견되었다.

나는 빙긋 웃었다. 무얼 겁낼 게 있단 말인가? 나는 그들을 환영했다. 비명소리는 내가 꿈꾸다가 지른 거라고 말했다. 노인은 이 마을에 없다고 말했다. 나는 찾아온 사람들을 끌고 다니며 온 집 안을 안내했다. 그들이 찾아보기를, '마음껏' 수색하기를 부탁했다. 마침내 나는 그들을 노인의 방으로 인도했다. 노인의 재산이 손 하나 닿은 흔적 없이 안전하게 있다는 것을 보여주었다. 나는 기고만장해지고 자신만만해져서 의자를 방으로 끌어들이고 그들한테 피곤할 텐데 여기서 쉬라고 권하기까지 했다. 감쪽같이 일을 성취한 나는 뻔뻔스럽기 짝이 없게 희생자의 시체가 들어 있는 마룻바닥 바로 그 위에 자리를 잡았다.

경찰관들은 만족해했다. 나의 태도가 그들을 안심시켰기 때문이었다. 나는 이상할 정도로 마음이 편안했다. 그들이 앉아 있는 동안 나는 신이 나서 대꾸했고, 또 그들은 일상의 평범한 일들을 지껄여댔다. 그러나 오래지 않아 나는 내 자신이 창백해짐을 깨달았고 그들이 가주기를 바라게 되었다. 머리가 지끈지끈 쑤시고 귀에서 뭔가 울리고 있는 것 같았다. 그래도 그들은 여전히 앉아 잡담만 계속했다. 울리는 소리는 더욱 명확해졌다. 계속 울려댈 뿐만 아니라 한층 더 명확하게 들렸다. 이런 느낌에서 벗어나보려고 나는 더욱 되는대로 지껄여댔다. 그러나 그 소리는 그치지 않았고 최종 지점까지 오고 말았다. 마침내 나는 그 소리가 내 귀에서 울리는 게 아니라는 것을 깨닫게 되었다.

의심할 여지 없이 나는 몹시 창백해져 있었다. 그러나 더욱 청

산유수로 목청을 높여 떠들어댔다. 그래도 소리는 자꾸만 커져갔다. 그러나 어찌하면 좋단 말인가? 그것은 '나지막하고 둔탁하나 재빠른 소리였다. 시계를 솜뭉치 속에 넣어 왔을 때 나는 소리와 똑같은 소리였다.' 나는 숨을 헐떡였다. 그래도 경찰들은 소리를 듣지 못했다. 나는 더 잽싸게 지껄여댔다. 더 물불을 가리지 않고. 그렇지만 그 소리는 끈질기게 늘어만 갔다.

나는 벌떡 일어나 목청을 높여 마구 손짓발짓을 해가면서 시시껄렁한 일들을 지껄여댔다. 그렇지만 그 소리는 여전히 커져만 갔다. 어찌해서 그놈의 소리가 사라지지 않는가? 나는 무거운 발걸음으로 마룻바닥을 왔다 갔다 했다. 마치 그 사나이들이 바라보고 있는 것이 울화가 터지는 것처럼. 그러나 그 소리는 줄기차게 커져갔다.

아, 하나님! 어쩌면 좋겠습니까? 나는 거품을 물고, 고함을 질렀고, 마구 하나님을 들먹여가며 욕설을 퍼부었다. 나는 내가 앉아 있던 의자를 집어 마룻바닥에다 내팽개쳐 망가뜨렸다. 그러나 그 소리는 요란하게 솟아올라 계속 늘어갔다. 그것은 더욱, 한층 더, 더 심하게 되었다! 그래도 여전히 사나이들은 유쾌히 잡담을 나누며 빙글거리고 웃었다. 그들이 듣지 못했다는 것이 있을 수 있을까? 전능하신 하나님! 아니, 아니! 그자들은 들었어! 그들은 수상히 여겼다! 그들은 알았어! 그자들은 공포에 질려 있는 나를 조롱하고 있는 중이었어! 나는 이렇게 생각했었고, 지금도 이렇게 생각한다. 그러나 어떤 고통도 이보다는 괜찮아! 어떤 모욕이라도, 아, 조롱보다는 참기가 수월하지! 나는 더는 저 위선적인 웃음을 견딜 수가 없었다. 비명을 지르든지 죽어버려야 할 것 같아! 그런데 지금, 또! 귀를 기울여봐! 더 크게! 더 크게!

"개새끼들!"

나는 날카롭게 외마디소리를 질렀다.

"더는 사람을 속이지 마! 내가 그 짓을 했다! 마룻바닥을 뜯어봐라! 여기, 여기다! 그건 그 늙은이의 소름 끼치는 심장 뛰는 소리다!"

황금벌레

이그 저런! 이그 저런! 이 친구 미쳐서 날뛰고 있네! 그 사람 독거미한테 물렸군그래.

—사고뭉치

나는 여러 해 전에 윌리엄 레그랜드 씨와 친분을 맺게 되었다. 그는 옛 위그노 교도〔16~17세기의 프랑스 신교도〕 가문 출신으로 한때 부유하게 살았다. 그러나 연달아 일어나는 불운으로 가난뱅이가 되고 말았다. 그는 이런 재난으로부터 오는 치욕을 벗어나려고 조상 대대로 살아오던 도시, 뉴올리언스를 떠나 남캐롤라이나 주 찰스턴 근처 설리반 섬으로 이주하게 되었다.

이 섬은 아주 이상한 곳이다. 섬은 주로 모래사장으로 되어 있는데 길이가 3마일 정도밖에 안 된다. 폭으로 말하면 어느 지점에서 재어도 4분의 1마일을 넘지 못한다. 그 섬은 별로 눈에 띄지 않는 샛강을 사이에 두고 본토와 떨어져 있는데, 뜸부기류가 즐겨 찾는 곳으로 강물이 갈대와 질퍽한 늪지 같은 황야를 통해 스며 나오듯 내려간다. 식물이라곤 대충 추측이 되겠지만 별로 없고, 있다고 하더라도 키가 난쟁이처럼 작다. 키가 큰 나무는 눈씻고 봐도 안 보인다. 몰트리 초소가 서 있고, 여름 한철 찰스턴의 먼지와 더위에 쫓겨 빠져나온 탈주자들이 묵는 볼썽사나운 목조 건물 몇 채가 버티고 있는 서쪽 막바지쯤에나 가야 털이 많은 야자과 식물들을 볼 수 있다. 그러나 섬 전체는 이 서쪽 지역과 해변을 따라 희고 단단한 바윗돌이 깔려 있는 곳을 제외하면 온통 영국의 원예가들이 기가 막히게 귀하게 여기는 아름다운 도금양(桃金孃) 덤불로 빽빽하게 덮여 있었다. 이곳에 있는 관목은 키가 15 내지 20피트 되는데 빽빽하게 들어서서 관목 숲에는 좀처럼 발을 들여놓을 수가 없고 그 향기는 하늘을 메웠다.

레그란드는 이 섬 동쪽, 육지에서 그리 멀지 않은 이 관목림 지대의 제일 깊숙한 곳에 혼자 힘으로 조그만 오두막을 하나 지었는데, 내가 그를 처음 알게 되었을 때 그는 그곳에 살고 있었다. 이러한 만남은 금방 우정으로 무르익게 되었다. 그 까닭은 세상과 등지고 산다는 것은 상당한 흥미와 존경을 불러일으키게끔 했기 때문이다. 나는 그가 훌륭한 교육을 받았을 뿐만 아니라 머리도 비상한 걸 알게 되었다. 그러나 염세증에 걸려 고집불통에다 어떤 일에 열중하다간 금방 우울증에 빠지고 말았다.

그에겐 책이 많았다. 그러나 좀처럼 들여다보지 않았다. 그의 소일거리는 주로 사냥이나 낚시질이었는데, 그렇지 않을 때는 해변을 따라 혹은 도금양 덤불을 헤쳐가며 산책을 하면서 조개껍데기나 곤충 표본을 채집했다. 그런데 이와 같은 곤충채집을 스와머담 같은 사람이 보았다면 부러워했을 것이다.

그가 이렇게 산책을 할 때면 주로 늙은 검둥이가 따라다녔다. 이 검둥이는 그의 가세가 기울기 전에 노예 신분에서 해방되었지만 강요한 것도 약속한 것도 아니건만 젊은 '윌 서방님' 의 발뒤꿈치를 따라다니는 일이 자기 권리인 양 포기하려 들지 않았다. 아마 레그란드의 친척들이 그의 정신 상태가 조금 흔들흔들하는 것을 눈치채고 이 방랑자를 감시하고 보호할 심산으로 주피터의 머릿속에 이런 고집스러운 버릇을 불어넣어 주었는지도 모를 일이다.

설리반 섬의 위도상 위치는 겨울이 그다지 춥지 않고 가을에도 불이 별로 필요하지 않다고 생각되는 곳이었다. 그렇지만 18×× 년 10월 중순경에는 굉장히 쌀쌀한 날이 있었다. 해가 막 지려고 할 무렵 나는 상록수 가지를 헤쳐가며 이 친구의 오두막으로 갔다. 그 당시 나는 이 섬에서 9마일이나 떨어진 찰스턴에 살고 있었는데 왕복 교통편이 오늘날에 비하면 많이 불편했던 관계로 여러 주 동안 그를 찾아가보지 못했다.

그 집에 이르자 나는 전에 하던 대로 문을 두드렸지만 아무런 기척이 없었으므로 열쇠를 감춰두는 곳에서 열쇠를 찾아 문을 열고 들어갔다. 벽난로에서는 불이 활활 타고 있었다. 이상한 일이었다. 그러나 결코 달갑지 않은 일은 아니었다. 나는 외투를 벗어 던지고 탁탁 소리내며 타고 있는 통나무 장작불 옆 안락의자에 앉아 집주인이 돌아오길 느긋하게 기다리고 있었다.

날이 어두워지자 그들은 곧 돌아왔고, 진심으로 나를 반겨주었다. 주피터는 귀밑까지 입을 벌려 싱글거리면서 뜸부기를 가지고 저녁을 준비하느라 소란을 피웠다. 레그란드는 뭔가 흥분 상태에 빠져 있었는데 — 이걸 뭐라 불러야 좋을지? — 아무튼 뭔가에 열중하고 있었다. 그는 새로운 종류에 속하는 알려지지 않은 쌍각(雙殼) 조개를 찾아냈다. 또 이보다 더한 것으론 주피터의 도움으로 잡은 완전히 새로운 종의 풍뎅이 한 마리가 있었다. 그런데 이

점에 관해서는 내일 아침 내가 의견을 들려주길 바라고 있었다.

"그런데 오늘 밤은 어째서 안 되나?"

나는 불길 위에서 손을 비비면서, 그 거지 같은 풍뎅이 족속을 보고 싶어 질문을 했다.

"아, 자네가 여기 있을 줄 알기만 했더라면" 하고 레그란드가 대답했다.

"하여간 자넬 본 지도 참 오래됐네. 그런데 쇠털같이 많은 날 다 빼놓고 하필 오늘 밤 자네가 날 찾아올 줄 누가 알았겠나? 집에 돌아오는 길에 초소에서 G중위를 만났지. 그런데 바보같이 그 벌레를 그 사람한테 빌려줬지 뭔가. 그래서 내일 아침이 되기까진 자네한테 보여줄 수가 없다네. 오늘 밤은 여기서 묵게. 그러면 해뜰 무렵에 주피터를 보내 찾아오겠네. 그놈은 신의 창조물 중에서 가장 아름다운 것이야!"

"뭐가? 해뜨는 게?"

"쓸데없는 소리! 아니! 벌레 말야. 그놈은 찬란한 금빛으로 되어 있어. 크기는 커다란 히코리〔북미산 호도과 식물〕 호두만 하지. 잔등 한쪽 끝쯤 흑옥(黑玉) 같은 까만 점이 두 개 있고 다른 쪽에는 그보다 좀 긴 것이 하나 있네. 촉각은……."

이때 주피터가 말을 가로챘다.

"윌 서방님, 제가 그놈이 주석으로 된 게 아니라고 말씀드렸습죠. 그 벌레는 황금벌레입죠. 날개를 빼놓고는 속속들이 모두 다, 전부 말씀입죠. 딱딱한 금이랍니다. 제 평생에 그놈 반만큼 무게 나가는 것도 만져본 일이 없다니까요."

"좋아, 그건 그렇다고 해둬."

레그란드의 대꾸는 내가 보기에 어딘지 모르게 필요 이상으로 진지하게 느껴졌다.

"주피터, 뜸부기 요리까지 태울 이유는 없지 않나? 그 색깔이란 게" 하고 그는 나에게 얼굴을 돌렸다.

"주피터가 그런 생각을 할 만큼 여실하단 말일세. 자넨 절대로 그 딱지가 내쏟는 광채보다 더 눈부신 금속 광채를 보지 못했을 거야. 그러나 내일 아침까진 이 점에 대해 판단을 할 수 있을걸세. 보기 전에 내 그 모양에 대해 몇 마디 하겠네."

이렇게 말하면서 그는 작은 탁자 앞에 가서 앉았다. 탁자 위에는 펜과 잉크가 있을 뿐 종이가 없었다. 그는 서랍을 열고 종이를 찾았지만 하나도 발견하지 못했다.

그는 "상관없어. 이거면 될 거야" 하며 외투 호주머니에서 지저분한 괘지로 보이는 종잇조각을 꺼내더니 그 위에 펜으로 대충 그림을 그렸다. 그가 그림을 그리는 동안 나는 여전히 추위가 가시지 않아 불 옆에 바싹 다가앉아 있었다. 그림이 완성되자 그는 앉은 채로 나에게 건네주었다.

그걸 받아들 때 문에서 야단스레 으르렁거리는 소리가 들리더니 뒤이어 문짝을 박박 긁어대는 소리가 났다. 주피터가 문을 열자 레그란드가 기르는 황소만 한 뉴펀들랜드 종 개가 뛰어들어와 나의 양 어깨에 발을 올려놓고 마구 핥아대기 시작했다. 전부터 늘 귀여워해주던 놈이었다. 나는 그놈의 장난이 끝난 다음에야 종이를 들여다보았다. 그런데 사실은 친구가 그린 것을 보고 적지 않이 당황했다.

"원 이거!"

잠시 동안 그것을 곰곰이 바라보고 나서 나는 말했다.

"이건 희한한 풍뎅이군. 정말이지 처음 보는 건데. 전엔 이런 걸 한 번도 본 일이 없는걸. 해골이나, 죽은 사람의 머리가 아니라면 말일세. 이건 말야 내가 보아온 중에 사람 해골과 가장 흡사한 거야."

레그란드가 받아넘겼다.

"죽은 머리통이라고! 아, 그렇지, 그래. 틀림없이 종이에 그린 모양으로는 그런 것 같군. 위쪽에 있는 까만 점 두 개가 눈과 같단 말이지? 응? 그리고 밑에 있는 긴 것은 입과 같고. 그런데 전체 모양은 타원형이고 말야."

내가 말했다.

"어쩌면 그럴 수도 있겠지. 그렇지만 레그란드, 자네는 화가가 아니니까. 그놈 생긴 모양에 대해 생각하려면 아무래도 그 풍뎅이 실물을 볼 때까지 기다릴 수밖에 없군."

"글쎄, 난 모르겠네." 그는 좀 화가 나서 말했다.

"나도 웬만큼은 그리네. 최소한 이만큼은 그려야겠지만, 훌륭한 스승 밑에서 배웠고 내 머리가 돌대가리가 아니라는 것쯤은 자부하고 있지."

내가 말했다.

"그런데 이 친구, 농담하고 있군그래. 이건 정말 흠잡을 데 없는 해골이야. 사실 그런 생리학 표본에 관한 일반인들의 의견에 따르면 그건 아주 '썩 훌륭한' 해골이라고 할 수 있네. 그래서 자네가 잡은 풍뎅이가 그 그림을 닮았다면 세상에서도 가장 기이한 풍뎅이가 될 거야. 아니, 우린 이런 암시로 인해서 소름 끼치는 미신을 불러일으킬지도 모르겠네. 자넨 그 벌레를 인두(人頭) 풍뎅이니, 뭐 그 따위로 부르리라 생각되는데. 박물학에선 그 같은 명칭이 많이 있지. 그런데 자네가 말하던 촉각은 어디 있는 건가?"

"촉각 말이지?"

레그란드가 말했다. 그는 이 문제에 대해 굉장히 열을 올리고 있는 것 같았다.

"분명히 촉각을 봐야 할 텐데. 나는 실제 벌레에 있는 대로 명확하게 그렸는데. 그만하면 충분할 거라고 생각하네만."

"글쎄, 그런데. 자네는 그렸다고 하는데, 난 여전히 볼 수가 없으니."

나는 그의 비위를 건드리고 싶지 않아 더는 말하지 않고 종이를 그에게 건네주었다. 그러나 나는 사태가 일변한 데 깜짝 놀랐다. 그의 기분이 언짢아지는 바람에 나는 어찌할 바를 몰랐다. 그런데 풍뎅이 그림으로 말하더라도 촉각은 전혀 보이지 않았고, 전체 모양은 흔히 보는 사람 해골의 그림과 영락없이 똑같았다.

그는 심통이 나서 종이를 받아쥐더니 불속에 내던지려는 듯 꾸기려 하다가 흘끗 그림에 시선을 주고선 별안간 주의해서 살펴보는 것 같았다. 순간 안색이 확 달아올라 빨개지더니 다음 순간 백지장처럼 창백하게 되었다. 그는 한참이나 그대로 앉아서 그림을 세밀히 관찰하고 있었다. 그는 마침내 일어서더니 탁자에서 촛불을 들고는 방 맨 끝 구석으로 가서 궤짝 위에 걸터앉았다. 그는 여기서 다시 종이를 이리저리 사방으로 돌려가며 열심히 살펴보았다. 그러나 그는 아무 말도 하지 않았고 그의 이런 행동은 나를 매우 놀라게 했다. 그렇지만 나는 공연스레 내 의견을 나타내어 그의 까다로운 성미를 덧들이지 않는 것이 상책이라고 생각했다.

그는 이내 외투 호주머니에서 지갑을 꺼내어 그 속에 조심스레 종이쪽을 넣더니 책상 서랍 속에 넣고 잠가버렸다. 그제야 그의 태도가 조금 침착해졌다. 그러나 처음의 열띤 기분은 조금도 사라지는 것 같지 않았다. 그는 침울해 보인다기보다는 정신이 멍한 것같이 보였다. 저녁시간이 자꾸 흘러감에 따라 그는 점점 더 깊은 몽상에 빠져들고 있었다. 내가 아무리 빈정대보아도 그는 그 상태에서 빠져나오지 못했다. 늘 하던 대로 오늘 밤도 이 오두막에서 묵고 갈 생각이었으나 주인이 이런 기분에 빠져 있는 걸 보니 떠나는 게 낫겠다는 생각이 들었다. 그는 굳이 묵고 가라고 만류하진 않았다. 그러나 내가 집을 나서자 유례없이 다정하게 악수를 해주었다.

이런 일이 있고 한 달쯤 되어서(그동안 나는 레그란드를 한 번도 볼 기회가 없었다) 나는 찰스턴에 있는 나의 집에서 그의 하인 주피터를 맞게 되었다. 이 선량한 늙은 검둥이가 전에 없이 풀이 죽어 있는 걸 보니 나의 친구에게 커다란 흉사가 일어났다 싶어 두려운 생각이 들었다.

"이봐 주피터. 대체 무슨 일인가? 주인께선 안녕하시고?"

"웬걸요, 사실 말씀입죠. 나리는 그다지 안녕하시지가 못합니다요."

"안녕하시지 못하다고? 듣고 보니 정말 안됐군. 어디가 좋지 않으신가?"

"저! 저 말입니다! 아프신 데는 한 군데도 없습죠. 그런데도 굉장한 병이 들었습죠."

"굉장한 병이라고, 주피터! 왜 진작 연락을 안 했나? 자리에서 꼼짝 못하시는가?"

"아닙죠. 그렇지 않습니다요! 누워 계시는 것도 아니고요. 그래서 속이 상한단 말씀이에요. 제 마음은 윌 서방님이 불쌍해서 천 근 만 근 무겁습니다요."

"주피터, 자네 대체 무슨 소릴 늘어놓고 있는지 알 수가 없네. 자네 주인께서 편찮으시다고 했지? 어디가 편찮으시다고 하던가?"

"아이구, 서방님두 별것도 아닌데 그러시니 미치겠습니다요. 윌 서방님은, 아무 데도 아무렇지도 않다고 그러시죠. 그런데 무슨 연고인지 머리는 숙이고 어깨는 치켜올린 데다 죽은 혼령처럼 백지장 같은 얼굴로 한쪽만 뚫어지게 쳐다보시면서 이리저리 돌아다니십니다요. 도무지 이유를 알 수가 없습죠. 그러고 나서는 꼼짝 않고 흡관충(吸管蟲)만 그리신다니까요."

"주피터, 무얼 그린다구?"

"석판에다 숫자를 써가며 흡관충을 그리시는데, 전 생전 본 일도 없는 희한 빽적지근한 숫자입니다요. 겁이 더럭 납니다요. 눈길을 밝히고 서방님을 따라다니며 지켜야겠습니다. 요전날도 서방님은 해가 뜨기도 전에 저 몰래 집을 나가 온종일 돌아오시지 않았습니다. 그래서 돌아오시면 정신이 번쩍 들게 두들겨주려고 몽둥일 하나 준비하고 있었습죠. 하지만 결국 마음이 약해서 못했습니다요. 이놈이 바보인 걸요. 참말로 서방님이 불쌍해 보였습니다요."

"뭐? 뭐라고? 응, 알았네! 아무튼 불쌍한 주인에게 너무 심하게 굴지 않는 게 좋을 것 같네. 주피터, 매질을 해선 못써. 자네 주인은 매에 약하니까. 그런데 자넨 무엇 때문에 이런 병이 생겼는지, 아니면 행동의 변화가 왔는지 그 까닭을 알 수 없겠나? 내가 자네를 만난 이후 무슨 불미스러운 일이 일어났나?"

"아뇨, 나리, 그 후로 불미스러운 일이라곤 아무것도 없었습죠. 그전이 아닐까 생각되는뎁쇼. 나리가 오셨던 바로 그날 말씀입니다요."

"뭐라고? 무슨 얘긴가?"

"아, 왜 벌레 말입니다, 나리. 지금도 거기 있습니다만."

"무슨 소린가?"

"그 벌레 말입니다요. 윌 서방님이 그 황금벌레한테 머리 쪽을 물린 게 틀림없습니다."

"주피터, 자넨 무슨 근거로 그 따위 추측을 하나?"

"나리, 발톱은 말할 것도 없고 주둥이만 해도, 저는 그런 끔찍스런 벌레는 생전 처음 봤습니다요. 그놈은 걸리는 것마다 차고 물고 합니다요. 윌 서방님이 발광하는 놈을 잡았습니다만 금방 놓치는 바람에 그놈이 재빨리 도망갔습죠. 그때 필경 물리셨나 봅니다. 저는 그놈의 주둥이를 보고 싶지 않았습니다요. 그래서 손가락으로 잡지를 않고 눈에 띄는 종잇조각을 가지고 잡았습죠. 저는 종이에다 그놈을 싸가지고 주둥이에 종이쪽을 처넣었습죠. 그렇게 해봤습니다요."

"그런데 자네는 자네 주인이 정말 그 벌레한테 물려 병이 났다고 생각한단 말이지?"

"생각만 그리 하는 게 아닙죠. 저는 그걸 똑똑히 알고 있습니다. 서방님이 그 황금벌레한테 물리지 않았다면야 무엇 땜에 저렇게 줄곧 황금 꿈만 꾸시느냔 말입니다요. 그전에도 황금벌레에 대한 이야기를 들었습죠."

"그런데 자네 주인이 황금에 대한 꿈만 꾸는지 자넨 어떻게아는가?"

"어떻게 아느냐구요? 글쎄 주무시는 동안에 중얼거리시니까 알지요. 분명히 그러셨어요."

"주피터, 됐네. 아마 자네 말이 옳을지도 모르겠네. 그런데 자네가 고맙게 이렇게 찾아준 데는 무슨 사연이라도 있는가?"

"무슨 사연이 있냐고요, 나리?"

"레그란드 서방님께서 무슨 말씀이 있으셨나?"

"아닙니다요, 나리. 여기 봉투가 있습니다" 하고 주피터가 편지를 건네주었는데 이렇게 씌어 있었다.

친애하는 형께,

왜 이렇게 오랫동안 뵐 수가 없습니까? 제가 좀 무뚝뚝하게 굴었다 하더라도 불쾌하게 생각하실 형은 아니라고 믿고 있습니다. 결코 그렇지 않으리라 믿습니다.

형을 뵌 다음부터 제겐 큰 걱정거리가 생겼습니다. 형께 드릴 말씀이 있는데 어떻게 말씀을 드려야 좋을지, 또는 꼭 말씀을 드려야 옳을지 판단이 서지 않습니다.

저는 요 며칠 동안 아주 편안치가 못합니다. 더구나 딱한 주피터도 선의에서 나온 간섭이겠습니다만 거의 견뎌낼 수 없을 만큼 저를 괴롭힌답니다. 형께서 믿으실지 모르지만, 저번 날 그를 떼놓고 혼자서 본토에 있는 산중에 들어가 하루를 보내고 왔더니 저를 처벌할 작정으로 무지막지한 몽둥이를 준비해놓고 있었습니다. 매를 모면하게 된 것은 순전히 얼굴빛이 좋지 않았던 탓으로 보입니다.

형과 헤어진 이후 표본채집에 추가된 것은 없습니다.

아무튼 형편이 되신다면 주피터와 함께 오십시오. 꼭 오십시오. 오늘 저녁 중대한 용건으로 뵙기를 원합니다. 극히 중요한 문제라고 확신합니다.

제(弟) 윌리엄 레그란드 드림

편지 투로 볼 때 굉장히 불안한 생각이 들었다. 전체적인 편지 내용으로 보아 레그란드의 평소 편지와는 완전히 달랐다. 도대체 그는 무엇을 꿈꾸고 있는가? 무슨 엉뚱한 변덕이 그 흥분 잘하는 머릿속에 자리하고 앉았는가? 도대체 그 '극히 중대한 용건'이란 것을 그가 어떻게 취급해야 한단 말인가? 나의 친구에 대한 주피터의 이야기는 좋지 않은 낌새를 보였다. 계속되는 불운의 압력이 결국에 가서는 친구의 본정신마저도 뒤흔들어놓지 않았나 하는 무서운 생각이 들었다. 그런 까닭에 나는 한시도 지체하지 않고 검둥이를 따라 나갈 준비를 했다.

부두에 도착해보니 우리가 탈 배 밑바닥에 새것임이 분명한 낫 한 자루와 삽 세 자루가 놓여 있는 것이 눈에 띄었다.

내가 물었다.

"이런 건 다 무엇에 쓰려고 하는 건가, 주피터?"

"서방님이 쓰시는 낫과 삽입니다요, 나리."

"옳지, 그런 게 여기서 무슨 필요가 있나?"

"윌 서방님께서 이 낫과 삽을 읍내에 가서 사오라고 분부하셨습니다요. 그런데 그 악당 같은 놈들이 엄청나게 값을 받아먹지 않겠어요."

"별별 알다가도 모를 일이 다 있긴 하지만 도대체 윌 서방님이 이 낫과 삽을 가지고 무얼 하시겠다는 거냐?"

"저도 알 턱이 없습니다요. 서방님 역시 알 리 없으시고요. 그렇지 않다면 이놈의 손가락에 불을 붙이겠습니다. 어쨌든 그놈의 벌레 때문에 이런 일이 벌어진 것입니다요."

온 정신이 '그 벌레'라는 놈한테 함빡 빠져 있는 것 같은 주피터에게선 아무런 만족할 만한 해답을 얻을 수 없다는 것을 깨닫고 나는 배 안으로 걸어 들어가 출발했다. 알맞은 바람의 힘 덕분에 우리는 얼마 지나지 않아 몰트리 초소 북쪽에 있는 작은 만에 배를 대고 한 2마일쯤 걸어서 오두막에 도착했다. 우리가 도착한 시간은 오후 3시쯤이었다. 레그란드는 우리를 눈이 빠지게 기다리고 있었다. 그는 내가 깜짝 놀랄 만큼 반가움에 들떠서 나의 손을 꽉 잡았다. 그래서 이전부터 품고 있던 의심이 더욱 깊어졌다. 그의 안색은 창백하다 못해 허깨비 같았고 푹 꺼진 눈에선 기괴한 광채가 번득거렸다. 나는 그의 건강에 관해서 몇 마디 물어보고 나서 무슨 말을 해야 할지 몰라 G중위한테서 그 풍뎅이를 받아왔느냐고 물었다.

"응, 찾아왔어."

그는 매우 심상치 않은 빛을 보이며 대꾸했다.

"바로 그 다음날 아침 찾아왔지. 세상없는 소리를 해도 나는 그 풍뎅이를 남에게 안 주겠네. 자넨 그것에 대한 주피터의 태도가 옳다는 걸 알고 있나?"

"어떤 면에서 말야?"

마음속에서 서글픈 예감을 느끼면서 나는 물었다.

"그것이 진짜 금으로 된 벌레라고 생각한다는 점 말야."

그는 이 말을 몹시 심각한 표정으로 했다. 그래서 나는 말할 수 없이 충격을 받았다.

"이 벌레가 나의 행운을 결정지어줄 걸세."

그는 의기양양하게 웃으며 계속했다.

"전날의 가산을 되돌려줄 거야. 그러니 내가 그걸 소중히 여긴다 해서 이상할 게 뭐 있나? 운명의 여신이 나에게 베풀어준 것이니 나는 그걸 적절히 이용하기만 하면 그것이 가리켜주는 황금에 이르게 될 걸세. 주피터, 저 풍뎅이를 가져와봐."

"뭐라구요! 그놈의 벌레 말인가요, 서방님? 저는 그놈을 건드리기 싫습니다요. 서방님께서 직접 가져오셔야 되겠습니다요."

그러자 레그란드는 침통하고 위엄 있는 태도로 일어서더니 그것이 들어 있는 유리상자에서 벌레를 꺼내어 가지고 왔다. 그것은 아름다운 풍뎅이였다. 더구나 그 당시에는 박물학자들 간에 알려지지 않은 것이었고, 따라서 과학적인 견지에서 대단한 가치가 있었다. 그놈의 잔등 한쪽 끝 가까이에는 두 개의 둥근 점이 있었고 다른 편에는 길쭉한 점이 하나 있었다. 겉 껍데기는 몹시 단단하고 반질반질해서 마치 닦아놓은 황금 같은 모양으로 보였다. 이 곤충의 무게는 놀랄 만했다. 그래서 여러 가지 점에서 생각해보면 그것에 대한 주피터의 의견을 탓할 수가 없었다. 그러나 레그란드가 그와 같은 의견에 이의를 제기하지 않는다는 것은 아무리 생각해보아도 이해할 수가 없었다.

"자네를 오라고 한 건 말야."

내가 풍뎅이를 자세히 살피고 났을 때 그는 단호한 표정으로 말했다.

"자네를 부른 것은 운명의 여신과 이 벌레에 대한 관찰을 더 깊게 해나가는 데 있어 자네의 조언과 도움을 받고자 함일세."

"여보게, 레그란드."

나는 그의 말을 가로채며 큰 소리로 말했다.

"자네는 확실히 건강이 좋질 않아. 조심을 하는 게 좋겠네. 자리에 가서 좀 드러눕게. 자네가 나을 때까지 며칠 동안 내 여기에 있을 테니. 열도 있네그려, 그리고……."

그가 말했다. "맥을 짚어봐."

맥을 짚어보았다. 그런데 정말이지 열이 있다는 징조는 눈곱만큼도 없었다.

"몸이 불편하다고 꼭 열이 나는 것은 아니라네. 제발 이번에만 내가 시키는 대로 해보게. 우선 누워서 쉬고, 그 다음에는 ……."

"자네가 잘못 알고 있네."

그가 말을 가로막았다.

"내가 흥분한 상태이긴 해도 충분히 건강하다고 생각하네. 진정 내가 편하기를 원한다면 이 흥분을 가라앉혀주기만 하면 되는 걸세."

"그래, 그러자면 무슨 방법이 있나?"

"아주 쉬운 일일세. 주피터와 내가 본토에 있는 산으로 답사를 나가려고 하는데, 이번 답사에선 우리가 믿을 수 있는 사람의 도움이 필요하단 말일세. 자네야말로 우리가 신뢰할 수 있는 유일한 존재야. 성공하든 실패하든 간에 지금 내가 보이는 흥분은 가라앉게 될 거야."

"하여간 자네 이야기를 들어주고 싶네만 이 징그러운 풍뎅이가 산으로 떠나는 답사와 무슨 관계가 있다는 소린가?"

"관계가 있지."

"그렇다면 레그란드, 그 따위 터무니없는 일에는 한패가 될 수가 없네."

"섭섭하네. 정말 서운하네. 그렇다면 우리끼리 해볼 수밖에 없겠네."

"자네들끼리 해본다고? 이 사람 정말 미쳤군! 하나 좀 기다려

보게! 얼마 동안이나 집을 비우고 나가 있을 셈이지?"

"아마 하룻밤 꼬박. 우린 당장 떠날 걸세. 그리고 무슨 일이 있어도 해뜰 때까지는 돌아와야지."

"그럼 자네의 이번 망령된 기분이 풀리고 그놈의 벌레 건(하나님 맙소사!)이 만족스럽게 해결을 보면 그때는 집에 돌아와서 나의 충고를 의사의 충고로 알고 반드시 따르겠다는 것을 자네 명예를 걸고 약속할 수 있겠나?"

"그럼, 약속하고말고. 자, 당장 나가세. 시간이 없네."

무거운 마음으로 나는 친구를 따라나섰다. 우리는 4시쯤 출발했다. 일행은 레그란드, 주피터, 개, 나 이렇게 넷이었는데 주피터가 낫과 삽을 가지고 갔다. 이 모든 연장을 그가 가지고 가겠다고 고집을 부린 것은 내가 보기에 지나치게 부지런하거나 기분이 좋아서라기보다 연장을 주인에게 맡기는 것이 두려웠던 까닭에서였다. 주피터의 태도는 극도로 고집스러웠으며 걸어가면서 "저 지겨운 놈의 벌레"란 소리밖에 내뱉지 않았다. 내가 할 일은 불을 켜지 않은 등 두 개를 가져가는 것이었고, 레그란드는 풍뎅이만으로도 만족했는데 그놈을 채찍의 끈 끝에다 잡아매고서는 요술쟁이가 하듯이 이리저리 휘두르면서 걸어갔다.

나는 나의 친구가 정신이상에 걸려 있다는 이 최후의 명백한 증거를 바라보며 쏟아지는 눈물을 주체할 수 없었다. 그러나 나는 적어도 지금으로선, 아니면 성공의 기회를 포착할 수 있는 적극적인 대책을 강구할 때까지는 그의 기분을 맞춰주는 게 상책이라고 생각했다.

그러는 동안 나는 이 답사의 목적에 관해 그의 의중을 떠보려고 애를 썼지만 모두 헛일이었다. 그는 나를 자기와 동행하도록 하는 데 성공했다고 해서 대단치 않은 화제에 대해서는 이야기를 나누는 걸 좋아하지 않는 것 같았고, 나의 질문에 대해서는 그저 "알게 될 거야!" 하는 대꾸밖에 하지 않았다.

우리는 섬 머리에서 작은 배로 샛강을 건넜다. 그리고 본토 해안의 고원지대로 오른 다음 사람의 발길이라곤 찾아볼 수 없는 험하고 황량하기 이를 데 없는 지역을 거쳐 서북쪽으로 나아갔다. 레그란드가 자신 있게 길을 인도했다. 그는 여기저기서 잠깐씩 발길을 멈추고 전번에 왔을 때 찾기 좋으라고 해놓은 푯말 같은 것을 참고했다.

이런 식으로 우리는 두 시간쯤 걸어왔는데 해가 막 떨어지려고 할 때 생전 처음 보는 황량하기 이를 데 없는 지역으로 들어서게 되었다. 거의 접근이 불가능한 산꼭대기 근처에 있는 일종의 고원이었는데 밑바닥부터 산꼭대기까지 나무가 빽빽이 들어서 있었다. 게다가 땅 위에 아무렇게나 나동그라져 있는 것처럼 보이는 거대한 바윗돌들이 골짜기로 굴러 떨어지지 않는 것은 나무 둥치들이 떠받쳐주기 때문이었다. 사방팔방으로 파내려간 깊은 골짜기들은 한층 무서운 준엄함을 보여주는 것이었다.

우리가 기어올라간 천연 고지대는 가시나무로 꽉 메워져 있어서 낫 없이는 한 걸음도 들어갈 수 없다는 것을 금방 알게 되었다. 그래서 주피터가 주인의 지시에 따라 엄청나게 키가 큰 튤립나무 밑까지 길을 내놓았다. 그 나무는 열 그루쯤 되는 떡갈나무 사이에 솟아 있었는데 떡갈나무보다 훨씬 키가 큰 데다 잎이나 모양이 아름답고, 가지가 시원스레 퍼져 있어 내가 본 어떤 나무들보다도 전체 외관이 장엄하고 훌륭했다.

우리가 이 나무 밑에 이르자 레그란드가 주피터를 돌아보며 이 나무에 오를 수 있겠느냐고 물었다. 늙은 하인은 이 질문에 좀 어리둥절한 기색을 보이는 것 같더니 잠시 아무 대꾸도 못했다. 마침내 그는 이 거대한 나무 둥치 앞으로 가서 천천히 나무 둘레를 돌면서 세밀하게 살폈다. 다 살피고 나서는 단지 이렇게 말하는 것이었다.

"네, 서방님, 주피터란 놈은 나무란 나무는 한 번만 보면 죄다 기어오를 줄 알지요."

"그렇다면 당장, 당장 올라가보게. 이제 곧 캄캄해지면 우리가 하는 일을 볼 수 없으니까 말야."

"얼마만큼이나 올라가야 합니까요, 서방님?" 하고 주피터가 물었다.

"우선 나무 둥치를 올라가. 그런 후에 어느 가지로 올라갈 것인가를 말해줄 테니……. 이봐, 잠깐만! 이 풍뎅이를 가지고 오르게."

"그 벌레를, 윌 서방님! 그 풍뎅이를!"

검둥이는 깜짝 놀라 뒷걸음질치면서 외쳤다.

"무슨 목적으로 벌레를 갖고 나무를 오른답니까요? 도저히 못 하겠습니다!"

"주피터, 너같이 덩치 큰 검둥이 놈이 그까짓 해도 끼치지 않는 조그만 죽은 풍뎅이 한 마리를 쥐는 게 무섭다니 원. 정 그렇다면 끈에 매달아 올라가라. 무슨 수를 써서든 그걸 갖고 올라가지 않기만 해봐라, 이 삽으로 네 머리통을 부셔버릴 테니까."

"왜 이러셔요, 서방님?"

주피터는 톡톡히 창피를 당하고 고분고분해져서 말했다.

"밤낮 이 늙은 검둥이 놈을 야단만 치시니. 그냥 농담으로 그랬습니다요. 제가 그 벌레를 무서워하다니요! 그까짓 벌레가 뭐 그리 대단하다굽쇼."

이러면서 그는 조심조심 벌레를 맨 줄의 끝을 붙들고 가능한 한 그 곤충을 자기 몸에서 멀리 떨어지게 한 후 나무에 오를 태세를 취했다.

튤립나무, 또는 리리오덴드론 트리피페룸이라는 이 나무는 미국의 삼림수(森林樹) 가운데서도 가장 장엄한 나무인데 어릴 때는 그 줄기가 유난히 미끈해서 옆가지 없이 상당한 높이까지 자라는 게 예사였다. 그러나 나무가 나이가 들게 되면 껍질에 마디가 튀어나오고 고르지 않게 되며 수많은 짧은 가지들이 나무 둥치에서 나타나게 된다. 그래서 지금처럼 나무에 오르자면 보기보다 힘든 일일 것이다. 주피터는 두 팔과 두 무릎으로 그 거대한 원기둥을 될 수 있는 대로 바싹 끌어안고서 두 손으론 툭 튀어나온 데를 거머잡았으며, 벗은 발가락으로는 또 다른 곳에 의지해서 한두 번 떨어질 뻔하다가 간신히 매달려 몸을 비틀어가며 마침내 나무의 첫 번째 큰 갈래에 이르렀다. 그래서 이제 오를 대로 다 올랐다고 생각하는 것 같았다. 나무를 타는 검둥이는 땅에서 7, 80피트나 되는 높이에 있었지만 사실 그 정도까지 가면 기어오르는 위험은 끝난 셈이었다.

그가 물었다. "윌 서방님, 이제 어느 가지로 오를깝쇼?"

"제일 큰 가지로 오르게. 이쪽 가지 말야."

레그란드가 말했다. 검둥이는 재빨리 시키는 대로 했다. 이제는 힘이 별로 안 드는 모양이었다. 그는 자꾸자꾸 올라가 결국엔 무성한 나뭇잎에 가려 웅크리고 있는 모습이 보이지 않게 되었다. 뒤이어 여보시오, 하고 부르는 것 같은 그의 목소리가 들려왔다.

"얼마큼 더 올라가야 됩니까요?"

"얼마나 올라갔나?" 레그란드가 물었다.

"아주 높이 올라왔습니다요." 검둥이가 대답했다.

"나무 꼭대기로 하늘이 보입니다요."

"하늘 같은 건 상관 말고 내가 하는 말이나 잘 듣게. 나무 둥치를 내려다보고 자네 밑으로 이쪽에 있는 가지를 세어보게. 가지를 몇 개나 올랐나?"

"하나, 둘, 셋, 넷, 다섯이라. 이쪽으로 서방님, 큰 가지만 다섯 개 지났습니다요."

"그럼 가지 하나만 더 올라가."

2, 3분 후에 다시 목소리가 들려왔다. 일곱 번째 가지에 올랐다는 통지였다.

"주피터, 이번엔 말야."

레그란드가 굉장히 흥분해서 소리 지르는 것이 분명했다.

"그 가지를 타고 가지 끝 쪽으로 될 수 있는 대로 멀찌감치 나가보게. 뭐 이상한 게 눈에 띄거든 알리게."

지금까지는 이 가련한 나의 친구가 미치지 않았나 하고 의심하는 정도였으나 이제는 확신하게 되었다. 나는 그가 영락없이 정신병에 걸렸다고 단정할 수밖에 없었다. 그래서 어떻게 그를 집으로 데리고 가야 할지 정말 걱정스러웠다. 이 일을 어떻게 하는 것이 상책일까 곰곰이 생각하고 있는데 다시 주피터의 목소리가 들려왔다.

"이 가지를 타고 멀리 나가려니 무서워 죽겠습니다요. 이건 죄다 죽은 가집니다요."

"주피터, 죽은 가지라는 건가?"

레그란드가 떨리는 음성으로 외쳤다.

"네, 서방님, 대갈못처럼 죽어 있습니다요. 틀림없이 죽은 것입죠. 이 세상을 하직했습니다요."

"저런, 도대체 어떡한단 말인가?"

레그란드가 죽을상이 되어 뇌까렸다.

"어떡하긴!"

나는 한마디 참견할 기회가 왔다고 생각하며 입을 열었다.

"집에 가서 자면 되지 않겠나. 자, 가세! 그게 제대로 돌아가는 거야. 날도 저물고 있네. 더구나 자네 나하고 약속한 거 있잖나."

"주피터!"

그는 내 말에는 바늘 끝만큼도 관심이 없다는 듯이 소리쳤다.

"내 소리 들리느냔 말야!"

"네, 윌 서방님, 아주 잘 들립니다요."

"그러면 자네가 가지고 있는 칼로 나무를 깎아보게. 자네 생각대로 푹 썩었나 어쨌나 알아보란 말야."

조금 지나 검둥이가 대꾸했다.

"썩었습니다요, 서방님, 아주 푹 썩었습니다. 그렇지만 생각만큼 심하게 썩진 않았습니다요. 사실 저 혼자라면 이 가지를 타고 좀 더 나가보겠습니다만……."

"혼자가 아니라니! 도대체 무슨 소린가?"

"아니, 이 벌레 말입니다요. 이놈은 무게가 굉장하지 않습니까요. 이놈을 땅에라도 떨어뜨리면 이 검둥이 하나 무게로는 가지가 부러지지 않을 텐뎁쇼."

"이런 벼락을 맞아 거꾸러질 놈!"

레그란드는 확실히 안심이 되는 모양인지 소리를 질렀다.

"그 따위 개떡 같은 아가릴 놀려 어쩌자는 거냐? 그 풍뎅이만 떨어뜨려봐라. 네놈의 모가지를 분질러놓을 테니. 이봐, 주피터, 내 말을 듣고 있는 거냐?"

"네, 서방님. 가련한 검둥이 놈을 그렇게 야단치실 거는 없습니다요."

"됐어! 내 말이나 들어. 네가 안전하다고 생각되는 데까지 가지를 타고 나가면, 그리고 그 풍뎅이를 떨어뜨리지 않는다면 내려오는 대로 당장 은화 1달러를 주겠네."

"나가고 있습니다요, 윌 서방님, 정말입니다요."

검둥이가 재빨리 대답했다.

"이제 맨 끝까지 다 와갑니다요."

"끝까지라고!"

이 소리가 들리자 레그란드는 어지간히 고함을 질렀다.

"그 가지 끝까지 갔다는 소린가?"

"금방 다 와갑니다요, 서방님, 으흐흐흐! 어유! 나무에 이게 다 뭐람?"

"됐어!"

레그란드는 좋아서 미친 듯이 소리쳤다.

"그게 뭔가?"

"어이구, 딴 것도 아닌 해골입니다요. 어느 놈의 대갈통이 나무에 매달려 있는지 까마귀란 놈들이 살은 죄다 파먹었습니다요."

"해골이라고! 됐네. 가지에 어떻게 매달려 있나? 뭘로 매달았나?"

"잘 알겠습니다요, 서방님. 봐야 알죠. 어이구, 이거 정말 괴상한 노릇입니다요. 장대만 한 못이 해골 속에 있습니다요. 그것으로 나무에 박은 모양입니다."

"자, 됐네, 주피터. 내가 시키는 대로만 하게. 듣고 있는가?"

"네, 서방님."

"그럼 잘 들어. 해골의 왼쪽 눈을 찾아."

"흥! 이거 제기랄! 좋습니다요! 아니, 왼쪽 눈이 도대체 안 보이는뎁쇼."

"에라, 이 등신 같은 것! 네 오른손 왼손이나 구분하나?"

"네, 그것쯤은 알죠. 그까짓 걸 모른대서야 원, 나무 패는 손이 왼손 아닙니까요?"

"그래 맞았어! 자넨 왼손잡이지. 그러니까 자네 왼쪽 눈도 왼쪽 눈이 달린 편에 있는 거야. 이제 해골의 왼쪽 눈을 찾아낼 것 같은데. 왼쪽 눈이 있었던 자리 말일세. 찾았는가?"

이번에는 한참 동안이나 끽소리도 없었다. 드디어 검둥이가 물었다.

"해골바가지의 왼쪽 눈도 해골바가지의 왼쪽 손이 있는 쪽에 있다는 말씀입죠? 이놈의 해골바가지가 눈 닦고 봐도 왼쪽 손이 없으니까 말입니다요. 염려 맙쇼! 이제 왼쪽 눈을 찾았습니다요. 여기가 바로 왼쪽 눈인뎁쇼. 이걸 어찌하오리까?"

"그 눈구멍을 통해서 끈이 자라는 데까지 벌레를 내려뜨려. 까짓것. 그런데 조심해서 끈을 놓치지 않도록 해."

"다했습니다요, 윌 서방님. 구멍으로 벌레를 내려뜨리는 건 누워서 식은 죽 먹깁니다요. 밑에서 그놈을 잘 보십쇼!"

이런 이야기를 하는 동안에 주피터의 몸뚱이는 조금도 보이지가 않았다. 그러나 그가 고생고생해서 내려뜨린 풍뎅이가 이제야 끈 끝에 매달려 눈에 띄었다. 그런데 그놈은 갈고 닦은 금구슬처럼 마지막 넘어가는 햇살에 찬란하게 번쩍거렸다. 더구나 그 햇살은 우리가 서 있는 장소를 희미하게 비치는 데 지나지 않았던 것이다. 풍뎅이는 어느 가지 하나에도 걸리지 않아서 설령 떨어뜨린다면 바로 우리 발등 위에 떨어질 것이 분명했다.

레그란드는 당장 낫을 들고 벌레 있는 바로 아래쪽을 지름 3, 4야드의 둥근 공지로 만들어놓은 다음 주피터에게 끈을 놓고 나무에서 내려오라고 명령했다.

레그란드는 풍뎅이가 떨어진 바로 그 지점에 아주 정확하게 말뚝을 박더니 주머니에서 줄자를 꺼냈다. 그러고선 줄 한 끝을 말뚝에서 제일 가까운 나무 둥치에 잡아매놓고선 말뚝에 닿을 만큼 줄을 풀었다. 그런 후에 나무와 말뚝이 있는 두 지점에서 이미 확정된 방향으로 50피트 거리까지 더 풀어나갔다. 그러는 사이 주피터는 낫으로 가시나무를 쳐 없앴다. 이렇게 해서 확보된 지점에다 두 번째 말뚝을 박고 이것을 중심으로 지름 4피트 정도의 허술한 원을 그렸다. 그러고는 자신도 삽을 쥐고 주피터와 나에게도 한 자루씩 주더니 될 수 있는 대로 빨리 땅을 파달라고 요청을 했다.

솔직히 말해 나는 언제나 이런 놀이에는 별 취미가 없었다. 더욱이 이런 유별난 경우라면 정말 내키지 않았다. 더구나 밤은 다가오고 있었고 이미 치른 고역으로 매우 지쳐 있었다. 그러나 나는 회피할 방도가 없었다. 거절하고 싶지만 이 가련한 친구의 가라앉은 마음을 뒤엎어놓을까 두려웠다. 정말이지 주피터의 힘을 빌릴 수 있었다면 나는 서슴지 않고 이 미치광이를 강제로라도 집으로 끌고 갔을 것이다. 그러나 나는 이 늙은 검둥이의 성질을 너무나 잘 알고 있었고, 지금은 자기 주인과 시합을 하는 판이라 어떤 일이 있어도 이 인간의 도움을 기대할 수 없었다.

이 주인이라는 사람은 금화가 묻혀 있다는, 미국 남부에 떠도는 헤아릴 수 없이 많은 전설 가운데 하나에 사로잡혀 있었다. 더구나 그의 환상은 풍뎅이를 발견했다는 사실과 주피터가 그 벌레는 '순금으로 된 벌레'라고 옹고집으로 우겨대는 바람에 확신을 얻게 된 것이 틀림없었다. 미칠 조짐이 있는 사람은 그 정도의 암시로도 쉽게 끌려드는 것이다. 특히 평소에 즐기던 선입관과 일치하게 될 때에는 더욱 그렇다. 그때 나는 그 딱정벌레를 보고 '자신에게 행운을 가져다 줄 징후'라고 한 이 딱한 친구의 이야기를 떠올렸다. 나는 서글프면서도 화가 났고 어찌할 바를 몰랐다. 결국에는 싫지만 쾌히 해주기로, 즉 기분좋게 파주기로 결정했다. 이렇게 하면 이 몽상가가 자신이 품고 있는 생각이 거짓되다는 것을 직접 눈으로 보고서 빨리 깨달을 수 있을 것이라 작정했다.

우리는 등에 불을 붙여놓고 한층 합리적인 명분을 찾아 일을 하는 것처럼 열의를 내어 시작했다. 그런데 눈부신 빛이 우리 몸과 연장에 비쳐 내릴 때 우리는 얼마나 한 폭의 그림 같은 모임으로 보일 것이며, 우연히 우리가 있는 곳까지 오게 되는 사람들이 우리의 모습을 보게 되면 얼마나 이상하고 의심스럽게 비칠지를 생각하지 않을 수 없었다.

우리는 두 시간 동안이나 꾸준히 팠다. 별로 이야기도 나누지 않았다. 그런데 개가 짖어대는 게 곤란했다. 그놈은 우리가 하는 일이 상당히 재미있는 모양이었다. 나중에는 그놈이 어찌나 시끄럽게 날뛰든지 이 근방에서 어떤 인간들이 서성거리는 것을 보고 야단치나 싶어 겁이 더럭 났다. 아니, 이것은 오히려 레그란드가 불안해하는 것이었다. 사실 나로선 그런 방해자들이 끼어들어 이 방랑자를 집으로 데리고 갈 수 있게 해주었으면 정말 통쾌했을 것이다. 결국 그 짖는 소리는 주피터가 야단을 쳐서 효과적으로 조용해졌다. 주피터는 결심이나 한 듯이 파던 구덩이에서 나오더니 바지 멜빵으로 짐승의 주둥이를 묶어놓고 심상치 않게 킬킬 웃으며 하던 일을 다시 시작했다.

앞서 말한 시간이 다 가버렸을 때 우리는 5피트 깊이를 파냈는데 보물이 있다는 징조는 조금도 보이지 않았다. 모든 사람이 일손을 거뒀다. 그리고 이 어처구니없는 일이 끝장나기를 바라기 시작했다. 그렇지만 레그란드는 상당히 당황한 빛을 보이면서도 생각에 잠겨 있었고, 이마에 땀을 닦고 나서 다시 일을 시작했다. 우리는 지름 4피트의 원을 모두 파낸 다음 그 범위를 약간 넓혀서 2피트나 더 깊이 파들어갔다. 그래도 아무것도 나타나지 않았다.

정말로 동정이 가는 친구지만 이 황금 수색자는 마침내 얼굴 구석구석에 쓰디쓴 실망의 자취가 역력해서는 구덩이에서 기어 나왔다. 그러곤 느릿느릿 마지못해서 일을 시작할 때 벗어던진 외투를 입으러 걸어갔다. 그러는 동안 나는 아무 소리도 하지 않았다. 주피터는 제 주인의 손짓을 보고 연장을 챙기기 시작했다. 그 다음에는 개의 주둥이를 풀어주고 우리는 깊은 침묵에 잠겨 집으로 발길을 돌렸다.

아마 집 쪽으로 열두 걸음쯤 떼어놓았을까, 이때 레그란드가 큰 소리로 욕설을 퍼부으면서 주피터에게 달려들어 멱살을 잡았다. 기절초풍한 검둥이는 눈을 크게 뜨고 입을 찢어지게 벌리더니 삽을 떨어뜨리고 무릎을 꿇었다.

"이 죽일 놈아!"

레그란드는 악다문 이빨 사이로 갈려 나오는 소리로 외쳤다.

"이런 악마 같은 검둥이 놈아! 말해봐! 얼버무리지 말고 당장 대답해. 어느, 어느 쪽이 네 왼쪽 눈깔이냐?"

"아유, 윌 서방님! 이게 틀림없이 제 왼눈 아닙니까요?"

죽을 상이 된 주피터는 소리쳤다. 그는 오른쪽 눈에다 손을 갖다 대고 제 주인이 당장 눈알을 도려내기라도 할까 봐 겁을 집어먹고 결사적으로 눈을 잡고 있었다.

"내 그러리라 생각했어! 그럴 줄 알았어! 됐다!"

레그란드는 소리를 지르더니 검둥이를 놓아주고 한참을 펄쩍펄쩍 뛰며 빙빙 도는데, 무릎을 꿇고 있다 일어난 그의 종은 하도 놀라서 입도 뻥끗 못하고 제 주인과 나를 자꾸 번갈아보았다.

"자! 가자. 되돌아가야 한다."

레그란드는 말했다.

"아직 승부는 끝이 안 났어."

그러곤 다시 튤립나무 있는 데로 앞장을 섰다.

"주피터."

우리가 나무 밑에 다다르자 그가 말했다.

"이리 와! 해골이 얼굴을 가지 바깥으로 박고 있던가, 가지 안쪽으로 박고 있던가?"

"바깥쪽이었습니다요, 서방님. 그러니 까마귀 떼가 힘 안 들이고 눈알을 파먹을 수 있었겠죠."

"좋아, 그렇다면 자네가 풍뎅이를 떨어뜨린 구멍이 이쪽인가, 이쪽인가?"라고 하면서 레그란드는 주피터의 눈을 각각 짚었다.

"요 눈입니다요, 서방님, 왼쪽 눈입쇼. 저한테 분부하신 대롭쇼."

그런데 이때 검둥이가 가리키는 눈은 오른쪽 눈이었다.

"그러면 됐어. 다시 한 번 해봐야겠네."

이제야 나는 미친 내 친구가 환상에 광분했다기보다 방법상의 문제에서 그 실마리를 찾고 있다는 것을 알았다. 그는 딱정벌레가 떨어진 지점을 표해놓은 말뚝을 먼저 자리에서 3인치쯤 저쪽으로 옮겨 박았다. 이번에도 먼젓번처럼 줄자로 나무 둥치에서 가장 가까운 지점으로부터 말뚝까지 계속 50피트 거리를 직선으로 넓혔다. 그 지점은 우리가 파냈던 지점에서 여러 야드 떨어져 있었다.

새로운 위치를 중심으로 먼젓번 것보다 어느 정도 더 큰 원이 그려지고, 우리는 다시 삽을 들고 일하기 시작했다. 나는 형편없이 지쳤으나 내 머릿속에 어떤 변화가 일어났는지 알지 못하고 주어진 일을 하는 데 아무런 반감도 느끼지 못했다. 나는 전혀 까닭없이 흥미를 느끼게 되었다. 아니, 흥분까지 하고 있었다. 아마도 레그란드의 이 엉터리 같은 모든 행동에는 무언가 있을지도 몰랐다. 즉 앞을 내다보는 생각이나 심사숙고하는 모습은 나에게 감명을 주었다. 나는 열심히 땅을 팠다. 그리고 이따금 은근히 기대하는 마음으로 나의 불행한 친구를 미치게 만든 환영, 즉 환상 속의 보물을 나 또한 찾고 있다는 것을 스스로 깨닫게 되었다.

그런 엉뚱한 생각이 나를 잔뜩 움켜잡고 있는 동안, 그리고 우리가 일을 다시 시작한 지 대략 한 시간 반쯤 지났을 때 개가 마구 짖어대기 시작해서 일을 다시 중단하게 되었다. 먼젓번 경우에는 그놈이 단지 장난기가 발동해서 야단을 떨었거나 공연스레 짖어댄 것이 분명하지만 이번엔 정말 못 견뎌서 하는 소리였다. 주피터가 다시 그놈에게 재갈을 물리려 들었지만 격렬하게 뿌리치고 구덩이 속으로 뛰어들어가 발톱으로 미쳐 날뛰듯 흙을 파헤쳤다. 몇 분 만에 그놈은 한 무더기의 사람 뼈를 들쳐 내놨는데 여지없이 두 사람의 골격에 쇠붙이 단추 몇 개가 섞여 있었다. 그리고 썩어문드러진 양털 옷감 부스러기로 보이는 것도 있었다. 한두 번 삽질을 하니까 큼지막한 스페인 칼날이 치솟았고 좀 더 파보니 엉성해 보이는 금화와 은화가 서너 닢 올라왔다.

이것을 본 주피터의 기쁨은 거의 걷잡을 수 없는 것이었지만 주인의 얼굴은 극도로 실망한 모습을 하고 있었다. 그렇지만 그는 우리에게 일을 계속할 것을 강요했으며, 이 말이 떨어지기가 무섭게 나는 허술한 흙 속에 반쯤 묻혀 있는 쇠고리에 구둣발 끝이 걸려 비틀거리며 앞으로 고꾸라졌다.

우리는 열심히 일을 했다. 나는 이보다 더한 흥분 상태로는 단 10분도 지내본 일이 없었다. 이러는 동안에 우리는 장방형의 나무 궤짝 하나를 고스란히 파냈는데, 놀랄 만큼 단단하고 완전히 보존되어 있는 걸 보니 광화 처리(鑛化處理) 나 제2수은 처리를 했음이 분명했다. 이 궤짝은 길이가 3피트 반, 폭이 3피트, 깊이가 2피트 반이나 되었다. 궤짝은 단철(煅鐵)로 단단히 테를 두르고 못을 쳤으며 궤짝 전체를 쇠창살 같은 것으로 뒤집어쓰고 있었다. 궤짝 양쪽 뚜껑 가까이에 세 개의 쇠고리가, 모두 합쳐 여섯 개 있어서 여섯 사람이 든든히 들 수 있는 손잡이로 보였다. 그 궤짝은 우리가 젖먹던 힘까지 내어도 밑바닥만 약간 움직일 수 있을 뿐이었다.

우리는 금방 이렇게 엄청난 무게의 궤짝을 움직인다는 것이 불가능하다는 걸 알았다. 다행히 뚜껑에는 자물쇠 같은 뺐다 꼈다 할 수 있는 두 개의 빗장이 있었다. 우리는 불안으로 몸을 떨며 헐떡거리면서 빗장을 잡아 뺐다. 순간 이루 헤아릴 수 없는 귀한 보물이 눈앞에서 번쩍였다. 등불을 구덩이 안에 비추자 황금과 보석으로 뒤범벅이 된 무더기에서 우리의 눈을 정신 못 차릴 정도로 현혹하는 휘황찬란한 빛이 뻗쳐 나왔다.

그것을 바라본 감회는 뭐라고 형언할 수 없는 노릇이다. 물론 망연자실한 느낌이 으뜸이었다. 레그란드는 흥분 때문에 힘이 쏙 빠진 듯 몇 마디 지껄이지도 않았다. 주피터의 얼굴은 몇 분 동안 죽은 사람처럼 파랗게 질려 있었는데 검둥이의 얼굴로서는 당연한 것이었다.

그는 넋이 빠진 것 같았다. 날벼락을 맞은 것처럼 보였다. 곧 이어 그는 구덩이에 무릎을 꿇고 엎드려 걷어 올린 팔을 팔꿈치까지 금 속에다 파묻고 마치 목욕탕에서 호사를 부리는 것처럼 그대로 가만히 있었다. 마침내 깊은 한숨을 쉬더니 독백이라도 하는 것처럼 소리쳤다.

"그래, 이게 모두 풍뎅이한테서 나온 거지! 그 어여쁜 풍뎅이! 그놈의 작은 풍뎅이, 널보고 이놈이 못된 욕만 퍼부었구나! 검둥이 놈아, 너는 네 자신이 부끄럽지도 않더냐? 대답을 해보거라!"

결국 나는 주인과 종에게 보물을 운반할 방법에 대해 알려줘야 할 필요를 느꼈다. 밤은 자꾸 깊어가고 있었고, 있는 힘을 다해 날이 밝기 전에 모든 물건을 다 집에 갖다 둬야 했다. 무슨 일을 해야 한다고 말하기란 어려운 일이었으며, 머리를 짜내는 데 많은 시간이 걸렸다. 그래서 우리 모두의 생각은 뒤죽박죽이었다.

최종적으로 우리는 궤짝 안에 있는 내용물의 3분의 2를 꺼내 무게를 덜었다. 그러고 나니 별로 고생하지 않고 구덩이에서 궤짝을 꺼내놓을 수 있었다. 궤짝에서 꺼내놓은 물건을 가시나무 속에 갖다두고 개더러 거기 남아서 그것을 지키라고 주피터가 무섭게 명령했다. 게다가 어떤 경우라도 그 자리에서 움직여선 안 되며 우리가 돌아올 때까지 입을 벌려선 안 된다고 명했다.

그런 뒤에 우리는 궤짝을 가지고 급히 집으로 달려갔다. 새벽 한 시에 집에 무사히 도착했지만 그 고생은 이만저만한 것이 아니었다. 이렇게 지쳐떨어진 데다 금방 또 일을 한다는 것은 사람이 할 노릇이 못되었다. 우리는 2시까지 쉬고 나서 저녁을 먹었다. 그런 다음 요행히도 울 안에 있던 세 개의 탄탄한 자루를 몸에 지니고 당장 산으로 출발했다. 4시 조금 전에 구덩이에 도착해서 나머지 노획물을 세 사람이 똑같이 나누어 가지고 구덩이는 메우지 않고 놓아둔 채 다시 집으로 돌아왔다. 집에 도착해서 두 번째로 황금의 짐을 내려놓았다. 때마침 동쪽 나무 위에는 새벽의 어렴풋한 첫 햇살이 비치고 있었다.

우리는 이제 완전히 녹초가 되고 말았다. 그러나 그때 우리는 너무나 흥분되어 가만히 누워 있을 수가 없었다. 겨우 서너 시간 동안의 편안치 못한 잠을 자고 나서 우리는 미리 약속이나 한 듯이 일어나 보물을 조사했다.

궤짝은 가장자리까지 가득 차 있었다. 내용을 샅샅이 살피는 데 하루하고 그날 밤을 거의 다 보냈다. 전혀 질서 있게 정리해둔 것이 아니었다. 모든 것은 뒤죽박죽으로 쌓여 있었다. 세밀하게 다 분류해놓고 보니 우리가 처음에 상상했던 것보다도 더 많은 재산을 갖게 되었음을 깨달았다. 주화만 해도 45만 달러는 더 되었다. 가능한 한 정확하게 당시 시세로 따져도 돈의 가치는 그랬다. 은화는 한푼도 없었다. 모두가 옛날 금화로 종류가 굉장히 다양했다. 프랑스 돈, 스페인 돈, 독일 돈에다 영국의 기니가 몇 닢 있었고, 우리가 견본조차 본 적도 없는 모조 화폐들이 좀 있었다. 또 굉장히 크고 무거운 주화가 여러 개 있었는데 너무나 닳아빠져 명각(銘刻)이 전혀 보이지 않았다. 미국 돈은 한푼도 없었다.

보석의 가치를 셈하기란 더욱 어려움을 알게 되었다. 금강석도 있었는데 그 중 몇몇 개는 굉장히 크고 좋은 것이었다. 모두 합쳐 110개나 되고 하나도 작은 게 없었다. 열여덟 개의 눈부시게 빛나는 홍옥, 310개나 되는 에메랄드는 모두 참 아름다웠다. 그리고 스물한 개의 사파이어와 오팔이 하나 있었다. 이 보석들은 처음에 박혀 있던 틀에서 떨어져 나와 궤짝 속에 흩어져 있었다. 그 틀들은 금덩이 사이에서 집어냈는데 마치 분간을 못하게 하느라 그래 놓은 것처럼 망치로 마구 두들긴 것같이 보였다.

이 밖에도 막대한 분량의 순금 장식들이 있었다. 거의 200개나 되는 묵직한 반지와 귀걸이, 그리고 화려한 목걸이가 — 내 기억으로는 서른 개였으며 아주 크고 무거운 십자가가 여든세 개였다. 또 말할 수 없이 값진 금향로가 다섯 개, 엄청나게 큰 펀치를 담는 황금 그릇이 하나 있었는데 거기엔 포도잎과 주신제(酒神祭)의 형상들이 화려한 장식으로 아로새겨져 있었다. 또 정교하게 세공한

칼자루가 두 개, 이 밖에도 이루 다 열거할 수 없는 자그마한 것들이 있었다. 이 귀중품들의 무게는 상형〔常衡 : 16온스를 1파운드로 하는 저울〕 350파운드를 초과했다.

그리고 이 계산에는 103개나 되는 멋진 금시계는 포함시키지 않았다. 이들 시계 중의 세 개는 하나만 따져도 500달러 가치는 있었다. 대부분의 시계는 아주 오래된 것이어서 시간을 볼 수는 없었고, 그 세공은 다소간 부식되어 있었지만, 모두 보석이 풍부히 박혀 있어서 시계 케이스는 굉장히 값어치가 있었다.

그날 밤 우리는 궤짝 속의 전체 내용물을 150만 달러로 어림했다. 그런데 나중에 자질구레한 장신구와 보석을 처분해보니(몇 개는 우리가 쓰려고 놔두고) 우리가 그 보물을 너무 과소평가했다는 것을 알게 되었다.

시간이 지나 조사하는 것도 끝을 맺고 당시의 강렬했던 흥분도 어느만큼 가라앉게 되었을 때 레그란드는 내가 이 빽적지근한 수수께끼에 대한 해답을 얻고자 죽을 지경인 것을 보고 그 일과 연결된 모든 전후 사정을 아주 소상하게 설명하기 시작했다. 그는 입을 열었다.

"자넨 기억하고 있을 걸세. 내가 풍뎅이를 그린 허술한 스케치를 자네한테 주던 날 밤을 말야. 자네는, 자네가 내 그림이 해골과 흡사하다고 우길 때 내가 화를 냈던 일을 잊지 않고 있겠지. 그런데 처음 자네의 주장을 들으며 나는 자네가 농을 하고 있는 줄 알았지. 그러나 나중에 곤충의 등에 이상한 점이 있다는 것이 생각나서 자네 말이 사실 근거가 없는 게 아니라고 인정했네. 그런데 내 그림 솜씨를 비웃는 데는 울화통이 터졌다네. 내가 훌륭한 화가로 인정받는 지금에 와서 말일세. 그래서 자네가 그 양피지 조각을 내게 건네주었을 때 화가 나서 꾸겨가지고 불속에 내던지려 했다네."

"응, 그 종잇조각을 말하는군."

"아냐. 꼭 종잇조각같이 보이지. 그래서 처음에는 나도 종이라고 생각했지. 그러나 거기다 그림을 그리려 하는 순간 그것이 아주 얇은 양피지 조각이라는 것을 알았네. 생각나겠지만 참 더러웠지. 아무튼 내가 막 그것을 꾸기려는 찰나 나의 눈길이 자네가 들여다보고 있던 스케치로 갔네. 사실 풍뎅이를 그렸다고 생각한 바로 그 그림이 사람의 해골 모양이라는 것을 알았을 때 내가 얼마나 놀라 자빠졌는지 자네는 상상이 되겠지. 잠시 동안은 하도 얼떨떨해서 제대로 생각할 수도 없었네. 그러고는 나의 그림이 세부적으로는 해골과 전혀 다르다는 것을 알았네. 비록 대체적인 윤곽이 확실히 비슷한 데가 있긴 해도 말일세.

나는 당장 촛불을 들고 방 저편 구석에 가 앉아 그 양피지를 더욱 세밀하게 조사하기 시작했네. 그걸 뒤집어봐도 내 스케치가 그린 그대로 거꾸로 보였네. 그때 내 머리를 탁 치는 놀라움은 기가 막히게도 그 윤곽이 흡사하다는 점이었네. 사실 나도 영문을 알 수 없었지만 양피지 뒷면의 해골과 바로 밑에 있는 나의 풍뎅이 그림이 희한하게 맞아떨어졌다는 점일세. 더구나 이 해골은 윤곽뿐만 아니라 크기에 있어서도 내 그림과 아주 똑같았네. 이상야릇하게도 기가 막히게 일치한다는 점이 한동안 내 정신을 얼떨떨하게 해왔던 거야.

그런 일치의 일반적인 결과는 이런 것이지. 정신이란 연관을 입증하려고 야단법석을 떠는 법이라네. 즉 인과관계를 말일세. 그런데 그럴 능력이 없으니까 일종의 일시적 마비 상태가 찾아와 고역을 치르는 거지. 그러나 이런 마비 상태에서 정신이 들자 나에게는 그런 일치보다도 훨씬 더 사람을 놀라게 하는 어떤 확신이 서서히 비쳐오고 있었네. 분명히, 틀림없이 내가 풍뎅이 그림을 그릴 때는 양피지 위에 아무 그림도 없었다는 생각이 들기 시작했네. 나는 이 사실을 목이 떨어지더라도 확신할 수 있었지. 빈 여백을 찾기 위해서 그것을 이쪽저쪽 뒤집어본 기억이 났기 때문일세. 만약 그때 해골이 있었다면 내가 못 보았을 리가 없지. 여기에 진정 설명할 수 없다고 느낀 수수께끼가 있는 것일세.

그 처음 순간에도 내 머릿속 아주 깊숙이 있는 남모를 밀실에서는 어젯밤의 모험으로 이와 같이 굉장한 증거를 가져다준 반딧불 같은 진리의 개념이 어렴풋이 가물거리는 것 같았네. 나는 당장에 일어나서 양피지를 안전하게 갖다두고는 이제 생각하는 건 혼자 있게 될 때까지 집어치우기로 했네.

자네는 가버리고 주피터는 세상 모르고 잘 때 나는 그 일에 관해서 더욱 체계적으로 조사하기 시작했네. 우선 그 양피지가 어떤 경로로 내 손에 들어오게 되었나를 생각했지. 우리가 풍뎅이를 발견한 장소는 섬에서 동쪽으로 1마일쯤 떨어진 본토 연안이었는데 만조(滿潮)가 들 때는 가까운 거리였지. 내가 그놈을 잡으니까 따끔하게 물어 그만 떨어뜨리고 말았지.

주피터는 평소 조심성이 많기 때문에 제 앞으로 날아든 벌레를 잡기 전에 그놈을 싸서 잡을 나뭇잎이나 뭐 그런 종류의 것이 없나 하고 이리저리 둘러보더군. 그와 나의 눈길이 양피지 조각에 떨어진 것이 바로 이 순간이었네. 그때 나는 그것이 종이인 줄 알았네. 그건 모래에 반쯤 파묻혀서 한쪽 모서리만 나와 있었네. 그걸 발견한 지점 가까이에서 대형 보트에 있었던 것으로 보이는 선체 조각을 볼 수 있었지. 난파한 선체는 아주 오랫동안 거기 있었던 것 같아. 그 까닭은 보트를 만든 목재라고 보기엔 비슷한 흔적을 거의 찾아볼 수 없었기 때문이야.

주피터는 양피지를 주워 벌레를 싸가지고 나에게 주었어. 그러곤 곧 집으로 발길을 돌렸는데 도중에 G중위를 만났지. 그에게 곤충을 보여줬더니 자기가 초소까지 그걸 가지고 가겠다고 통사정하는 거였어. 내가 허락하자 그는 벌레를 쌌던 양피지는 관두고 벌레만 조끼 호주머니에 바로 쑤셔 넣더군. 그래서 나는 그가 살펴보는 동안 양피지만 계속 손에 들고 있었다네. 내 마음이 변할까봐 두려워했거나, 그런 가치 있는 것은 즉시 확보해두는 것이 제일이라고 생각했는지도 모르지. 그 사람이 박물학에 관한 것이라면 무엇이고 얼마나 열을 올리는지 자네도 알 걸세. 바로 이때 내가 나도 모르게 호주머니 속에 그 양피지를 넣어두었던 것이 틀림없네.

자네도 생각나겠지만 내가 풍뎅이를 스케치할 목적으로 테이블에 갔더니 언제나 있던 곳에 종이가 한 장도 없었네. 서랍 속을 들여다봐도 없었어. 옛날 편지라도 찾아낼 양으로 호주머니 속을 뒤졌더니 손에 양피지가 잡히더군. 이렇게 양피지가 입수된 정확한 경로를 자세히 늘어놓는 것은 그 사정이 이상하리만큼 강하게 내게 감명을 주었기 때문이야.

의심할 여지 없이 자네는 나를 공상가라고 생각할 테지. 그렇지만 나는 이미 일종의 연관을 입증해놓았네. 커다란 사슬의 두 고리를 한데 묶어놓았지. 바다 기슭에 보트가 놓여 있고, 그 보트에서 얼마 안 떨어진 곳에 해골이 그려져 있는 양피지가 — 종이가 아니고 말일세 — 있었단 말일세. 자네는 물론 '무슨 연관이 있나?' 하고 묻겠지. 내 대답은 해골인가 뭔가 하는 죽은 사람의 두개골은 해적의 상징으로 잘 알려져 있다는 말일세. 싸움을 할 때는 항상 죽은 사람의 두개골 깃발이 게양된단 말야.

나는 그 조각이 종이가 아니고 양피지였다는 말을 했네. 양피지란 오래가지. 종처럼 훼손되지 않네. 대단찮은 일들은 거의 양피지에 기록되지 않지. 단지 그림이나 그리고 글씨를 쓸 평범한 목적으론 종이만큼 적합치가 못하니까. 이런 발상이 뭔가 의미가 있음을, 그 어떤 연관성이 있음을 암시해주는 거야. 나는 또한 양피지의 모양도 자세히 살펴보았네. 어쩌다가 한쪽 귀퉁이가 떨어져 나가긴 했지만 본래 형태는 장방형이라는 것을 알 수 있었네. 그것은 사실 비망록으로서 채택될 만한 그런 조각이었지. 말하자면 오랫동안 기억되고 신주처럼 보존되어야 할 뭔가를 써놓은 기록으로서 말일세."

내가 끼어들었다.

"그렇지만 자네 말이 딱정벌레를 그릴 때 양피지에는 해골이 없었다고 하지 않았나? 그렇다면 어떻게 보트와 해골 사이를 연결한단 말인가? 왜냐하면 자네 스스로 인정한 말에 따르면 해골은 자네가 풍뎅이를 스케치한 다음에(하나님이 어떻게 된 것인지, 또는 누가 한 짓인지 아시겠지만) 그려졌음이 틀림없는 사실일 테니까 말일세."

"아, 여기 모든 불가사의한 점이 있는 걸세. 여기까지 오면 그런 비밀은 비교적 풀기 쉽지 않네만 내가 취한 수단은 틀림없고 단 한 가지 결론만을 제공해주네. 예를 들면 이렇게 따져볼 수 있지. 내가 풍뎅이를 그릴 때는 양피지 위에 분명히 해골이 없었지. 나는 다 그리고 나서 자네에게 그것을 주고, 자네가 그것을 돌려줄 때까지 가만히 주시하고 있었지. 그러니까 자네는 해골을 그렸을 리 없고 그렇다고 어느 누구도 그것을 그리지 않았네. 그렇다면 사람의 행위로 이루어진 것은 아니지. 그런데도 그건 그려졌다네.

내 생각이 이 단계에 이르렀을 때 나는 문제의 시기쯤 되어 발생했던 사건 하나하나를 아주 명확하게 기억해내려고 애를 썼는데 결국 생각해내고 말았네. 그때 날씨는 쌀쌀했지(아, 드물면서도 복된 사건이었어!). 그리고 벽난로에선 불이 활활 타고 있었네. 나는 운동을 했기에 더워서 테이블 가까이 앉아 있었지. 그러나 자네는 벽난로 곁에 의자를 바싹 끌어당겨 앉아 있었지. 내가 막 자네 손에 양피지를 쥐어주고, 자네는 그것을 살펴보려 할 때 뉴펀들랜드 종인 울프가 들어오더니 자네 어깨에 뛰어올랐네. 자넨 왼손으로 그놈을 쓰다듬어주며 밀쳐냈어. 그러는 사이 양피지를 든 자네의 오른손은 무릎 사이로 내려와 불 아주 가까이 있었네. 한순간 나는 불길에 그것이 타는 줄 알고 주의를 주려고 했네만 자네는 내가 입을 열기 전에 그것을 들어올려 자세히 살펴보고 있었네.

이런 하나하나의 사정을 생각해볼 때 양피지에 그려져 있는 해골이 나타나게 한 것은 열의 작용이었음을 단 한순간도 의심할 수 없었지. 자네도 알다시피 태곳적부터 화학약품이 있어서 종이나 고급 양피지에 그것으로 써두면 불의 작용을 받게 될 때에만 글씨가 나타나게 된다네. 때때로 불순한 산화 코발트를 왕수(王水)에 담갔다가 네 배 무게의 물에다 푼 것이 사용되었네. 결과적으로 엷은 초록색이 나오지. 질산 나트륨 용액에 녹인 코발트 불순물은 붉은색을 내지. 이런 색깔은 시간의 장단의 차이는 있지만 쓰인 것이 차갑게 되면 없어졌다가 열을 가하게 되면 다시 나타나네.

이번엔 주의해서 해골을 조사해보았네. 그 바깥 가장자리 — 양피지 가장자리에 가장 가까운 그림의 가장자리 — 가 나머지 다른 부분보다도 훨씬 더 선명했지. 열의 작용이 불완전했거나 일정치 못했던 것이 분명했어. 나는 당장 불에 달려가 양피지의 모든 부분을 달아오르는 열에 쬐었네. 우선 나타난 결과란 해골 속의 희미하던 선이 뚜렷하게 나온 것뿐이었어. 그러나 계속 실험을 하고 보니까 그 조각 귀퉁이에, 즉 해골이 그려져 있는 자리 대각선으로 반대쪽에 형체가 나타났는데 나는 그것을 처음에 염소라고 생각했네. 그러나 더 세밀히 살펴보니 염소 새끼를 그리려 했다는 것이 확실하게 와닿더군그래."

나는 웃었다.

"하! 하! 절대로 자네를 비웃는 건 아닐세. 150만이라는 돈은 웃어넘기기엔 너무나 엄청난 액수야. 그렇지만 자네 사슬의 세째 고리는 끼우려 들지 않는군. 자네가 말하는 해적과 염소 사이에선 무슨 특별한 연관을 찾지 못할 걸세. 자네도 알겠지만 해적과 염소는 아무런 관계가 없단 말일세. 염소는 농사에나 관련이 있으니까 말야."

"하지만 그 모양이 염소 그림이 아니라는 것은 방금 말했지."

"좋아, 그럼 염소 새끼라 치자고. 그게 그 소리지."

레그란드가 말했다.

"아주 흡사해, 그러나 아주 같진 않아. 자네 말일세, 키드 선장〔영어로 키드(Kid)란 발음은 염소 새끼를 뜻함〕에 관해 들은 일이 있는지 모르겠네. 나는 즉시 이 동물의 형상을 일종의 동음이의(同音異意)의 익살이 아니면 상형문자의 서명으로 간주했네. 양피지 위에 그려진 자리가 이런 생각을 하게 만들었어. 대각선으로 반대편 구석에 있는 해골도 같은 식으로 보면 스탬프나 인장 같은 인상을 띠고 있지. 그러나 그 밖의 것들이 — 즉 내가 상상한 문서의 본문이 — 다시 말해 전후관계를 따질 수 있는 본문이 없기 때문에 몹시 난처했지"

"자넨 스탬프나 서명 중간에서 무슨 글자를 발견하리라 예상했을 텐데."

"그런 면이 없진 않았지. 사실은 굉장한 행운이 코앞에 걸려 있다는 예감에 사로잡혀 꼼짝을 할 수가 없더군. 이유는 잘 모르겠어. 결국 그것은 실천성 있는 신념이라기보다는 한갓 욕망이었는지도 모르지. 그러나 주피터의 바보 같은 소리, 그 벌레가 순금이라고 떠들어댄 소리 말일세. 그것이 내 환상에다 결정적인 영향을 미쳤다는 사실을 짐작하겠나? 그런 다음 일련의 사건들과 또 그것이 일치한다는 사실들, 이런 것들이 너무나 놀라운 것이었네. 이런 사건들이 일년 열두 달 쇠털같이 많은 날 중에 하필이면 불을 때야 할 쌀쌀한 그날, 그것도 단 하루 동안 발생했으며, 불이 없다든지 개란 놈이 바로 그 순간에 나타나 훼방을 놓지 않았다면 나는 해골이 있다는 걸 결코 몰랐을 것이며, 따라서 이런 보물을 수중에 넣지도 못했을 거라는 것을 자네는 어떻게 단지 우연한 사건이라고 하겠는가?"

"어서 계속하게. 듣고 싶어 미치겠네."

"좋아, 자네도 물론 세상에 떠돌아다니는 수많은 이야기를 들었을 거야. 저 키드와 그 일당이 대서양 연안 어디엔가 돈을 묻어두었다는 오만 가지 뜬소문을 말일세. 이런 풍문들이란 어떤 사실에 근거를 두고 있음이 틀림없는 법이거든. 더구나 이 풍문이 그렇게 오랫동안 계속되어 내려온다는 것은 묻어둔 보물이 아직도 묻혀 있는 상황에서만 비롯될 수 있는 일이라는 생각이 들더군.

만약 키드가 제 약탈물을 일시적으로 감춰두었다가 후에 가져갔다면 그런 풍문이 현재와 같이 변함없는 상태로 우리에게까지 들리진 않을 걸세. 세상에서 떠드는 얘기들이란 온통 돈을 찾으려 하는 사람들에 관한 것이지 돈을 찾았다는 사람 얘기는 아니란 걸 자네도 알 걸세. 설령 그 해적이 제 돈을 회수해갔다면 사건은 거기서 매듭이 지어졌을 거야. 가령 장소를 명시한 메모를 잃어버리는 등의 사고가 있었다면 그걸 되찾을 수 있는 방도는 날아가고 말 거야. 더구나 이런 사고가 그 추종자에게 알려졌을 테지. 그러면 놈들은 이전에는 보물을 감춰놓았다는 사실을 전혀 보지도 듣지도 못했기에 방향도 모른 채 보물을 찾으려고 동분서주했겠지만 결국 허탕을 치고 말았을 걸세. 이런 데서 풍문은 싹이 트고 그 후 지금처럼 누구나 알도록 세상에 확 퍼졌을 것일세. 자넨 대서양 연안에서 무슨 값진 보물이 발굴되었다는 소문을 들은 일 있나?"

"천만에."

"그러나 저 키드의 쌓아둔 재물이 엄청나다는 것은 삼척동자도 다 아는 일이 아닌가? 그런고로 나는 땅덩이가 아직도 그 재물을 보관하고 있다고 확신했지. 그러니 이제는 자네에게, 그렇게 기이하게 발견된 양피지가 은닉 장소의 잃어버린 기록과 일맥상통한다고 거의 자신할 수 있었다고 말한대도 자넨 별로 놀라지 않을 걸세."

"그렇지만 어떻게 해나갔나?"

"불을 더 뜨겁게 해서 다시 양피지를 쬐었지. 그런데도 나타나는 것이 없었네. 나중에야 혹시 때가 묻어서 안 되는 게 아닌가 하는 생각이 들더군. 그래서 따뜻한 물을 부어가며 양피지를 조심해서 씻어냈지. 그런 다음 양철 프라이팬에 해골이 밑으로 오게 깔아놓고 약한 숯불 풍로에다 올려놓았지. 2, 3분 지나서 프라이팬이 완전히 뜨거워진 다음 양피지를 집어냈는데 여러 군데에 숫자 같은 것들이 줄을 지어 점으로 나타나는 것을 발견하게 되니 좋아

죽겠더군. 또다시 프라이팬에 그걸 올려놓고 몇 분 더 뜨겁게 했지. 집어내보니 자네가 지금 보는 바와 같이 전모가 드러났네."

이때 레그란드는 양피지를 다시 뜨겁게 데워 살펴보라며 나에게 건네주었다. 다음과 같은 글자들이 해골과 염소 사이에 붉은 빛깔로 조잡하게 씌어 있었다.

53‡‡†305))6*;4826)4‡.)4‡);806*;48†8¶
60))85;1‡(;:‡*8†83(88)5*†;46(:88*96*?;8)*‡
(;485);5*†2:*‡(;4956*2(5*—4)8¶8*;4069285);)6†
8)4‡‡;1(‡9;48081;8:8‡1;48†85;4)485†
528806*81(‡9;48;(88;4(‡?34;48)4‡;161;:188;‡?;

"그렇지만." 나는 양피지 조각을 돌려주며 말했다.

"나는 아직도 캄캄하게 모르겠네. 이 수수께끼를 풀면 골콘다〔옛 인도의 부유한 도시〕의 보석이 모두 내 차지가 된다 해도 나는 죽어도 그걸 풀어내지 못하겠네."

레그란드가 말했다.

"그렇다 해도 자네가 처음 언뜻 글자를 살펴봐서 상상되는 것처럼 그 해결이 절대 그렇게 어려운 것은 아닐세. 이 글자들은 누구라도 쉽게 추측할 수 있듯이 일종의 암호로 되어 있네. 말하자면 무슨 뜻을 지니고 있는 걸세. 그런데 키드에 관해 이미 세상에 알려진 것으로 판단하면 그 인간이 뭐 대단히 복잡한 암호를 쓸 만한 자질이 있다고는 생각되지 않네. 나는 즉석에서 이것은 단순한 종류의 것이라고 결정짓고 말았네. 그렇지만 나타난 바와 같이 비결이 없다면 막된 뱃놈의 머리로는 절대로 풀리지 않는 것일세."

"그럼 자네가 실제로 그걸 풀었단 말인가?"

"누워서 떡먹기였지. 그보다 만 배나 더 복잡한 것도 푼 적이 있지 않아? 당시 일의 형편이나 마음 돌아가는 게 그런 수수께끼에 흥미를 갖게 했어. 사실 인간의 재간으로 알맞게 응용해서 풀 수 없는 수수께끼를 만들어낼 수 있는가 하는 점이 의문시되네. 사실 연결해서 환히 알아낼 수 있는 글자를 일단 만들어놓은 다음에는 그 의미를 풀어내는 건 그다지 어렵게 생각되지 않네.

사실 비밀 글자란 어느 때고 그렇지만 이번 경우에도 우선 문제가 되는 것은 암호가 어느 나라 말이냐 하는 점이었네. 왜냐하면 암호 해결의 원칙은, 매우 단순한 암호가 쓰였을 경우 특히 독특한 어법의 특성에 좌우되기도 하고 변하기도 하기 때문이야. 일반적으로 해결을 보려고 하는 사람은 실제로 쓰인 언어를 해득할 때까지 자기가 알고 있는 모든 언어를 (가능성에 맞춰) 실험해보는 방법밖에 없는 걸세. 그러나 지금 우리 앞에 놓여 있는 암호에는 서명이 돼 있기 때문에 모든 어려움이 사라진 거지. 키드(Kidd)라는 낱말에 대한 동음이의를 사용한 말재주는 영어 말고 어느 나라 말에서도 있을 수 없네. 이런 점을 고려하지 않았다면 나는 스페인 말과 프랑스 말을 실험해보려고 덤볐을 걸세. 이 같은 종류의 비밀이 쓰인 언어란 스페인 해협의 해적들이 썼을 게 뻔하니까 말야. 어쨌든 나는 그 암호문을 영어로 추정했네.

자네도 보다시피 낱말 사이에 구분이 없네. 만약 구분이 있었더라면 일은 비교적 쉬웠을 걸세. 그런 경우에 우선 짧은 낱말부터 대조 분석했지. 그리고 흔히 있는 일이지만 단 한 개의 글자로 된 낱말이 나타났다면(예를 들면 a나 I) 해결은 확정된 걸로 간주했네. 그렇지만 거기에는 구분이 없기 때문에 내가 한 첫 작업은 제일 많이 쓴 글자와 제일 적게 쓴 글자를 확인하는 일이었지. 다 세어보고 이와 같은 표를 작성했네.

8 → 33

; → 26

4 → 19

‡) → 16

* → 13

5 → 12

(→ 10

6 → 11

†1 → 8

0 → 6

92 → 5

:3 → 4

? → 3

¶ → 2

—. → 1

그런데 영어에서 가장 빈번히 나오는 글자가 e일세. 그 다음으론 순서가 이렇게 되지. a o i d n r s t u y c f g l m w b k p q x z일세. e가 너무나 많이 나오기 때문에 문장의 길이가 어떻든 간에 그 글자가 제일 흔하게 들어 있다는 걸 알 수 있네.

그래서 우리는 여기서, 아주 처음부터 단순한 추측 이상의 뭔가를 해나갈 토대를 잡게 되었네. 이 표를 전반적으로 사용해서 할 수 있는 일은 명백하게 되었지. 그러나 이런 특수한 암호에서는 아주 부분적으로밖에 도움을 얻을 수 없네. 제일 많이 나오는 글자가 8이기 때문에 우선 보통 알파벳의 e로 가정해보지. 그 가정을 증명하기 위해 8이 둘씩 자주 나오나 살펴보기로 하세. 왜냐하면 영어에서 e가 아주 흔하게 겹쳐 나오니까 말야. 그런 낱말을 예로 들어본다면 'meet' 'fleet' 'speed' 'seen' 'been' 'agree' 등등이지. 이번 경우에 암호문이 짧기는 하지만 그것이 다섯 번 이상 겹쳐 나오는 것을 볼 수 있네.

그러면 8을 e로 가정하세. 그런데 영어에선 모든 단어 중에 'the'가 제일 흔하지. 그러므로 세 개의 글자가 반복해서 똑같은 배열 순서 8로 끝나지 않나 살펴보자구. 만약 그런 글자들이 그런 순서로 배열된 것이 반복해서 나오는 게 발견된다면 십중팔구 그것은 'the'를 나타낸 걸세. 조사해보면 ;48이라는 글자가 그런 배열로 일곱 번이나 나오네. 그런고로 우리는 ;는 t를, 4는 h를, 그리고 8은 e를 나타낸다고 가정할 수 있지. 이제 8은 확정되고 말았네. 이렇게 해서 거보(巨步)를 내딛게 된 걸세.

그런데 단 하나의 낱말을 확정하고 나니까 아주 중대한 것을 성취할 수 있게 되었지. 다시 말해서 여러 다른 낱말의 시작과 끝을 확정할 수 있게 된 거지. 예를 들면 암호 끝에서 많이 안 떨어진 ;48의 결합에서 나타나는 끝에서 두 번째를 생각해보세. 우리는 바로 그 다음에 오는 ;가 한 낱말의 시작이라는 것을 알 수 있고 'the' 다음에 오는 여섯 개 글자 중에서 다섯 개는 알게 되는 거지. 이렇게 해서 모르는 것은 공백으로 남겨두고 이런 기호들을 우리가 표시해서 알 수 있는 글자로 적어보세.

t eeth.

여기서 우리는 'th'가 처음 t로 시작되는 낱말의 부분을 구성하는 게 아니기 때문에 당장 내버릴 수 있네. 그 이유는 공백에 적합한 글자로 전체 알파벳을 실험해봄으로써 어떤 낱말도 이 'th'가 부분이 될 수 있게끔 이루어질 수 없다는 것을 알게 되기 때문이야. 이렇게 되면 더 범위를 좁힐 수 있네.

t ee,

필요하다면 먼저처럼 알파벳을 모두 살펴나감으로써 오직 하나 읽을 수 있는 'tree'란 낱말을 얻게 되네. 이렇게 해서 우리는 'the tree'란 두 낱말이 나란히 놓이게 되고 r이 (로서 표시되는 또 하나의 낱말을 얻게 되네.

이 두 낱말과 조금 떨어진 데를 살펴보면 다시 ;48이란 결합을 보게 되네. 그리고 바로 앞에 어떤 낱말이 끝나는 걸 이용해서 해보지. 이런 식으로 배열할 수 있네.

the tree ;4(‡?34 the,

혹은 알고 있는 자리에 보통 글자로 바꾸어놓는다면 이렇게 읽히네.

the tree th‡?3h the.

이제 모르는 기호가 있는 자리를 공백으로 해놓든지 점으로 대치시킨다면 이렇게 돼.

the tree thr...h the,

그러면 당장 'through' 라는 낱말이 확실해지는 거야. 그러나 우리는 이 발견으로 세 개의 새로운 글자를 얻게 되었네. 즉 o, u, g는 ‡, ?, 3으로 표시되었던 걸세.

다시 알고 있는 글자의 결합에 대한 암호를 세밀히 살펴보면 앞머리 가까운 데서 이런 배열을 볼 수 있네.

83(88, 혹은 †egree,

이것은 분명히 'degree' 란 낱말의 결정이며 또 하나 d가 †로 표시되었다는 것을 말해주네.

'degree' 란 낱말에서 네 글자만 건너뛰면 이런 결합이 되는 걸 알 수 있네.

;46(;88.

먼저처럼 알고 있는 기호는 글자로 바꾸고 모르는 것은 점으로 표시하면 이렇게 되네.

th. rtee,

금방 'thirteen' 이란 글자를 암시하는 배열이 되네. 그리고 다시 i와 n이 6과 *로 표시되었다는 사실로 새로운 두 글자를 알려주네.

이제 암호문의 첫머리를 주목하면 이런 결합을 찾게 되네.

53‡‡†

먼저처럼 옮겨보면 이렇지.

. good,

이것은 첫 글자가 a라는 것을 확신시켜줄 뿐만 아니라 처음 두 낱말이 'A good'이라는 것을 분명히 해주네.

이제 우리는 혼란을 피하기 위해서 발견한 단서를 배열해서 표를 꾸며볼 때가 되었네. 그것이 이런 식으로 될 걸세.

5 → a
† → d
8 → e
3 → g
4 → h
6 → i
* → n
‡ → o
(→ r
; → t
? → u

그러니까 우리는 기호로 표시된 가장 중요한 글자를 열한 개는 알게 되었네. 해결의 세세한 부분까지 설명할 필요는 없겠지. 이런 성질의 암호가 쉽게 풀린다는 것을 자네도 믿을 만큼 실컷 지껄여댔네. 또 이론 전개의 원리에 대한 통찰력도 어느 만큼 습득했겠지. 그러나 우리 앞에 놓여 있는 표본은 가장 단순한 암호문에 속한다는 것을 똑똑히 알아두게. 이제 남아 있는 거라곤 양피지에 씌어 있는 기호를 수수께끼나 풀 듯이 전부 번역해주는 일일세. 그러면 이렇게 되네.

A good glass in the bishop's hostel in the devil's seat forty-one degrees and thirteen minutes northeast and by north main branch seventh limb east side shoot from the left eye of the death's-head a bee-line from the tree through the shot fifty feet out(주교의 숙소 안 악마 자리에서 좋은 망원경 41도 13분 북동북쪽 큰 줄기 동쪽 일곱 번째 가지 해골 왼쪽 눈에서 발사 나무에서 발사점 지나 직선 50피트 바깥).

내가 말했다.

"그렇지만 그 수수께끼는 전과 다름없이 여전히 풀기 힘들군. '악마 자리'니 '해골'이니 '주교의 숙소'니 하는 따위의 뚱딴지 같은 말에서 도대체 어떻게 의미를 짜낼 수 있었나?"

레그란드가 답했다.

"사실은 말야, 무심결에 바라볼 때는 그 문제가 여전히 어렵게 보이네. 내가 우선 힘을 기울인 것은 암호문 작성자가 의도했던 대로 문장을 자연스럽게 구분하는 일이었지."

"구둣점을 찍는단 말인가?"

"그런 거라고 볼 수 있지."

"그렇지만 어떻게 이런 결과가 나올 수 있었나?"

"암호 작성자는 더욱 풀기 힘들게 하기 위해서 낱말을 구분하지 않고 한데 이어놓은 것이 요점이라는 생각이 들었지. 그런데 과히 예리하지 못한 인간이 그런 목적을 추구하다가는 일을 지나치게 해버리는 수가 있지. 작문을 해나가는 과정에서 자연히 문맥이 끊어져서 쉼표나 점이 필요한 데가 나오면 보통 이상으로 지나치게 이 자리에 글자를 붙여주곤 하지. 이번 경우에도 필체를 자세히 살펴보면 보통 빽빽한 것 이상으로 빽빽한 다섯 군데를 금방 찾아낼 수 있을 것일세. 이 암시를 참고 삼아 나는 이렇게 나눴네.

A good glass in the bishop's hostel in the devil's seat — forty-one degrees and thirteen minutes — northeast and by north — main branch seventh limb east side — shoot from the left eye of the death's-head — a bee-line from the tree through the shot fifty feet out(주교의 숙소 안 악마 자리에서 좋은 망원경 — 41도 13분 — 북동북쪽 — 큰 줄기 동쪽 일곱 번째 가지— 해골 왼쪽 눈에서 발사 — 나무에서 발사점 지나 직선 50피트 바깥).

내가 말했다.

"이렇게 구분을 해도 나는 여전히 캄캄하군."

레그란드가 대답했다.

"나도 역시 캄캄했네. 며칠 동안이나 말야. 그동안 나는 '비숍스 호스텔'이라는 이름으로 통하는 건물을 찾으려고 설리반 섬 인근을 부지런히 찾아다녔네. 물론 '호스텔'이라는 없어진 낱말은 내버리고 말야. 그 문제에 대해 아무런 정보도 얻지 못해 탐색 범위를 넓히고 한층 체계적인 방법으로 진행하려던 찰나, 어느 날 아침 문득 이 '비숍스 호스텔'이라는 것이 혹 베숍(Bessop)이란 이름의 어느 옛 가문과 관련되어 있는 게 아닌가 하는 생각이 들더군.

이 집은 옛날에 이 섬에서 북쪽으로 4마일쯤 떨어진 곳에 장원 저택을 소유하고 있었던 거야. 따라서 나는 그 농원으로 쫓아가 거기 있는 늙은 흑인들한테 다시 수소문을 했지. 드디어 제일 나이가 많은 노파 하나가 '베숍의 성'이라는 데를 들은 적이 있다고 하면서 날 그리 데려다줄 수는 있지만 그건 성이나 여관이 아니라 높직한 바윗돌에 불과하다고 하더군.

수고비는 단단히 치르겠다고 했더니 싫다고 하다가 마지못해 거기까지 가주겠다고 승낙하더군그래. 우리는 별로 애먹지 않고 찾을 수 있었지. 그 뒤 노파를 돌려보내고 그곳을 조사하기 시작했네. 그 '성'이라는 것은 절벽과 바위가 아무렇게나 모여서 이룩되었는데, 그 바위들 중 하나가 높직할 뿐만 아니라 외관상 혼자 뚝 떨어져 있고 인공적인 면을 지니고 있어 선뜻 눈에 띄었네. 나는 그 꼭대기까지 기어 올라가긴 했지만 그 다음엔 어찌 할 바를 몰랐네.

정신없이 생각에 잠겨 있는데 내가 서 있는 꼭대기에서 1야드쯤 아래로 동쪽을 보고 서 있는 바위에 좁다란 선반같이 되어 있는 곳에 시선이 머물렀네. 이 선반은 18인치쯤 불쑥 튀어나왔고 폭은 1피트 정도인데 바로 그 위에 솟은 절벽에 움푹 들어간 곳이 있어 우리 조상님들이 사용한 뒤로 움푹 들어간 의자와 거의 비슷한 인상을 주더군. 나는 의심할 여지 없이 이곳이 문서에 암시한 '악마 자리'라는 것을 믿었고, 이렇게 되니 이 수수께끼의 모든 비밀을 파악하게 된 것처럼 생각되더군.

'좋은 망원경'이란 망원경을 말하는 게 틀림없다는 것도 알았네. '안경'이란 말은 어느 모로 봐도 뱃사람들에게 좀처럼 쓰이지 않으니까. 이제야 나는 여기에 망원경이 쓰이고 또 그것을 사용하는 데 변차(變差)가 있어서는 안 된다는 명확한 관점을 갖게 되었지. '41도 13분'이라든가 '북동북쪽' 같은 표현은 망원경을 들어 방향을 정하는 말이라는 것을 조금도 주저 없이 믿게 되었네. 나는 이러한 발견에 크게 흥분해 집으로 달려와 망원경을 가지고 다시 바위로 갔네.

나는 선반으로 내려갔는데 까다로운 자세를 하지 않고선 그 자리에 몸을 붙일 수 없다는 것을 알았지. 이 사실로 인해 내가 진작부터 갖고 있던 생각이 틀림없다고 확신하게 되었네. 망원경을 사용해보았네. 물론 '41도 13분'이란 말에는 눈에 보이는 수평선 위로 치켜 올린다는 암시밖에는 다른 게 있을 수 없단 말야. 그 이유는 수평 방향이란 '북동북쪽' 이란 것을 분명하게 가르쳐주고 있기 때문이야.

나는 당장에 회중 나침반으로 수평 방향을 정했네. 그런 다음 어림이지만 할 수 있는 만큼 망원경의 각도를 거의 41도 올려서 초점을 잡아보았지. 그걸 조심스럽게 올렸다 내렸다 하면서 말야. 마침내 저 멀리 다른 나무들보다 우뚝 솟아난 거목이 있는데 그 잎사귀 속에 둥글게 틈이 나 있는 건지 그냥 열려 있는 공간인지를 보게 되었다네. 그리고 그 공간이 나의 관심을 끌더란 말일세. 이 틈 한가운데 하얀 점이 보였네만 처음에는 그게 무언지 분간할 수 없더군. 망원경의 초점을 조정하고 다시 바라보니 그제야 그것이 사람의 해골이라는 것이 드러났네.

이것을 발견했을 때 내 마음은 수수께끼가 풀렸다고 낙관했네. 왜냐하면 '큰 줄기 동쪽 일곱 번째 가지'란 말은 단지 나무 위에 있는 해골의 위치를 의미하는 것일 테고 '해골 왼쪽 눈에서 발사'란 것도 역시 묻어둔 보물을 찾는 데 관해선 오직 한 가지 설명에 불과하기 때문이야. 나는 그 설명을 통해 해골의 왼쪽 눈에서 총알을 떨어뜨린다는 것과 나무 둥치의 가장 가까운 점으로부터 착탄점〔着彈點 : 총알이 떨어진 지점〕을 통해 직선을 그은 다음 거기서 다시 50피트를 연장하면 어떤 명확한 지점이 나올 거라는 것을 알았네. 그리고 적어도 이 지점 밑에 값진 보물이 감춰져 있을 가능성이 있다고 생각했네."

내가 말했다.

"이 모든 게 백일하에 환히 드러나는 것 같군. 교묘하긴 해도 역시 단순하고 명백하군. 그래 '비숍스 호스텔'에서 나온 다음엔 어떡했나?"

"그야 나무의 위치를 주의해서 알아두고 집으로 돌아왔지. 그러나 내가 '악마 자리'에서 떠나려는 찰나 둥근 틈바귀는 사라져 버렸어. 그 다음엔 아무리 돌아봐도 그런 건 그림자도 찾아볼 수 없었네. 이 사건을 통틀어 가장 교묘한 일로 보이는 것은, 문제의 둥근 공간을 바위 전면에 있는 좁다란 선반이 아니면 어떤 관측점에서도 볼 수 없다는 사실일세. (이 사실은 내가 여러 번 실험한 끝에 믿게 되었지.)

이 '비숍스 호스텔'에 답사를 나갈 때는 주피터를 데리고 나갔지. 의심할 여지 없이 그는 몇 주일이 지나자 내 이상한 태도를 눈여겨보며 나를 혼자 놔두지 않으려고 특별히 주의를 기울였다네. 어느 날 아침 일찍 일어나 겨우 그를 빠져나와 나무를 찾으려고 산으로 들어갔네. 고생고생해서 그 나무를 찾았지. 밤에 집에 돌아오니 하인놈이 나를 매질하려고 들더라고. 그 나머지 사건이란 자네도 나만큼 익히 알고 있을 것으로 믿네."

내가 말했다.

"내 생각엔 처음 땅을 파보았을 때 잘못된 지점이었던 건 바보같이 주피터가 해골 왼쪽 눈을 통해 벌레를 떨어뜨린 게 아니라 오른쪽 눈을 통해 떨어뜨렸기 때문이야."

"과연 그래. 이런 실수는 '착탄점'에서, 다시 말해 나무에서 가장 가까운 말뚝 지점에서 약 2인치 반이나 차이를 냈던 거야. 보물이 '착탄점' 밑에 있었더라면 실수는 그다지 대단한 게 못됐을 것일세. 그러나 '착탄점'과 나무에서 제일 가까운 점은 단지 선의 방향을 정하는 두 점에 불과해. 물론 오차란 처음에 아무리 사소하더라도 선을 그어감에 따라 늘어나고 50피트나 나갔을 때는 아주 곤란하게 되어버리지. 보물이 여기 어디쯤 틀림없이 파묻혀 있을 거라는, 내 마음속 깊이 자리한 느낌이 없었다면 우리의 노력은 모두 물거품이 되어버렸을지도 모르지."

"그렇지만 자네의 그 호언장담하는 꼴하며 풍뎅이를 흔들어대는 태도가 정말 기괴망측하더군! 난 정말 자네가 미쳤다고 생각했네. 그렇다면 무슨 이유로 해골에서 총알 대신 벌레를 내려뜨리라고 고집을 피웠나?"

"그거, 솔직히 말해서 자네가 터놓고 멀쩡한 나를 의심하는게 조금은 심통이 났네. 그래서 은근히 자네를 도에 넘치지 않게 당혹하게 만들어 내 식으로 앙갚음을 하려고 결심했던 걸세. 이런 까닭에 풍뎅이를 흔들어댔고, 또 이런 이유로 나무에서 그것을 떨어뜨렸네. 자네가 그놈이 꽤 무겁다고 하는 말에서 암시를 받아 떨어뜨린 거지."

"그래, 알겠네. 이제 한 가지만 더 풀리면 되겠군. 도대체 우리가 구덩이에서 발견한 해골바가지들은 어떻게 된 건가?"

"그 문제는 나도 대답이 안 나오네. 그렇지만 그 해골들을 설명하는 데 단 한 가지 그럴싸한 방법이 있는 것도 같군. 그러나 내가 암시하는 흉악한 사건이 있었다는 걸 믿기만 해도 소름이 끼치네. 키드가 진정 이 보물을 감췄다면, 그 점을 의심치 않네만, 그자가 일을 하는 데 사람을 부렸음이 틀림없겠지. 그러나 일단 일이 끝나고 난 다음에는 자신의 비밀작업에 참가한 모든 사람들을 처치 해버리는 게 편리하다고 생각했을지도 모르지. 아마 일을 돕는 자들이 구덩이 속에서 바쁘게 돌아갈 때 곡괭이로 두어 번씩 내리치면 넉넉했을 텐데. 어쩌면 열두 번은 쳤겠지. 그야 누가 알겠나?"

도둑맞은 편지

지혜로운 사람에게 지나치게 영리한 것만큼 밉살맞은 것도 없다.

—세네카

18××년 가을, 어느 바람 부는 저녁, 막 어두워진 후에 나는 파리의 생 제르망 교외 뒤노 가(街) 33번지 3층에 있는 나의 친구 C. 오귀스트 뒤팽의 비좁은 서재인지 책이 쌓인 다락방인지에서 그와 더불어 명상도 하고 해포석(海泡石) 파이프로 담배도 피우는 이중의 사치를 누리고 있었다. 우리는 적어도 한 시간 동안은 깊은 침묵에 잠겨 있었다. 언뜻 보기에 우리 각자는 방 안 공기를 짓누르는 연기의 소용돌이 속에 홀딱 빠져 있는 것처럼 보였는지도 모른다. 그러나 나에게 있어선 그날 저녁 초반에 우리가 주고받던 문제되는 화제에 대해 머릿속으로 따지고 있었다. 그것은 모르그 가의 사건과 마리 로제의 살해에 관한 불가사의한 일이었다. 그래서 나는 그 사건을 방문이 열리고 파리 경찰국장인 우리의 죽마고우 G씨가 들어섰을 때 벌어진 어떤 우연의 일치로 보았다.

우리는 그를 깊이 반겼다. 그 사람은 경멸받을 만한 점도 있지만 유쾌한 면도 지니고 있었다. 더구나 우리는 여러 해 동안 그를 만나보지 못했던 것이다. 우리는 캄캄한 데 앉아 있었으므로 뒤팽이 램프에 불을 켜려고 일어섰다. 그러나 G씨가 자신이 굉장한 사고를 저지른 사무적인 문제에 관해 우리와 의논하고자, 아니, 내 친구의 의견을 듣고자 왔노라고 하니까 그는 불을 켜지 않고 그대로 앉았다.

"그 일이 생각을 필요로 하는 것이라면" 하고 뒤팽이 불을 켜기를 그만두고 의견을 말했다.

"그냥 어두운 데서 따져보는 편이 더욱 효과적일 걸세."

"그것도 한 가지 묘한 의견일세." 경찰국장이 말했다.

그는 자기가 이해하지 못하는 것은 무엇이고 "묘하다"고 지껄이는 버릇이 있어서 완전히 '묘한 것들' 덩어리 속에 살고 있었다.

"진정이야."

뒤팽은 손님에게 담배를 권하고 편한 의자를 밀어주며 말했다.

내가 물었다.

"그런데 그 어려운 문제가 뭔가? 살인 사건 같은 것은 아닐 테지?"

"아, 아니지. 그런 유는 아냐. 사실은 문제가 정말 간단하지. 그러니 우리끼리 해도 넉넉히 해결할 수 있다고 믿지. 그러나 문제가 하도 묘해서 뒤팽도 그 내용을 자세히 듣고 싶을 거라고 생각했지."

"간단하고 묘하다고." 뒤팽이 말했다.

"아, 그렇고말고. 그런데 꼭 그렇지도 않으니. 사실은 사건이라는 것이 너무나 단순하면서도 우리를 헛물 켜게 하기 때문에 모두 어리둥절할 수밖에 없단 말이야."

내 친구가 말했다.

"아마도 사건이 너무 간단하기 때문에 자네들이 실수를 하는 모양이군."

"무슨 뚱딴지 같은 말씀을!"

경찰국장은 크게 웃으면서 대꾸했다.

"아마 그 불가사의한 것이 너무 쉬워서일 것 같군."

뒤팽이 말했다.

"아, 그럴 수야! 그런 소리를 누가 곧이듣겠나?"

"틀림없이 어느 정도는 자명해."

"하! 하! 하! — 하! 하! 하! — 하! 하! 하!"

경찰국장은 정말 재미있다는 듯이 크게 웃어댔다.

"아니, 뒤팽, 자네는 나를 웃겨 죽일 작정인가!"

"그런데 도대체 그 문제가 무엇인가?" 내가 물었다.

"물론, 얘기하겠네."

경찰국장은 생각에 잠겨 끊지 않고 길게 연기를 내뿜더니 의자에 몸을 기대며 대답했다.

"몇 마디로 얘기하겠네. 그러나 말하기 전에 자네들이 조심해 줄 게 있네. 이것은 극비를 요하는 사건이고, 만약 내가 이 사건을 누구에게 누설한 것이 알려지면 십중팔구 내 목은 떨어져 나갈 것이 확실하니까 말야."

"해보게." 내가 말했다.

"그렇지 않으면 그만두든지." 뒤팽이 말했다.

"그럼 얘기하겠네. 내가 어떤 높은 양반에게서 개인적인 정보를 입수했는데 극히 중요한 어떤 문서를 궁정에서 도둑맞았다는 걸세. 그걸 훔쳐간 사람이 누구인지 알고 있지. 이건 의심할 여지가 없네. 훔쳐가는 걸 들켰으니까. 또한 아직도 그걸 갖고 있다는 것이 알려져 있고."

"그걸 어떻게 알았지?" 뒤팽이 물었다.

"그건 명확하게 결론을 내릴 수 있네."

경찰국장이 대답했다.

"그 문서의 성질로 보나 도둑놈의 수중에서 그 문제가 빠져나왔다면 당장 나타났을 결과가 발생하지 않은 것으로 보나. 고쳐 말하면 결국 그것을 계획했던 대로 이용하는 것으로 봐서 말일세."

"좀 더 명확히 해줬으면 하네." 내가 말했다.

"좋아, 그 문서가 어떤 방면에서는 그걸 지니고 있는 사람에게 상당한 세력을 준다는 사실까지만 얘기해두기로 하지. 거기서는 그 세력이 굉장히 귀중한 것이거든."

경찰국장은 외교적인 용어를 쓰는 것을 좋아했다.

"무슨 말인지 난 전혀 모르겠네."

뒤팽이 말했다.

"모른다고? 글쎄, 이 문서를 이름을 밝힐 수 없는 제삼자에게 공개하면 그 말할 수 없이 고귀한 양반의 명예가 문제되는군. 그리고 이 사실로 인해서 문서를 가진 사람은 그 뛰어난 분에게 세도를 쓰게 되고 따라서 그 양반의 명예와 평화가 위태롭게 된단 이야기지."

내가 끼어들었다.

"그러나 이 세도라는 것은 훔친 사람이 자기가 도둑질한 것을 잃어버린 사람이 알고 있다는 사실로 인해 생길 거야. 누가 감히……"

G가 말했다.

"그 도둑은 D장관이지. 그분은 남자로서 할 짓 못할 짓을 배짱 좋게 죄다 하는 사람이지. 그 훔친 수법은 교묘하다기보다 대담해. 문제의 문서는, 실은 편지인데 도둑맞은 분이 궁궐 내실에 혼자 있을 때 받은 것이야. 그 편지를 읽어나가는데 특히 그 편지를 들켜서는 안 될 또 다른 고귀한 분이 들어와서 갑자기 중단하게 되었던 거야. 급히 서랍에 넣으려고 애를 쓰다 실패하니까 그만 그것을 편 채로 테이블에 놓을 수밖에 없었지. 그러나 받은 이의 주소가 맨 위에 있고 내용은 펼쳐져 있지 않았기 때문에 편지는 눈에 띄지 않았네.

이때 막 D장관이 들어온 거야. 그의 살쾡이 같은 눈은 당장 그 편지를 알아보았네. 그는 다시 수신인의 주소를 쓴 필체를 알아본 후 수신인이 당황하는 것을 눈여겨보고 나서 그 비밀을 알아차린 거라네. 그는 늘 하던 식으로 바삐 몇 가지 공무를 끝내고는 문제의 편지와 비슷한 편지를 꺼내 펴들고 읽는 척하다가 먼젓번 편지가 있는 곳 바로 옆에다 놓은 거지. 그리고 다시 15분 정도 공무에 대한 이야기를 주고받았지. 이윽고 떠날 때가 되자 그는 테이블에서 자신과 상관없는 편지를 집었네. 편지 임자는 보고 있었지만 바로 옆에 제삼자가 서 있었기 때문에 차마 아무 소리도 할 수 없었던 거지. 장관은 아무 소용도 없는 제 편지를 테이블에 놓아둔 채 도망쳐버린 거라네."

뒤팽이 나를 보고 말했다.

"이제 그러면 자네가 묻던, 세력을 마구 부린다는 말이 무슨 뜻인지 알아차렸겠지. 즉 도둑질을 한 사람이 자기가 도둑질한 것을 잃어버린 사람이 알고 있다는 사실을 말일세."

"그렇지." 경찰국장이 대답했다.

"그런데 이렇게 얻은 세력을 지난 몇 개월 동안 정치적 목적을 위해 아주 위험할 지경으로 마구 휘둘러댔지. 편지를 도둑맞은 분은 날이 갈수록 더욱더 그것을 도로 찾아야 할 필요성을 절실하게 믿게 되었네. 그러나 물론 터놓고 할 수는 없는 노릇이었지. 결국 그분은 절망 끝에 이 문제를 나에게 의뢰하게 됐네."

뒤팽이 담배연기가 마구 휘돌고 있는 가운데서 말했다.

"자네보다 더 기민한 수사관은 바랄 수도 없고 상상도 할 수 없다는 말이었는데."

경찰국장이 대꾸했다.

"자네 날 비행기 태우는군. 하지만 그러나 뭐 그런 소리를 들을 만한지도 모르지."

내가 말을 이었다.

"자네가 말한 대로 그 편지는 아직도 장관의 수중에 있는 것이 명백하네. 편지를 어떻게 사용하는 것이 아니라 이대로 그냥 가지고 있는 것이 세력을 주니까 말일세. 그걸 사용하면 세력은 떠나고 마네."

G국장이 말했다.

"사실 그래. 그래서 확신을 갖고 일을 처리해나갔지. 내 첫 번째 관심사는 장관의 저택을 샅샅이 뒤지는 거였네. 그런데 장관 몰래 수색한다는 데 최대의 난점이 있었던 걸세. 무엇보다도 그가 우리의 계획을 의심하게 됨으로써 내가 맞게 될 위험에 대해 경계하게 되었지."

내가 말했다.

"그렇지만 자네는 이 방면의 수사에선 귀신 아닌가. 파리 경찰은 전에도 자주 이런 일을 했으니까."

"아, 그럼. 그런 이유에서 실망은 안 했네. 장관의 버릇은 역시 커다란 편의를 제공해주었거든. 그 양반은 툭하면 밤새 집에 들어오지 않았지. 그 집 하인도 많은 건 아니었고. 그들은 주인 방에서 멀리 떨어진 데서 자고, 대개가 나폴리 사람들이기에 금방 취해 떨어지지. 자네들도 알다시피 나는 파리에 있는 어떤 방이나 장롱도 열 수 있는 열쇠를 가지고 있지. 석 달 동안 어느 하루도 D장관 저택을 발벗고 수색하는 데 대부분의 시간을 보내지 않은 밤이 없었으니까. 비밀을 털어놓자면 명예도 명예려니와 사례금이 어마어마하네. 그래서 수색을 중단 않고 계속했는데 결국 그 도둑이 나보다 한층 기민하다는 것을 완전히 인정하게 되었네. 나는 그 집에서 편지를 감춰놓을 만한 곳을 구석구석 안 뒤진 데가 없다고 생각하는데."

내가 거들었다.

"그렇지만 말일세, 의심할 여지 없이 장관이 편지를 가지고 있다는 것은 사실이지만 그걸 자기 집이 아닌 딴 곳에 감춰뒀을 가능성도 있지 않겠나?"

뒤팽이 말했다.

"그건 거의 불가능해. 현재 궁정에서의 특별한 사정이나 특히 D장관이 관련돼 있는 것으로 알려져 있는 음모 사건으로 볼 때 그 편지를 당장 이용할 거야. 다시 말해 그 편지를 즉시 내놓아야 한다는 생각이 그것을 그냥 붙들고 있는 것만큼이나 중요하거든."

내가 말했다.

"그걸 내놔야 한다는 생각이라고?"

뒤팽이 말했다.

"말하자면 그걸 없애버린다는 것도 되지."

내가 말했다.

"사실 그래. 그렇다면 그 편지는 분명히 집에 있는 거야. 장관이 그 편지를 몸에 지니고 다닌다는 점으로 봐도 의문의 여지가 없는 걸로 생각할 수 있겠는데."

경찰국장이 말했다.

"그렇고말고. 노상강도처럼 길에 두 번이나 잠복했다가 내 진두 지휘 하에 몸수색을 샅샅이 해봤네."

뒤팽이 말했다.

"자네 그런 고역은 치르지 않아도 괜찮았을걸. D장관이란 사람 절대로 바보가 아닐 테고, 바보가 아닌 이상 길에서 잠복하는 일쯤 말할 나위도 없이 예측하고 있었을 걸세."

G국장이 말했다.

"바보 나리 천만의 말씀. 그러나 그 사람 시인이라, 바보하고 오십 보 백 보 차이야."

"그건 그래."

뒤팽은 깊이 생각하며 해포석 파이프를 한 모금 쭉 빨고 나서 말했다.

"나도 그전에 엉터리 시를 긁적거려본 일이 있긴 하지만."

내가 말했다.

"어디 자네의 수색 결과 특수한 점들을 상세히 말해보게."

"사실 시간을 잡아먹어가며 안 찾은 데 없이 모조리 찾아봤지. 이런 일엔 오랜 경험을 쌓고 있는 나일세. 나는 그 집을 방마다 모조리 뒤지는 데 방 하나마다 일주일 밤을 꼬박 바쳤지. 우선 각 방마다 있는 가구를 조사했지. 눈에 띄는 서랍은 안 열어본 게 없지. 자네들도 알겠지만 숙달된 수사관들에겐 '비밀' 서랍 따위는 있을 수 없네. 이런 수색을 '비밀' 서랍 덕분에 모면할 수 있다고 생각하는 위인이 있다면 그야말로 바보지. 그 일은 아주 간단하지. 모든 장롱에는 일정한 양의 용적이 있네. 즉 어느 정도라고 간주될 수 있는 공간이 있는 것이지. 그런데 우리에겐 정확한 자가 있네. 1라인〔12분의 1인치〕의 50분의 1도 벗어날 수 없는 걸세. 장롱 서랍 뒤에 있는 의자를 조사했지. 방석은 자네들도 내가 쓰는 것을 본 일이 있는 긴 바늘로 일일이 조사해봤지. 테이블에서는 그 위 덮개를 들춰봤네."

"왜 그랬나?"

"때때로 테이블 위 덮개나 다른 가구들의 이런 부분에다 물건을 숨기려는 사람이 나오니까 말야. 다리에다 구멍을 뚫고 그 속에 물건을 넣은 후 다시 덮어씌우는 거지. 침대 다리는 밑부분이고 위쪽이고 간에 똑같이 이런 식으로 이용되지."

내가 물었다.

"그렇지만 두드려 소리내보면 그 속을 알 수 있을 텐데?"

"그건 절대 안 돼. 물건을 넣어둔 다음에 그 주위를 솜뭉치로 채워놓으면 되니까. 더구나 우리의 경우 소리내지 않고 일을 해나가야 하기 때문에 말일세."

"그러나 자네가 지금 말한 대로 물건을 숨겨둘 수 있는 모든 가구를 조각조각 움직인다든지 떼어낼 순 없었겠지. 편지는 얇게 바짝 죄어 도르르 말면 그 모양이나 부피가 뜨개질바늘과 대동소이할 테니까, 설령 의자 가로막대 속에다 끼워 넣을 수도 있겠지. 의자를 다 조각조각 떼어보진 않았지?"

"그건 불가능해. 그러나 그보다 더 잘했지. 집에 있는 의자 하나하나마다 가로막대를 조사해보았고, 게다가 온갖 종류의 가구 이어진 곳을 도수 높은 현미경의 힘을 빌려 조사했지. 요 근래 손이 간 흔적이 있는 곳은 어디를 막론하고 즉각적으로 빼놓지 않고 조사를 했지. 이를테면 송곳 구멍에서 나온 티끌 하나라도 사과만하게 똑똑히 보였으니까. 아교로 붙인 데 이상이 있다든가 잇댄 곳이 이상하게 틈이 벌어진 곳이 있으면 백발백중 발각되게 마련이지."

"거울도 보았겠지. 판때기하고 유리 사이 말일세. 그리고 침대와 침구, 커튼과 양탄자도 보았겠지."

"그야 물론이지. 그리고 이런 식으로 가구를 낱낱이 이 잡듯이 조사하고 나서는 집 자체를 조사했지. 우리는 집 전체 표면을 여러 칸으로 나눠서 빠뜨리지 않으려고 번호를 붙였지. 그런 다음 그 집과 옆에 인접해 있는 두 집을 앞에 말한 현미경을 사용해서 모조리 한 치씩 조사해나갔지."

내가 큰 소리로 물었다.

"인접한 두 집도? 큰 고역을 치렀겠는데."

"고생했지. 그러나 받을 사례금이 어마어마하니까."

"집 주위의 뜰도 했나?"

"뜰에는 죄다 벽돌이 깔렸지. 비교적 애는 먹지 않았네. 벽돌 틈 사이의 이끼를 조사했는데 손을 댄 흔적을 못 봤어."

"물론 D장관의 서류 갈피나 서재에 있는 책도 조사했겠지?"

"그렇고말고. 꾸러미라는 꾸러미는 다 풀어봤지. 책이란 책은 다 펼쳐봤을 뿐만 아니라, 우리 경찰관들이 하는 식으로 그저 흔들어보는 게 아니라 책장 하나하나를 일일이 넘겨봤단 말일세. 책 표지도 하나하나 그 두께를 아주 정확한 자로 재어보고 현미경으로 꼼꼼하게 조사했지. 최근에 제본하느라 손을 댄 흔적이 있다면 영락없이 그 사실이 발각되어 조사되었네. 제본소에서 막 넘어온 대여섯 권의 책도 길이로 세밀하게 조사를 했지."

"양탄자 밑 마룻바닥도 뒤져봤겠지?"

"여부가 있나. 양탄자를 싹 벗겨내고 현미경으로 마룻바닥을 조사했지."

"벽의 도배지는?"

"그럼."

"지하실도 조사했나?"

"했지."

내가 말했다.

"그렇다면 자네는 오산을 하고 있는 거야. 자네가 생각하는 것처럼 편지가 집에 있는 게 아니야."

경찰국장이 말했다.

"자네 말이 옳을 것도 같군. 이런 형편에 뒤팽, 뭐 좋은 생각이 없는가?"

"집을 한번 더 샅샅이 뒤지는 일이야."

G국장이 대꾸했다.

"그건 결코 필요없는 일이야. 편지가 그 집에 없다는 건 내가 숨을 쉬며 살아 있다는 사실보다 더 확실해."

뒤팽이 말했다.

"나로선 그것 말곤 거들 말이 없네. 물론 자넨 그 편지 모양을 정확히 알고 있겠지?"

"암, 그렇고말고!"

경찰국장은 수첩을 꺼내더니 잃어버린 편지의 내용과 특히 그 겉모양을 큰 소리로 자세하게 읽어나갔다. 내용을 읽기가 무섭게 그는 일찍이 본 일이 없는 심한 실망에 빠져 작별을 고했다.

그 후 한 달쯤 되어 그가 다시 찾아왔다. 그때 우리는 전과 똑같이 하고 있었다. 그는 파이프를 꺼내 물고 의자에 앉아 일상 이야기를 하고 있었다. 마침내 내가 입을 열었다.

"그런데 G국장, 그 도둑맞은 편지는 어떻게 됐나? 장관을 앞지를 수법이 없다고 결국 마음을 굳힌 게 아닌지 모르겠는걸?"

"정말 치사한 양반이야. 뒤팽이 얘기한 대로 다시 조사를 해보았지만 예상했던 대로 헛수고만 했어."

뒤팽이 물었다.

"사례금이 얼마라고 했던가, 자네?"

"그야, 굉장한 액수지. 아주 푸짐한 보수지. 얼마라고 정확히 밝히고 싶진 않지만, 누구든 그 편지를 내게 가지고 오는 사람에겐 내 개인 수표로 5만 프랑은 서슴지 않고 내주겠다는 이 한마디는 해두겠네. 사실은 그 편지가 날이 갈수록 더욱 중요하게 되었네. 그래서 요즘 들어선 사례금이 두 배가 되었지. 그렇지만 세 배가 된다 하더라도 나로선 할 일을 다하고 만 셈일세."

"어이구, 그렇군."

뒤팽은 해포석 파이프를 느긋하게 빨아대면서 말했다.

"나는 정말 G국장, 당신이 이 사건에서 전력을 다했다고 생각지 않는데. 내 생각엔 글쎄 좀 더 해볼 수 있을 것 같은데?"

"어떻게? 무슨 방법으로?"

"글쎄 — 뻑 뻑 — 당신은 말야 — 뻑 뻑 — 이 문제에선 다른 사람과 상의를 해보는 게 좋지 않았을까. 음? 뻑 뻑 뻑. 자네 애버니디 이야기를 기억하나?"

"아니, 빌어먹을 애버니디인지!"

"정말 그래! 빌어먹을 놈이지만 그래도 괜찮아. 옛날에 어떤 구두쇠 부자가 이 애버니디한테 의학지식을 얻을 걸 계획하고 있었다네. 이런 목적을 품고 어떤 사사로운 모임에서 일상 이야기를 나누다가 어떤 가상의 인물의 병처럼 자기의 병을 넌지시 비쳐봤던 거지.

구두쇠가 말하길 '그 환자의 증상이 이러이러하다고 생각됩니다. 그런데 의사 선생님께선 어떤 약을 쓰라고 말씀해주시겠습니까?' 하니 애버니디 말하길 '암 먹어야지! 꼭 의사 처방을 따르시오' 하더라는군."

경찰국장은 약간 당황해서 말했다.

"그렇지만 나야말로 기꺼이 남의 가르침을 들으려 하고 있고 보수도 지불할 작정이지. 이 사건에서 나를 도와주는 사람은 누구를 막론하고 정말 5만 프랑을 주겠다니까."

"그렇다면."

뒤팽이 서랍을 열고 수표책을 꺼내면서 대답했다.

"말한 금액을 수표에다 적어 넣게. 서명하고 나면 그 편지를 자네에게 주겠네."

나는 깜짝 놀랐다. 경찰국장도 날벼락을 맞은 것 같은 얼굴을 했다. 한참 동안 그는 말도 못하고 꼼짝도 못하면서, 입을 벌린 채 튀어나올 것 같은 눈을 해가지고 내 친구를 믿지 못하겠다는 듯이 바라보았다. 그런 후 어느 정도 정신을 가다듬고 펜을 잡더니 몇 번씩 중단해가며 멀거니 바라보고선 마침내 5만 프랑이란 액수를 적어 넣고 수표에 서명을 했다. 그러고는 테이블을 가로질러 뒤팽에게 건네주었다.

뒤팽은 그것을 세밀히 검토하고 나서 호주머니에 집어 넣었다. 그런 뒤 책상 서랍을 따고 거기서 편지를 집어 경찰국장에게 주었다. 국장은 기뻐 어쩔 줄 모르면서 편지를 받아 떨리는 손으로 펼치더니 재빨리 그 내용을 훑어보았다. 그러고 나자 곤두박질치듯 문으로 달려갔다. 그는 뒤팽이 수표에 숫자를 채우라고 요구한 뒤부터 말 한마디 않고, 더구나 인사도 없이 마침내 방에서 집 밖으로 뛰어나갔던 것이다.

그가 사라지고 나자 친구는 설명하기 시작했다.

"파리 경찰은 말야, 그 방면에 굉장히 유능하지. 그 사람들은 참을성이 있고 재주가 있을 뿐만 아니라 간교하며 자기네 직무를 주로 수행하는 데 필요한 지식에 완전히 숙달되어 있지. 그래서 G국장이 우리에게 D장관 저택을 수색하던 방법을 자세히 털어놓았을 때 나는 그가 만족할 만한 수색을 했다고 전적으로 믿었지. 그의 노력이 미치는 한 말일세."

내가 물었다. "그의 노력이 미치는 한이라고?"

"그럼. 채택한 방법이 그들로선 최상일 뿐만 아니라 아주 완전무결하게 수행해냈거든. 만약 그 편지가 그들이 수색하는 범위에만 있었다면 의심할 여지 없이 이 친구들은 그걸 찾아냈을걸."

나는 그저 웃었다. 그러나 그는 아주 진지하게 말하는 것 같았다.

"그런데 그 방법이" 하고 그가 계속했다.

"자기네 나름대로 좋았고 잘 시행되었지. 하지만 사건과 인물에 그 방법이 적합하게 적용되지 못했다는 점에 그들의 결점이 있었네. 그 고도로 재주 있는 수단이라는 것은 경찰국장에게 있어선 프로크루스테스의 침대〔고대 그리스 신화에 나오는 강도 프로크루스테스는 자신이 잡아온 사람을 쇠침대에 눕혀 키가 큰 사람은 다리를 자르고 작은 사람은 늘려서 맞추었다고 함〕와 같아서 억지로 자기 계획을 거기 맞췄던 거지. 그러나 당면한 사건을 너무 깊이 생각하든가 아니면 너무 피상적으로 취급을 해 돌이킬 수 없는 실수를 저지른 거야.

많은 어린 학생 아이들은 그 사람보다 머리가 잘 돌아가. 여덟 살 먹은 아이가 '홀짝놀이'에서 잘 알아맞힌다고 해서 굉장히 칭찬을 받은 적이 있네. 이건 공기돌을 가지고 하는 간단한 놀이야. 한 사람이 손에 여러 개의 공기돌을 쥐고 상대방에게 그 수가 짝인지 홀인지를 묻는 거지. 맞히면 하나 따는 거고 틀리면 하나 잃는 거야. 내가 말하는 아이 녀석은 저희 학교 공기돌을 다 딴 거야. 물론 녀석에겐 알아맞히기 위한 원칙이 있었는데 그건 단지 상대방의 잽싼 태도를 관찰해서 측량하는 것뿐이었어. 예를 들면 상대방이 형편없는 바보 천치여서 쥔 주먹을 내밀면서 '홀이야, 짝이야?' 하고 물었지. 내가 말한 아이가 '홀' 하고 대답해서 잃었어. 그러나 두 번째 가서는 이기는 거야. 왜냐하면 그때 그 녀석이 혼자 생각하길 '이 천치가 처음에 짝을 가졌으니까 두 번째에는 꾀를 있는 대로 부린다는 것이 기껏 홀을 가질 테니 내 홀이라고 부르리라' 라고 홀을 맞춰서 이기는 것일세.

그런데 그 천치보다 한 단계 나은 놈한테는 이런 식으로 사리를 따지겠지. '이 녀석은 처음에 내가 홀이라고 해서 맞췄기 때문에 두 번째 가서는 처음에 천치가 하던 식으로 금방 짝에서 홀로 단순히 고치려는 충동에 사로잡히게 될 것이다. 그렇지만 그 다음 재차 생각하기를 이런 식은 너무 단순한 변화라고 여겨 최종적으로는 전번과 같이 짝을 쥘 결정을 내릴 것이다. 그러니까 내 짝이라고 불러 맞춰야지' 하고는 '짝'이라고 불러 이기는 것이네. 저희 친구들이 '행운'이라고 말하는 이 학생 녀석이 추리하는 이런 방식을 끝까지 분석해보면 어떻게 되겠나?"

"그건 단지 추리하는 사람의 지능을 상대방의 지능과 동일시하는 것에 불과해."

뒤팽이 말했다.

"그렇다네. 그래서 이 아이가 성공을 거두게 된 완전무결한 판정법을 무슨 방법으로 실행했는가를 물어보았더니 다음과 같은 대답을 해주더군. '나는 어떤 사람이 얼마나 현명한가, 얼마나 멍청한가, 얼마나 선량한가, 얼마나 사악한가, 혹은 그 순간에 무슨 생각을 하고 있는가를 찾아내고 싶을 때는 내 얼굴 표정을 가능한 한 정확하게 상대방의 표정에 일치하게 꾸미고 난 다음에, 마치 그 표정에 부합되도록 하는 것처럼 내 마음이나 감정에 어떤 생각이나 느낌이 일어나는가를 기다렸다 압니다.' 이 학생 녀석의 대답은 라 로슈프코나 라 부기브나 마키아벨리나 캄파넬라가 지녔다고 하는 사이비적 심오성 맨 밑바닥에 깔려 있는 것일세."

"그런데 그 일치시킨다는 것은 말야. 즉 추측하는 사람의 지력을 상대방의 지력에 맞춘다는 것은, 내가 자네 이야기를 올바로 이해한다 하더라도, 상대방의 지력을 잴 수 있는 정확성에 달려 있는 거야."

뒤팽이 대답했다.

"그 실제적인 가치는 거기 달려 있네. 그런데 경찰국장과 그 동료들에게는 첫째 이 일치라는 게 없었지. 둘째 그들이 다루는 상대방의 지력을 잘못 측량했다든지 맨 처음부터 측량하지 않은 데서 번번이 실수를 저지르게 된 걸세. 그들은 단지 자기네 생각이 기발하다는 것만 생각했지. 그리고 숨긴 물건을 찾을 때도 자기네가 숨겨놓을 것 같은 방법에만 신경을 썼던 거야. 이런 점에선 그 사람들이 옳았지. 사실 그들이 지닌 재주는 일반 대중의 재주를 훌륭히 대표한다고 볼 수 있으니까. 그렇지만 어떤 악당의 교활한 꾀가 그들의 꾀와 성격상 다를 경우에는 말할 것도 없이 악당이 그들을 골탕먹일 수 있는 거지. 이런 일은 언제고 상대방의 교활함이 그들보다 나을 때 일어나기도 하며 그만 못할 때도 흔하게 일어나네. 그들은 수사를 할 때 방침을 바꾸지 않네. 기껏해야 돌발 사태가 일어났다든지 굉장한 사례금이 뒤따르게 된다면 자기네 방침을 바꾸는 게 아니라 옛날 하던 방식을 그대로 확장하거나 과장하는 정도니 말일세. 비근한 예로 D장관의 경우에 있어서 행동 지침에 무슨 변화가 온 게 있었던가? 구멍을 뚫어본다든지, 바늘로 찔러본다든지, 소리를 내본다든지, 현미경으로 자세히 관찰한다든지, 또는 집 표면 전체를 명백하게 평방인치로 나눠놓는다든지, 이러한 모든 짓은 인간이 갖고 있는 교활성에 대한 생각을 기반으로, 경찰국장이 오랜 세월 직무생활에서 몸에 밴 수색 원칙의 한 가지 혹은 몇 가지를 과장해서 적용한 것에 불과한 게 아니겠는가.

자네는 모든 사람이 편지를 숨길 때 꼭 걸상 다리에 송곳 구멍을 뚫은 데 숨기지는 않지만 적어도 걸상 다리에 송곳 구멍을 뚫어 편지를 감추겠다는 것과 똑같은 사고방식을 가지고 어딘가 눈에 띄지 않는 구멍이나 구석에 숨길 거라는 것을 그가 기정 사실로 인정했음을 알지 못하는가? 그리고 역시 이렇게 고르고 골라 구석에 숨기는 일이 단지 보통 경우에 시도되고 보통 지력으로 이루어진다는 것을 모르는가? 왜냐하면 물건을 감추는 모든 경우에 있어서 감춰서 처리한 물건은, 즉 이런 식으로 골라서 처리한 물건은 아주 금방 추측되기가 쉽고 실제로도 추측되고 마는 거지. 그래서 물건을 찾아내는 것은 절대로 예리한 통찰력 덕분이 아니라 단지 찾는 이의 주의력과 인내심과 결심에 달려 있는 거라네. 그리고 사건이 중대할 때, 또는 경찰의 눈으로 볼 때는 다 같은 것이겠지만 사례금이 엄청날 때에는 방금 얘기한 성격이 반드시 나타나게 마련일세. 도둑맞은 편지가 어디든 경찰국장의 수사 범위에 숨겨져 있었다면, 다시 말해 편지를 감춘 원칙이 경찰국장의 수사 원칙에 포함되어 있었다면 그것을 발견하는 것은 문제도 되지 않았을 거란 걸, 내가 말하는 뜻을 이제 알걸세. 그렇지만 이 경찰국장 친구는 완전히 방향을 잡지 못하고 있었던 걸세. 그리고 그가 실패한 원인은 장관이 시인으로 이름이 나 있기 때문에 그가 바보일 거라는 생각을 하고 있었던 데 있지. 시인이란 다 바보라고 경찰국장은 느끼고 있는 걸세. 그리고 그는 시인이란 다 바보라는 추론에서 매사 불확충의 실수를 저질렀을 뿐일세."

내가 물었다.

"그런데 그 사람 정말 시인인가? 형제가 두 사람 있는 걸로 아는데 그 두 사람 모두가 문명(文名)이 있지. 장관은 미분학(微分學)을 썼는데 내가 보기에 매우 박학해. 그는 수학자이지 결코 시인은 아닐세."

"자네 잘못 알고 있네. 내 그를 잘 아는데 그는 두 가지 다를 하네. 시인과 수학자로서 판단이 정확하지. 단지 수학자의 자격으론 전혀 추리를 못할 것이며 경찰국장의 마음대로 되었을 걸세."

"그 말은 참 놀라운 소리군. 세상 사람들은 반대로 얘기하고 있어. 오랜 세월 세상에 통용되고 있는 생각을 무시해버리려는 뜻은 아니겠지. 수학적인 추리는 긴 세월 동안 아주 뛰어난 추리법으로 존중되어오고 있네."

"모든 세상 사람의 생각이란 모든 인정된 관습과 더불어 어리석은 것이 확실하다. 그 이유는 그것이 다수 사람에게 적용되기 때문에" 하고 뒤팽은 샹포르의 말을 인용해서 대답했다.

"사실 수학자들은 자네가 말하는 일반적인 실수를 공표하기에 모든 힘을 쏟았고 또 그것을 진리로서 공표하는 데 적지 않은 실수를 하게 된 거지. 예를 들어 그들은 더욱 훌륭한 명분을 지닌 기교를 가지고 이 '분석'이란 말을 살며시 대수학(代數學)에 적용했던 걸세. 프랑스 사람은 이 독특한 속임수의 창시자지. 그렇지만 만약 용어가 그리 중요하다면, 즉 용어를 적용시키는 데서 무슨 가치가 나온다면. '분석'은 라틴어에서 'ambitus'가 영어의 'ambition(야망)'을 뜻하고, 'religio'가 'religion(종교)'를, 'homines honesti'가 'a set of honorable men(한 무리의 명예로운 사람들)'을 뜻하는 것과 같이 '대수학'을 의미할 걸세."

"자네는 지금 파리의 대수학자(代數學者)들과 논쟁을 벌이고 있군. 계속해보게."

"나는 추상적 논리 이외의 어떠한 특수한 형식에서라도 키워진 추리력의 이용과 그 가치는 논박하는 바이네. 특히 수학적 연구에 의해서 나온 추리를 반박하는 것이야. 수학이란 형식과 수량의 과학이지. 또 수학적으로 추리한다는 것은 단지 형식과 수량에 대한 관찰에 적용된 논리인 거야. 큰 잘못은 소위 순수 대수학이라는 것의 진리까지도 추상적이거나 일반적 진리라는 가정에서 범해진다는 거지. 그리고 이런 실수는 너무나 엉터리없는 것이기 때문에 나로선 이런 게 널리 통용된다는 사실에 당황할 수밖에 없네. 수학적 공리(公理)가 일반적 진리의 원칙은 아니니까.

예를 들면 관계의 진리라는 것은, 즉 형식과 수량의 진리는 윤리학의 경우에선 아주 큰 잘못이야. 윤리학에 있어서 부분의 집합체가 전체와 같다는 것은 일반적으로 맞지 않는 소리야. 화학에 있어서도 공리는 맞지 않아. 동기를 고려해봐도 맞지 않거든. 각각 주어진 가치가 있는 두 가지 동기는 그것을 합쳤다고 해서 반드시 따로따로 떨어진 가치의 총화와 같다고 볼 수는 없기 때문이지. 그 밖에도 관계의 범위에서만 진리일 수 있는 수학적 진리가 수없이 많아.

그러나 수학자는 습관적으로 자신의 유한적(有限的) 진리로부터 마치 진정한 일반적 진리가 적용되는 것처럼 주장하는 거야. 세상 사람들이 진정 그렇게 생각하는 것처럼 말일세. 브라이언트는 자신의 해박한 저서 《신화학(神話學)》에서 '이교도의 우화는 믿기지 않지만 우리는 계속 우리 자신을 잊어버리고 이 우화를 실존하는 것으로 추정한다'고 말하고 있는데 이는 앞서 말한 것과 비슷한 실수의 근본을 지적하고 있네. 그렇지만 대수학자들로선 자기네가 이교도인 까닭에 기억력이 엉망이라기보다는 말할 수 없이 머리가 뒤죽박죽이 되어 '이교도의 우화'를 믿게 되고 다음에 추론하는 것일세. 한마디로 나는 등근(等根)을 떠나서 믿음을 주는 알짜 수학자나 x^2+px는 절대적으로 무조건 q와 같다는 것을 자기 신념의 한 항목으로 은근히 품고 있지 않은 수학자를 만나본 일이 아직 없네. 하고 싶으면 시험삼아 이들 수학자 한 사람을 붙들고 x^2+px는 전연 q와 같지 않은 경우가 나타난다고 말해보게. 그래서 그가 자네가 하는 소리를 알아듣게 해놓고 그가 따라오지 못하도록 재빨리 도망쳐나오게. 틀림없이 그 사람은 자네를 때려눕히려고 야단일 걸세."

그의 마지막 말을 들으며 나는 그냥 웃고만 있었다.

뒤팽은 계속했다.

"내가 말하려는 것은 말일세, 만약 그 장관이 일개 수학자에 불과하다면 경찰국장은 나한테 이 수표를 줄 필요가 없었을 걸세. 그렇지만 나는 그가 수학자인 동시에 시인이라는 것을 알고 있었지. 그래서 그가 처해 있는 주위 사정을 참고해서 나의 척도를 그의 능력에다 맞췄다네.

나는 또한 그가 정신(廷臣)으로서 대담한 음모자라는 사실을 알고 있었지. 그런 사람은 보통 경찰관이 하는 행동양식을 잘 알고 있을 거라고 생각했네. 그는 자기가 남몰래 감시당하고 있다는 사실을 예상하고 있었지. 더구나 사건은 자기가 예상했던 것을 입증했지. 그는 자기 집이 비밀리에 수색될 것이라는 것을 분명히 예측했으리라 믿네. 밤에 그가 흔히 집을 비웠던 건, 경찰국장으로선 상당한 도움이 되어 자기의 성공이라고 쾌재를 불렀겠지만 내 생각엔 그 사람의 책략이었네. 즉 경찰로 하여금 샅샅이 뒤질 기회를 주고, 그래서 그 편지가 집에 있지 않다는 확신을 빨리 갖게 하려는 것이었는데, 사실 G국장은 그런 확신에 도달하고 만 것이었지. 나는 또한 숨겨진 물건을 수색하는 변화 없는 경찰의 행동지침에 관해서, 내가 방금 자네에게 자세하게 말해준 모든 생각, 즉 이 모든 생각이 장관의 마음 가운데도 필연적으로 일어났을 거라는 점을 느꼈네. 이런 점이 어쩔 수 없이 그가 보통 물건을 숨기는 구석을 찾는 것을 무시하게 했을 걸세.

나는 그가 자기 저택의 아무리 복잡하고 깊숙이 들어박힌 구석일지라도 경찰국장의 눈과 탐침(探針)과 송곳과 현미경의 수색을 피할 수 있을 거라고 믿을 만큼 바보는 아니라고 생각했네. 결국 나는 그가 신중히 숙고한 끝에 택한 것은 아니더라도 자연스럽게 간단한 방법을 취했을 거라고 생각했지.

우리가 맨 처음 경찰국장을 만났을 때 내가 사건이 너무 자명하기 때문에 오히려 이 수수께끼는 당신을 애먹일 거라고 했더니 그가 마구 웃어댔지. 자네도 잊지 않고 있을 걸세."

"그렇네. 그가 굉장히 기분 좋아하던 일이 생각나네. 나는 정말 무슨 탈이라도 난 줄 알았네."

"물질 세계엔" 하고 뒤팽이 계속했다.

"비물질 세계와 아주 비슷한 것이 많거든. 그래서 은유나 직유는 어떤 서술을 장식하는 것과 마찬가지로 논증을 강화하도록 되어 있다는 수사학 상의 독단설이 뭔가 진실한 면을 보이고 있는 걸세. 예를 들면 타성의 힘이라는 원칙은 물리학과 형이상학에서 똑같게 보이는 거야. 물리학에서 큰 물체가 작은 물체보다 움직이기 더 어렵고, 따라서 거기 드는 운동량도 이 어려움에 상응하네. 그것은 형이상학에서보다 능력이 많은 지력이 능력이 적은 지력에 비해서 훨씬 움직임이 강하고 일관성이 있으며 파란이 많지만, 그것이 전진하는 처음 몇 걸음은 더욱 움직이기 어렵고 곤란하며 자꾸 주저하게 되는 걸세. 그리고 자네 길거리의 가게 간판에서 어떤 것이 제일 주의를 잡아끄는지 눈여겨본 일이 있나?"

"그런 것 생각해본 일이 한 번도 없는데."

"수수께끼 노름이 있네. 지도를 놓고 하는 노름이지. 한편에서 상대편더러 주어진 글자를 찾아보라고 하는 거야. 즉 마을이나 강이나 나라 따위의 이름을 말일세. 요컨대 어떤 낱말이든지 마구 뒤섞이고 복잡한 지도에서 찾는 것이지. 이 노름의 풋내기는 일반적으로 상대편에게 아주 자디잔 글자로 된 이름을 불러서 애를 먹이려고 하네. 그러나 명수들은 지도 이 끝에서 저 끝까지 쭉 펼쳐져 있는 큰 글자의 낱말들을 고른다네. 이따위 글자들은 길거리의 너무 크게 쓴 간판이나 벽보들처럼 너무 확 드러나기 때문에 눈에 띄지 않는 걸세.

그리고 이와 같이 물질적으로 보지 못하는 것은 지식 있는 사람이 너무나 뚜렷하고 또 너무나 손에 잡힐 듯이 자명하기 때문에 알지 못하고 지나쳐버리는 정신적 인식능력 부족과 매우 흡사한 것일세. 이것이 바로 경찰국장이 이해하는, 도가 지나쳤든지 또는 거기 미치지 못했던 점 같네. 그는 장관이 세상 어떤 부류의 사람도 그 편지를 눈치 채지 못할 최선의 방법을 써서 바로 모든 세상 사람 코밑에 그것을 두었으리라고는 아마 한 번도 생각하지 않았을 걸세.

그러나 나는 D장관의 대담하고 저돌적이고 식별력 있는 교묘한 재주를 생각하면 생각할수록, 또 그 편지가 유용하게 이용되려면 언제고 손 닿는 데 있어야 한다는 사실과 또 그 편지는 경찰국장의 일반적인 수색 범위에 숨겨두어서는 안 된다는, 국장이 직접 알게 된 결정적 증거에 대해 생각을 거듭할수록 장관이 이 편지를 조금도 감추려고 하지 않는 통이 크면서도 기민한 수단을 택하게 되었다는 사실을 만족스럽게 깨닫게 되었네.

이런 생각을 가득 품고 초록빛 안경을 준비해놓았다가 어느 화창한 아침, 기습적으로 장관의 저택을 찾아갔지. D장관은 집에 있었는데 평소처럼 하품도 하며 빈둥빈둥거리는 게 굉장히 지루해 보이더군. 그 사람 어쩌면 세상 사람 가운데 제일 정력적인 사람일지도 모르네. 그렇지만 그런 것은 남이 보지 않을 때만 나타나는 걸세.

그와 대등하게 앉기 위해서 나는 내 시력이 약한 것을 투덜거리고 안경을 써야 하는 일을 한탄했지. 그러나 안경이 은폐해주는 덕에 온 방 안을 주의 깊게 샅샅이 살펴볼 수 있었는데 겉으로는 오직 주인과 말을 주고받는 체했던 걸세.

나는 특히 그가 앉아 있는 옆의 큰 책상에 주의를 기울였네. 그런데 그 위에는 몇 통의 잡동사니 편지와 그 외 서류들, 한두 개의 악기와 몇 권의 책이 아무렇게나 놓여 있더군그래. 그렇지만 그곳을 아무리 오랫동안 꼼꼼히 살펴도 특별히 의심스러운 것을 찾아낼 수가 없었네.

마침내 나의 시선이 방 안을 한 바퀴 둘러보는데 벽난로 위 중간쯤에서 자그마한 놋쇠 손잡이가 달리고 때묻은 청색 리본이 늘어져 내려온 겉만 번드르르하게 장식이 된 명함꽂이 판지 선반이 있는 걸 알게 되었네. 이 선반은 서너 칸의 칸막이로 되어 있는데 대여섯 장의 엽서와 단 한 통의 편지가 있었네. 이 편지는 대단히 더러워지고 구겨져 있었지. 게다가 가운데가 찢어져 거의 두 토막이 나 있었지. 마치 처음에 쓸데없는 거라고 다 찢어버리려다가 다시 생각하고 찢기를 중지한 것처럼 말일세. 거기엔 검은 봉인이 찍혀 있었고 D장관이란 글자가 아주 뚜렷하게 씌어 있었으며, 부인네의 작은 글씨로 바로 D장관에게 부쳐온 것이었네. 그것은 아무렇게나, 그리고 내팽개치는 식으로 선반 맨 꼭대기 칸에 쿡 끼여 있었네.

나는 이 편지를 보는 순간 바로 내가 찾는 것이 이거라는 결론을 내렸네. 확실히 이 편지는 겉으로 봐선 경찰국장이 우리에게 세세히 설명해준 편지와는 완전히 달랐지. 이 편지엔 봉인이 크고 까맣게 찍혔을 뿐만 아니라 D장관이란 글자가 있었지. 찾으려고 하는 편지에는 봉인이 작고 붉으며 S공작 가문의 문장이 있다고 했지. 이 편지는 주소가 장관 앞으로 되어 있고 자디잔 여자 글씨로 씌었지. 찾는 편지는 어느 황족에게 보내는 것으로 위의 글자가 아주 대담하고 단호한 것이었네. 오직 편지 크기 하나만 일치하는 점이 있었네. 그러나 그렇다 해도 이 두 편지가 근본적으로 엄청나게 차이가 난다는 점이라든지, 더러운 점, 즉 편지가 지저분하고 찢긴 점은 D장관의 깔끔한 생활습관과 일치하지 않으며 더구나 보는 이로 하여금 편지가 무가치하다는 생각이 들게 할 의도가 있음을 암시한다고 미루어 짐작할 수 있었네. 이러한 사실들은 이 편지가 모든 찾아오는 사람들의 눈에 환히 띄는 너무나 드러난 곳에 놓여 있다는 사실과 더불어 내가 앞서 도달한 결론과 꼭 일치하는 것이었네. 그래서 말이지만 이런 사실들은 일부러 의심을 품고 찾아온 나에게 요지부동 의심을 갖게 했던 걸세.

나는 가능한 한 시간을 오래 끌고 앉아 틀림없이 장관의 흥미를 끌고 흥분시킬 만한 화제를 가지고 생기에 넘쳐 토론을 계속했지. 그동안 나는 쭉 사실상 그 편지에 신경을 기울이고 있었지. 이렇게 살펴보면서 그 편지의 겉모양과 편지꽂이의 형편을 기억해두었지. 그리고 역시 나중 가서 한 가지 발견을 했는데 그것으로 말미암아 여태까지 품어오던 사소한 의심들이 풀렸던 걸세. 편지봉투 끝을 세밀하게 살펴보니 필요 이상으로 구겨져 있었네. 그것은 빳빳한 종이가 한 번 접혀서 종이끼우개에 눌려 있다가 다시 반대로 접혀서 먼젓번 접을 때 생긴 것과 똑같은 주름살이 생기면서 만들어진 구김살인 게 분명했거든. 이 발견이면 충분했어. 편지는 장갑처럼 안이 밖으로 나오게 뒤집혀졌고, 주소도 다시 쓰고 봉인도 다시 찍은 것이 분명하게 되었지. 나는 장관에게 작별인사를 하고 탁자에 금으로 된 담뱃갑을 놔두고서 즉시 나와버렸네.

다음날 아침 담뱃갑을 찾으러 가서 아주 신나게 그 전날 이야기를 계속했지. 그러나 이렇게 이야기에 열중하고 있는데 마치 권총소리 같은 큰 총성이 저택 창문 바로 밑에서 들렸고 바로 뒤 공포에 질린 비명소리가 연달아 났으며, 겁먹은 군중들의 아우성 소리가 들렸네. D장관은 창으로 달려가서 창문을 열더니 내다보더군. 그러는 사이 나는 편지꽂이 앞으로 가서 그 편지를 집어 호주머니 속에 처넣고 가짜 편지(외관상으로 말하는 한)를 그 대신 끼워두었다네. 나는 빵으로 모양을 내어 만든 봉인으로 아주 쉽게 D장관이라는 글자를 흉내 내어 집에서 정성껏 그 편지를 만들었었지.

거리에서 일어난 소동은 총을 가진 어떤 사나이의 미쳐 날뛰는 행동 때문이었지. 그자는 부녀자들과 아이들이 잔뜩 있는 곳에다 총을 쏘았던 거야. 그렇지만 총알 없이 쏘았다는 점과 그자가 미친놈이거나 술주정꾼이라는 게 입증되어 제 갈길을 가고 말았네. 그자가 사라지고 난 다음에 D장관은 창가에서 떠났네. 그런데 나는 앞에 있던 목표물을 입수하자 즉시 그를 따라 창가로 갔지. 그러고는 곧 작별인사를 했네. 그 사나이는 내가 돈을 써서 미친 척하게 만든 자였네."

내가 물었다.

"그런데 가짜 편지를 대신 끼워놓은 데는 무슨 목적이 있었나? 첫날 찾아갔을 때 그가 보는 데서 그것을 가지고 떠나오는 편이 낫지 않았을까?"

뒤팽이 대꾸했다.

"D장관은 무모한 인간이며 신경질적인 위인일세. 역시 그의 저택에는 저희 주인의 이익을 위해서 몸 바칠 하인이 없지는 않을 거야. 내가 자네가 말하듯이 함부로 굴었다면 목숨을 붙이고 장관의 집에서 나오지 못했을 걸세. 선량한 파리 시민들은 그 후 내 소식을 듣지 못했을 걸세.

그러나 이런 이유 말고도 다른 목적이 있었네. 자네 나의 정치적 편향을 알고 있겠지. 이 문제에 있어서 나는 그 귀부인이 관계를 맺고 있는 당원으로 행동하는 걸세. 열여덟 달 동안이나 장관은 귀부인을 자기 권력 속에다 넣고 마음대로 한 거지. 이제는 귀부인이 장관을 그녀의 권력에 넣고 흔들게 됐네. 그 이유는 그 편지가 자기 수중에 없다는 것을 알지 못하고 여느 때와 똑같이 행동할 테니까 말일세. 이렇게 해서 그는 당장 어쩔 수 없이 정치적 파멸에 빠지고 말 걸세. 그의 파멸 또한 낭떠러지로 거꾸로 박히는 것이며 꼴불견일 걸세.

지옥으로 떨어지는 것은 쉽다고 아주 쉽게 말들 하네. 그러나 카탈라니가 노래 부르는 것에 대해 말했듯이 기어오르는 것은 어떤 경우를 막론하고 내려가는 것보다는 올라가는 것이 훨씬 더 쉬운 법이네. 나는 지금의 경우에 있어서는 내려가는 사람에게 호의를 가질 수 없네. 적어도 동정을 할 수 없는 거지. 그는 무시무시한 괴물이고 파렴치한 천재인 거야. 그렇지만 솔직한 심정은 경찰국장이 말한 '어느 귀한 분'인 귀부인에게 그가 무시를 당하고 내가 편지꽂이 속에 넣어둔 편지를 펴볼 때의 그의 머릿속 생각이

과연 어떤 것이었나를 정확히 알고 싶군그래."

"무엇 때문에? 뭐 거기 특별한 거라도 써 넣었나?"

"뻔하지, 편지 속을 공백으로 놔두는 건 옳지 못한 일 같더군. 그런 사람을 모욕하는 것이 될 테니 말일세. D장관은 언젠가 비엔나에서 나를 골탕 먹인 일이 있는데 그때 나는 아주 기분 좋게 기억해두겠다고 말했네. 나는 그가 자기를 따끔하게 찌른 사람의 신분에 대해 알고 싶어 하리라는 것을 알기 때문에 그에게 실마리를 주지 않는 것은 딱한 일이라고 생각했었지.

그는 내 필적을 익히 알고 있는 터라 단지 빈 종이 한가운데에다 이런 글귀를 썼네.

그렇게 치명적인 계획은
아트레에게는 적합치 못하지만
티에스트에게는 적합한 것이다.

이 말은 크레비용의 《아트레》라는 극 중에 나오는 소리일세."

작품 해설

음주와 도박과 아편과 방탕이 그 대명사처럼 보이는 에드거 앨런 포(1809~1849)는 정신분열증과 빈곤으로 비록 그 생애는 비참하기 짝이 없었지만 미국 문학의 기반을 다져놓은 위대한 작가 가운데 한 사람이다.

그는 순회극단의 배우였던 다니엘 포를 아버지로 하고 엘리자베스 아놀드를 어머니로 해서 1809년 미국 보스턴에서 출생했다. 그러나 불행히도 어릴 때 양친을 잃고 숙부인 존 앨런의 손에서 자라게 된 것이 그 불성실한 성격을 형성한 큰 원인이 되었던 것 같다. 그는 리치먼드에 있는 부유한 담배상인인 숙부를 양부로 해서 어린 시절을 보냈는데 양부는 성격이 차갑고 자만심에 넘쳐 있는 사람이라 그 딱딱한 분위기에 어울리지 못했다. 그는 양부를 따라 영국에 갔다가 다시 미국으로 돌아와 1826년에 버지니아 대학에 입학했다. 그러나 공부는 하지 않고 노름과 방종한 생활로 많은 빚을 지게 되자 양부의 노여움을 사게 되었고 학교에서 퇴학당하고 말았다. 그는 1827년 군대에 들어갔다가 바로 나와 1830년 육군사관학교에 입학했으나 역시 도박과 음주와 무단결석 등으로 1831년 3월에 퇴교당하고 양부와는 영영 인연을 끊고 말았다.

1827년엔 처녀시집 《티무르, 기타 시집》을 내놓아 비범한 문학적 재질을 나타냈다. 그리고 1833년 볼티모어의 잡지에 《병 속에서 나온 수기》라는 단편이 당선되자, 이것을 계기로 잡지사의 기자와 편집자가 되고 계속 단편을 발표했다.

1836년 포는 불과 열네 살밖에 안 된 어린 사촌누이 버지니아와 결혼, 그때부터 창작에 전념했다. 그러나 생활은 곤궁하기 짝이 없었다. 그런데도 그는 잡지 경영주와 의견이 맞지 않아 여러 차례 직장을 바꾸었고 빈한한 생활을 계속하였다. 그러던 중 1847년 그가 사랑하던 충실한 아내가 사망하였다. 이로 인해 그의 슬픔과 고뇌는 걷잡을 수 없이 몰아닥쳐 다시 술타령과 노름을 일삼게 되고 아편까지 하게 되었다. 그의 생활은 가일층 무절제해져 마구 몸을 망치고 정신착란까지 일으키게 되었다. 그러면서도 그의 창작은 계속되어 포 특유의 작풍을 나타내는 초자연적이며 환상적인 소설을 많이 발표했다.

1849년 그는 심한 음주로 정신분열증을 일으켜 볼티모어의 거리에 쓰러져 병원에 옮겨졌으나 결국 기구하기 짝이 없는 비참한 생애를 마치고 말았다.

포는 부친으로부터 아일랜드인 특유의 섬세하고 날카로운 두뇌와 명상에 잠기는 성품을, 모친에게선 예술적인 재능을 이어받았다. 부모에게서 이어받은 이런 보헤미안적 기질과 어린 시절 양부집에서의 엄격한 생활환경은 포의 감정생활에 파탄을 일으키고 말았다. 그것은 결국 정신착란 막바지까지 그를 몰고 갔던 것이다. 이런 속에서 나온 그의 작품 세계는 필연적으로 죽음이나 우수와 공포 같은 것으로 나타나게 되었다. 이처럼 포는 자신의 내부 세계나 환상적인 세계를 작품에 옮겨놓았다고 볼 수 있다. 그의 시 세계는 음악적이면서도 서정적인 순수한 아름다움에 넘쳐 있으며, 어떤 사상을 불어넣기보다는 감각적인 인상을 강하게 풍겨주고 있다. 다시 말해 그의 예술적 태도는 도덕이나 사상적인 것보다는 아름다움과 진실을 제일로 삼았다.

그러나 단편작가로서의 그의 창작에 대한 태도는 시와는 완전히 다르다. 여기서는 아름다움보다는 진실을 탐구해야 한다고 주장하고, 통일되고 조화된 문체와 음조로 통일된 효과를 독자들의 가슴속에 불어넣어야 한다고 했다. 포가 남긴 단편은 대략 60여 편 정도인데 그의 성품이 명상적이고 환상적이며 미(美)와 죽음을 추구하는 고뇌에 차 있었던 것처럼 작품 또한 환상적이고 초자연적인 것으로부터 사실적인 추리소설에 이르기까지, 작품의 단일 효과를 노려 공포, 우울, 불쾌감 등을 주류로 하고 있다.

그의 단편의 작풍을 대충 나눠보면 첫째 초자연적인 죽음을 주제로 한 〈어셔 가의 몰락〉 같은 것을 볼 수 있으며, 둘째 양심 또는 환상적인 것을 취급한 〈고자쟁이 심장〉이나 〈붉은 죽음의 가면극〉 따위가 있고, 셋째 의사(擬似) 과학적인 것으로 〈함정의 종〉이나 〈병 속에서 나온 수기〉 같은 것, 넷째 추리소설로서 〈풍뎅이〉나 〈모르그 가의 살인 사건〉 등을 대표적인 작품으로 들 수 있다. 물론 모든 작품이 이 부류에 속하는 것은 아니고 앞서 말한 점들이 복합되어 있기도 하나 아무튼 이상심리를 취급한 경우가 많았다.

그는 소설의 주 목적을 독자에게 강한 감명을 주는 것이라 믿었고, 그러기 위해서는 그 중요한 기본적 정서가 공포라고 생각했기에 초자연적인 것과 환상적인 것에서 소재를 찾았다. 그리고 최면술이나 골상학의 힘을 빌려 인간의 잠재의식을 파고들었다. 그는 또 삶과 죽음의 중간 지점에서, 또는 꿈인지 생시인지 모를 몽롱한 어떤 상태에서 인간의 감각이 가장 예민하고, 따라서 감정을 자유자재로 움직일 수 있다고 여겨, 정신이상이나 정신감응, 이상심리 상태를 예술의 수단으로 이용했다.

또한 그는 단편소설의 특징을 규명했는데, 그것은 단일한 장면과 단일한 사건, 단일한 성격, 그리고 단일한 강력한 효과라고 주장했다. 즉 하나하나의 사건이 간결하게 묘사되고, 전편을 통해서 그 분위기가 일관되어야 한다고 했다. 또한 배경이나 사건, 인물의 조화된 분위기 가운데서 빈틈없이 꽉 짜인 구조를 만들어 군더더기 한마디 넣지 말고 이야기를 전개해나감으로써 강력한 통일된 효과를 나타내어 독자를 사로잡아야 한다고 했다.

그는 자기 이야기의 무대를 대부분 황폐한 사원이나 강변의 성 같은 기이한 장소로 정하고 으스스하고 차가운 달빛이 죽음처럼 내리비치듯 암울한 분위기를 묘사했다. 또 사건은 밤중이나 등불이 없는 실내에서 발생하며 남녀 주인공은 대개 몰락한 명문 집안의 후손들로 서글픈 운명을 벗어나지 못하고 있다.

또한 그는 작품을 쓰는 데 있어서 자신의 성격처럼 양극단을 달리는 것 같은 인상을 주고 있다. 말하자면 고운 여성처럼 순수하고 섬세한 감정이 안개가 피어오르듯 고요히 흐르는가 하면, 강렬하고 포악한 폭풍우가 휘몰아치는 것처럼 마구 감정이 폭발하는 것이다. 그것은 마치 술주정뱅이가 전후좌우 없이 격렬하게 미쳐 날뛰는 병적인 정신 상태를 연상하게 해준다.

그런가 하면 또 한편으로는 앞뒤가 빈틈없이 들어맞는 이론과 냉철한 판단을 가지고 정확한 수학자나 과학자 못지않게 분석하고, 따져나가고, 놀라울 지경으로 매듭을 짓는다. 이런 면은 그의 감정과 상반되는 명석하고 이지적인 면을 보여준다. 요컨대 그의 작품이 특이하고 높이 평가되고 있는 것은 이와 같이 낭만적인 감정의 순수성과 수학자적이고 날카로운 지적(知的) 요소가 상반되면서도 아주 훌륭하게 조화를 이루어 나가는 데 있다.

그는 미국 문학사에 이토록 독창적인 예술적 재능을 발휘하여 새로운 단편소설의 경지를 개척해놓았으며 19세기 미국이 낳은 최대의 문학가, 또는 미국 문학 고유의 의식적 예술가로서 이후의 심리주의 문학이나 추리소설에도 많은 영향을 끼친 천재적 작가라 할 수 있다.

옮긴이 **김기철**

고려대학교 영문과와 동대학원 영문과를 졸업하고, 같은 과에서 강의했다. 이후 도예가로 활동했다. 지은 책으로《꽃은 흙에서 핀다》,《김기철의 흙장난》 등이 있으며《찰스 램 수필선》 등을 우리말로 옮겼다.

에드거 앨런 포 단편선
검은 고양이

1판 1쇄 발행 1978년 10월 20일
4판 1쇄 발행 2025년 3월 20일

지은이 에드거 앨런 포 | 옮긴이 김기철
펴낸곳 (주)문예출판사 | 펴낸이 전준배
출판등록 2004. 02. 11. 제 2013-000357호 (1966. 12. 2. 제 1-134호)
주소 03992 서울시 마포구 월드컵북로 21
전화 02-393-5681 | 팩스 02-393-5685
홈페이지 www.moonye.com | 블로그 blog.naver.com/imoonye
페이스북 www.facebook.com/moonyepublishing | 이메일 info@moonye.com

ISBN 978-89-310-2463-0 04800
ISBN 978-89-310-2365-7 (세트)

• 잘못 만든 책은 구입하신 서점에서 바꿔드립니다.

문예출판사® 상표등록 제 40-0833187호, 제 41-0200044호

■ 문예세계문학선

★ 서울대, 연세대, 고려대 필독 권장 도서 ▲ 미국대학위원회 추천 도서
● 《타임》 선정 현대 100대 영문 소설 ▽ 《뉴스위크》 선정 세계 100대 명저

1 **젊은 베르테르의 슬픔** 괴테 / 송영택 옮김
▲▽ 2 **멋진 신세계** 올더스 헉슬리 / 이덕형 옮김
▲●▽ 3 **호밀밭의 파수꾼** J. D. 샐린저 / 이덕형 옮김
4 **데미안** 헤르만 헤세 / 구기성 옮김
5 **생의 한가운데** 루이제 린저 / 전혜린 옮김
6 **대지** 펄 S. 벅 / 안정효 옮김
●▽ 7 **1984** 조지 오웰 / 김승욱 옮김
▲●▽ 8 **위대한 개츠비** F. 스콧 피츠제럴드 / 송무 옮김
▲●▽ 9 **파리대왕** 윌리엄 골딩 / 이덕형 옮김
10 **삼십세** 잉게보르크 바흐만 / 차경아 옮김
★▲ 11 **오이디푸스왕 · 안티고네** 소포클레스 · 아이스킬로스 / 천병희 옮김
★▲ 12 **주홍글씨** 너새니얼 호손 / 조승국 옮김
▲●▽ 13 **동물농장** 조지 오웰 / 김승욱 옮김
★ 14 **마음** 나쓰메 소세키 / 오유리 옮김
★ 15 **아Q정전 · 광인일기** 루쉰 / 정석원 옮김
16 **개선문** 레마르크 / 송영택 옮김
★ 17 **구토** 장 폴 사르트르 / 방곤 옮김
18 **노인과 바다** 어니스트 헤밍웨이 / 이경식 옮김
19 **좁은 문** 앙드레 지드 / 오현우 옮김
★▲ 20 **변신 · 시골 의사** 프란츠 카프카 / 이덕형 옮김
★▲ 21 **이방인** 알베르 카뮈 / 이휘영 옮김
22 **지하생활자의 수기** 도스토옙스키 / 이동현 옮김
★ 23 **설국** 가와바타 야스나리 / 장경룡 옮김
★▲ 24 **이반 데니소비치의 하루** A. 솔제니친 / 이동현 옮김
25 **더블린 사람들** 제임스 조이스 / 김병철 옮김
★ 26 **여자의 일생** 기 드 모파상 / 신인영 옮김
27 **달과 6펜스** 서머싯 몸 / 안흥규 옮김
28 **지옥** 앙리 바르뷔스 / 오현우 옮김
★▲ 29 **젊은 예술가의 초상** 제임스 조이스 / 여석기 옮김
▲ 30 **검은 고양이** 애드거 앨런 포 / 김기철 옮김
★ 31 **도련님** 나쓰메 소세키 / 오유리 옮김
32 **우리 시대의 아이** 외된 폰 호르바트 / 조경수 옮김
33 **잃어버린 지평선** 제임스 힐턴 / 이경식 옮김
34 **지상의 양식** 앙드레 지드 / 김붕구 옮김
35 **체호프 단편선** 안톤 체호프 / 김학수 옮김
36 **인간 실격** 다자이 오사무 / 오유리 옮김
37 **위기의 여자** 시몬 드 보부아르 / 손장순 옮김
●▽ 38 **댈러웨이 부인** 버지니아 울프 / 나영균 옮김
39 **인간희극** 윌리엄 사로얀 / 안정효 옮김
40 **오 헨리 단편선** O. 헨리 / 이성호 옮김
★ 41 **말테의 수기** R. M. 릴케 / 박환덕 옮김
42 **파비안** 에리히 케스트너 / 전혜린 옮김
★▲▽ 43 **햄릿** 윌리엄 셰익스피어 / 여석기 옮김
44 **바라바** 페르 라게르크비스트 / 한영환 옮김
45 **토니오 크뢰거** 토마스 만 / 강두식 옮김
46 **첫사랑** 이반 투르게네프 / 김학수 옮김
47 **제3의 사나이** 그레이엄 그린 / 안흥규 옮김
★▲▽ 48 **어둠의 속** 조셉 콘래드 / 이덕형 옮김
49 **싯다르타** 헤르만 헤세 / 차경아 옮김
50 **모파상 단편선** 기 드 모파상 / 김동현 · 김사행 옮김
51 **찰스 램 수필선** 찰스 램 / 김기철 옮김
★▲▽ 52 **보바리 부인** 귀스타브 플로베르 / 민희식 옮김
53 **페터 카멘친트** 헤르만 헤세 / 박종서 옮김
★ 54 **몽테뉴 수상록** 몽테뉴 / 손우성 옮김
55 **알퐁스 도데 단편선** 알퐁스 도데 / 김사행 옮김
56 **베이컨 수필집** 프랜시스 베이컨 / 김길중 옮김
★▲ 57 **인형의 집** 헨리크 입센 / 안동민 옮김
★ 58 **소송** 프란츠 카프카 / 김현성 옮김
★▲ 59 **테스** 토마스 하디 / 이종구 옮김
★▽ 60 **리어왕** 윌리엄 셰익스피어 / 이종구 옮김
61 **라쇼몽** 아쿠타가와 류노스케 / 김영식 옮김
▲▽ 62 **프랑켄슈타인** 메리 셸리 / 임종기 옮김
▲●▽ 63 **등대로** 버지니아 울프 / 이숙자 옮김
64 **명상록** 마르쿠스 아우렐리우스 / 이덕형 옮김
65 **가든 파티** 캐서린 맨스필드 / 이덕형 옮김
66 **투명인간** H. G. 웰스 / 임종기 옮김
67 **게르트루트** 헤르만 헤세 / 송영택 옮김
68 **피가로의 결혼** 보마르셰 / 민희식 옮김

(뒷면 계속)

★ 69 **팡세** 블레즈 파스칼 / 하동훈 옮김
70 **한국 단편 소설선** 김동인 외
71 **지킬 박사와 하이드** 로버트 L. 스티븐슨 / 김세미 옮김
▲ 72 **밤으로의 긴 여로** 유진 오닐 / 박윤정 옮김
★▲▽ 73 **허클베리 핀의 모험** 마크 트웨인 / 이덕형 옮김
74 **이선 프롬** 이디스 워튼 / 손영미 옮김
75 **크리스마스 캐럴** 찰스 디킨슨 / 김세미 옮김
★▲ 76 **파우스트** 요한 볼프강 폰 괴테 / 정경석 옮김
▲ 77 **야성의 부름** 잭 런던 / 임종기 옮김
★▲ 78 **고도를 기다리며** 사뮈엘 베케트 / 홍복유 옮김
★▲▽ 79 **걸리버 여행기** 조너선 스위프트 / 박용수 옮김
80 **톰 소여의 모험** 마크 트웨인 / 이덕형 옮김
★▲▽ 81 **오만과 편견** 제인 오스틴 / 박용수 옮김
★▽ 82 **오셀로 · 템페스트** 윌리엄 셰익스피어 / 오화섭 옮김
★ 83 **맥베스** 윌리엄 셰익스피어 / 이종구 옮김
▽ 84 **순수의 시대** 이디스 워튼 / 이미선 옮김
★ 85 **차라투스트라는 이렇게 말했다** 니체 / 황문수 옮김
★ 86 **그리스 로마 신화** 에디스 해밀턴 / 장왕록 옮김
87 **모로 박사의 섬** H. G. 웰스 / 한동훈 옮김
88 **유토피아** 토머스 모어 / 김남우 옮김
★▲ 89 **로빈슨 크루소** 대니얼 디포 / 이덕형 옮김
90 **자기만의 방** 버지니아 울프 / 정윤조 옮김
▲ 91 **월든** 헨리 D. 소로 / 이덕형 옮김
92 **나는 고양이로소이다** 나쓰메 소세키 / 김영식 옮김
★ 93 **폭풍의 언덕** 에밀리 브론테 / 이덕형 옮김
★▲ 94 **스완네 쪽으로** 마르셀 프루스트 / 김인환 옮김
★ 95 **이솝 우화** 이솝 / 이덕형 옮김
★ 96 **페스트** 알베르 카뮈 / 이휘영 옮김
▲ 97 **도리언 그레이의 초상** 오스카 와일드 / 임종기 옮김
98 **기러기** 모리 오가이 / 김영식 옮김
★▲ 99 **제인 에어 1** 샬럿 브론테 / 이덕형 옮김
★▲100 **제인 에어 2** 샬럿 브론테 / 이덕형 옮김
101 **방황** 루쉰 / 정석원 옮김
102 **타임머신** H. G. 웰스 / 임종기 옮김
●103 **보이지 않는 인간 1** 랠프 엘리슨 / 송무 옮김
●104 **보이지 않는 인간 2** 랠프 엘리슨 / 송무 옮김
▲105 **훌륭한 군인** 포드 매덕스 포드 / 손영미 옮김
106 **수레바퀴 아래서** 헤르만 헤세 / 송영택 옮김
▲107 **죄와 벌 1** 표도르 도스토옙스키 / 김학수 옮김
▲108 **죄와 벌 2** 표도르 도스토옙스키 / 김학수 옮김
109 **밤의 노예** 미셸 오스트 / 이재형 옮김
110 **바다여 바다여 1** 아이리스 머독 / 안정효 옮김
111 **바다여 바다여 2** 아이리스 머독 / 안정효 옮김
112 **부활 1** 레프 톨스토이 / 김학수 옮김
113 **부활 2** 레프 톨스토이 / 김학수 옮김
▲●114 **그들의 눈은 신을 보고 있었다** 조라 닐 허스턴 / 이미선 옮김
115 **약속** 프리드리히 뒤렌마트 / 차경아 옮김
116 **제니의 초상** 로버트 네이선 / 이덕희 옮김
117 **트로일러스와 크리세이드** 제프리 초서 / 김영남 옮김
118 **사람은 무엇으로 사는가** 레프 톨스토이 / 이순영 옮김
119 **전락** 알베르 카뮈 / 이휘영 옮김
120 **독일인의 사랑** 막스 뮐러 / 차경아 옮김
121 **릴케 단편선** R. M. 릴케 / 송영택 옮김
122 **이반 일리치의 죽음** 레프 톨스토이 / 이순영 옮김
123 **판사와 형리** F. 뒤렌마트 / 차경아 옮김
124 **보트 위의 세 남자** 제롬 K. 제롬 / 김이선 옮김
125 **자전거를 탄 세 남자** 제롬 K. 제롬 / 김이선 옮김
126 **사랑하는 하느님 이야기** R. M. 릴케 / 송영택 옮김
127 **그리스인 조르바** 니코스 카잔차키스 / 이재형 옮김
128 **여자 없는 남자들** 어니스트 헤밍웨이 / 이종인 옮김
129 **사양** 다자이 오사무 / 오유리 옮김
130 **슌킨 이야기** 다니자키 준이치로 / 김영식 옮김
131 **실종자** 프란츠 카프카 / 송경은 옮김
132 **시지프 신화** 알베르 카뮈 / 이가림 옮김
133 **장미의 기적** 장 주네 / 박형섭 옮김
134 **진주** 존 스타인벡 / 김승욱 옮김
135 **황야의 이리** 헤르만 헤세 / 장혜경 옮김